I0641674

49819

ŒUVRES
MÊLÉES
DE
MADAME
DE GOMEZ.

CONTENANT

Ses Tragedies & differens Ouvrages en Vers & en Prose.

A PARIS,

Chez GUILLAUME SAUGRAIN,
au Palais, vis-à-vis la Grand'Chambre,
à l'Ange Gardien.

M DCC XXIV.

AVEC PRIVILEGE DU ROY.

EPITRE

A MADEMOISELLE

DESMARES

ADEMOISELLE,

*POUR suivre l'ordre de l'E-
pitre Dedicatoire, je devrois vous
dire icy que les qualitez de votre*

EPITRE

cœur, l'étendue de votre esprit & les graces de votre personne vous attirent avec justice l'hommage que je vous rends aujourd'huy : mais quoique je sçache parfaitement toutes ces choses, je sçai aussi qu'un Monument que l'on veut élever à ce qu'on aime, simplement pour l'instruire de notre estime, & pour la lui prouver, ne doit point fatiguer par des louanges qui toutes vrayes qu'elles sont, blessent toûjours la modestie. La posterité prendra soin de conserver votre mémoire: on ne lira jamais Corneille, Racine & Moliere sans se souvenir de vous : mais cette posterité soigneuse de celebrer votre nom, ignoreroit sans cette Epitre l'estime & l'amitié qui m'attachent à vous ; c'est pour les rendre immortels que je

EPITRE

prends la route que les Auteurs fui-
vent ordinairement auprès des Grands,
bien plus par intérêt que par amour
pour eux. Pour moi je vous ai
choifie pour vous dedier ce Livre
comme une perfonne illuftre que
j'aime, que je confidere, & qui
merite ces fentimens de tous les
honnêtes gens; & j'ai voulu que
l'avenir ne pût apprendre l'admiration que vous avez donnée à la
plus belle Cour de l'Europe, & à
la plus grande Ville du monde, fans
fçavoir en même temps que j'ai joint
à cette admiration generale l'eftime
particuliere avec laquelle je fuis.

MADEMOISELLE,

Votre très-humble & très-obéïffante
fervante, DE GOMEZ.

J'AI lû par ordre de Monseigneur le Garde des Sceaux, les *Oeuvres mélées de Madame de Gomez;* contenant ses Tragedies & differents Ouvrages en Vers & en Prose; le merite de plusieurs de ces Ouvrages est déja connu, & j'ai crû que le reste soutiendroit bien la réputation de l'Auteur. Fait à Paris, ce dix-septiéme Avril mil sept cens vingt-trois.

HOUDAR DE LA MOTTE.

PRIVILEGE DU ROY.

LOUIS par la grace de Dieu, Roy de France & de Navarre. A nos amez & feaux Conseillers, les gens tenans nos Cours de Parlement; Maîtres des Requêtes ordinaires de nos Hôtels, Grand Conseil, Prevôt de Paris, Baillifs, Senéchaux, leurs Lieutenans Civils & autres nos Justiciers qu'il appartiendra. SALUT, nôtre bien amé PIERRE PRAULT, Libraire à Paris, Nous ayant fait remontrer qu'il souhaiteroit faire imprimer & donner au Public les *Oeuvres mélées de Madame de Gomez,* s'il Nous plaisoit lui accorder nos Lettres de Privilege sur ce necessaires: A CES CAUSES, voulant favorablement traiter ledit Exposant & reconnoître son zele; Nous lui avons permis & permettons par ces Presentes, de faire imprimer ledit Livre en tels

volumes, forme, marge, caractere, conjointement
ou separement & autant de fois que bon lui semblera
& de le vendre, faire vendre & debiter par tout notre
Royaume, pendant le temps de six années con secu-
tives, à compter du jo r de la datte desdites Presentes ; faisons deffenses à toutes sortes de personnes de
quelque qualité & condition qu'elles soient d'en
introduire d'impression étrangere dans aucun lieu de
notre obéissance ; comme aussi à tous Libraires, Imprimeurs & autres, d'imprimer faire imprimer, vendre faire vendre, debiter ny contrefaire ledit Livre,
en tout ny en partie, n'y d'en fa re aucuns extraits,
sous quelque prétexte que ce soit, d'augmentation,
correction, changement de Titre ou autrement, sans
la permission expresse & par écrit dudit Exposant
ou de ceux qui auront droit de lui à peine de confis-
cation des Exemplaires contrefaits, de quinze cens
livres d'amende contre chacun des contrevenans,
dont un tiers à Nous, un tiers à l'Hôtel Dieu de
Paris, l'autre tiers audit Exposant, & de tous dépens
dommages & interêts, à la charge que ces Presentes
seront enregistrées tout au long sur le Registre de la
Communauté des Libraires & Imprimeurs de Paris,
& ce dans trois mois de la datte d'icelles ; que l'impression de ce Livre sera faite dans notre Royaume
& non ailleurs, en bon papier & en beaux caracteres,
conformément aux Reglemens de la Librairie ; &
qu'avant que de l'exposer en vente, le Manuscrit ou
Imprimé qui aura servi de Copie à l'impression dudit
Livre, sera remis dans le même état où l'aproba-
tion y aura été donnée, és mains de notre tres cher
& feal Chevalier Garde des Sceaux de France, le
Sieur Fleuriau Darmenonville ; & qu'il en sera ensuite
remis deux Exemplaires dans notre Bibliotheque
publique, un dans celle de notre Château du Louvre,
& un dans celle de notre tres cher & feal Chevalier
Garde des Sceaux de France le Sieur Fleuriau Darmenonville ; le tout à peine de nullité des Présentes :

du contenu desquelles vous mandons & enjoignons
de faire jouir l'Exposant où ses ayans causes, pleine-
ment & paisiblement, sans souffrir qu'il leur soit
fait aucun trouble ou empêchement. Voulons que
la Copie desdites Presentes qui sera imprimée tout au
long au commencement ou à la fin dudit Livre, soit
tenuë pour duement signifiée, & qu'aux Copies
collationnées par l'un de nos amez & feaux Conseillers & Secretaires, foy soit ajoûtée comme à l'O-
riginal : Commandons au premier notre Huissier ou
Sergent, de faire pour l'exécution d'icelles tous
Actes requis & necessaires, sans demander autre
permission, & nonobstant clameur de haro, charte
normande & lettres à ce contraires : CAR tel est notre
plaisir. Donné à Paris le quatrième jour du mois
de Juin, l'an de grace mil sept cens vingt-trois,
& de notre Regne le huitiéme. Par le Roy en son
Conseil. DE SAINT HILAIRE.

Regiftré fur le Regiftre V. de la Communauté
des Libraires & Imprimeurs de Paris, page 271.
No. 545. conformément aux Reglemens : & notam-
ment à l'Arrêt du Conseil du 13. Aoust 1703,
A Paris le 14. Juin 1723.
BALLARD, Syndic.

ŒUVRES MELÉES

DE MADAME

DE GOMEZ.

L faut que vous soyez bien assurée, Madame, du pouvoir que vous avez sur moi, puisque vous dites que vous ne doutez point qu'aussi-tôt vôtre lettre reçûë, je ne subisse la loi que vous m'imposez de faire imprimer tout ce que j'ay composé soit en Vers soit en Prose ; mon amitié me fait regarder cette priere comme un ordre absolu, j'y souscris avec plaisir, puisque cela peut vous en faire independamment de l'amour propre qui n'en-

gage que trop un Auteur à montrer ces
Ouvrages. En voici de toutes sortes, &
pour vous plaire, je vais mettre au jour
des secrets que je n'avois osé confier
qu'à mon cabinet ; mais pour me venger en quelque façon de l'obéïssance
que vous exigez de moi , la lettre que
j'ai l'honneur de vous écrire , fera le
corps du Livre & je n'interromperai
tout ce que j'ai à vous dire que par
mes Tragedies , mes pieces de Vers
& quelques histoires qui en formeront
les membres , esperant par là , moins
ennuyer le Public, & vous aussi, Madame , qui m'y contraignez avec tant
d'autorité.

Pour commencer sur ce plan , voici les premices de ma Muse. Mon
cœur sensible aux grandes actions dès
l'âge le plus tendre , se sentit si fort
ému du recit de celles de Monsieur
le Maréchal de Catinat, que sçachant
à peine encore tenir la plume , je fis
pour lui cette Epitre.

❦❦❦❦❦❦❦❦❦❦❦❦❦❦

A Monsieur le Maréchal de Catinat.

EPITRE.

Filles de Jupiter, compagnes d'Appollon,
Muses conduisez moi, dans le sacré valon ;
Soûtenez mes accents, & par votre science
Satisfaites mes vœux, & mon impatience.
Mon esprit, que les Dieux, ont sans doute agité
Sous les appas d'un songe, a vû la verité,
Et c'est pour le décrire avec plus d'éloquence,
Que de votre art ici, j'implore l'assistance.
Je cherchois à chanter quelque fameux Heros
Dont vous avez jadis celebré les travaux,
Quand d'un si haut projet l'ouvrage trop penible,
Aux charmes du sommeil me fit rendre sensible ;
Je ferme la paupiere, & dans l'obscure nuit,
Je crois que le flambeau du plus beau jour nous
     luit ;
Sur le sommet d'un Mont qui menace la nuë
La Guerriere Pallas se presente à ma vûë !
Approche, me dit-elle, obéïs à ma voix ?
Et du grand Catinat tu verras les exploits,
C'est lui qu'il faut chanter, & c'est lui dont la gloire
Sera, dans l'avenir, d'éternelle memoire.
Tandis qu'elle me parle, une invisible main
Sur le haut de ce Mont me transporte soudain ;
Là je découvre un Temple où la toute puissance,
Fait goûter aux mortels le calme & l'innocence ;
Prés de ce lieu sacré je jette mes regards
Et je vois nos François porter nos étendarts ;
Leur Chef est le Heros vanté par la Déesse,
Mon ame en ce moment pour ses jours s'interresse,

A 2

Un monde d'ennemis que cherche son grand cœur,
Anime son courage, & cause ma frayeur ;
Il leur donne bataille, & son bras invincible
Montre de sa valeur un exemple terrible :
La victoire qu'on voit attachée à ses pas
Le fait prendre de tous pour le Dieu des combats ;
Sous un tel General nos Soldats intrepides
En voulant l'imiter, combattent en Alcides ;
Rien n'échape à ses coups, & des fiers Alliez
Quatre mille à mes yeux expirent à ses pieds.
Le Prince que je vois commander cette armée
De la peur d'être pris sent son ame allarmée,
Il fuit, & le vainqueur par de nouveaux combats
Attire mes regards en signalant son bras ;
Tout lui cede & se rend, trois importantes Villes
Sont pour ce grand guerrier des conquêtes faciles :
Je le vois ce Heros, toûjours victorieux,
Détruire les projets d'un Prince ambitieux ;
Ce Prince qui tantôt par de justes allarmes,
S'étoit sçû derober au bonheur de ses armes,
Veut encor d'un combat éprouver les hasards ;
Notre Guerrier sçavant dans le métier de Mars,
Accepte avec plaisir, cette nouvelle gloire,
Sans craindre les perils, il cherche la victoire,
Il paroît à la fois, General & Soldat,
Il commande, il attaque, il renverse, il abbat ;
L'ennemi sans effroi ne peut conter sa perte,
De dix mille des leurs, la campagne est couverte ;
Et le reste en fuyant, pour éviter la mort,
Avec son Souverain va deplorer son sort ;
Tandis que Catinat, toûjours infatigable
Va par d'autres exploits se rendre redoutable ;
Tu vois me dit alors la vaillante Pallas,
Ce qu'aux cœurs genereux la gloire offre d'appas ;
Mais c'est trop te montrer des objets de carnage
Tu viens d'en voir assez pour vanter son courage ;
Va le voir à present, prouver que le repos
Augmente bien souvent la gloire d'un Heros ;

Va , cours , portes tes pas jufqu'à fa folitude ;
C'eft-là que loin du bruit & de la multitude ,
Après tant de combats & de travaux guerriers ;
Tu verras ce Heros, content de fes lauriers ,
Refufer, fans mépris , & grandeur & richeffe,
Et preferer à tout la folide fageffe.
La Déeffe à ces mots prend la route des Cieux
L'aftre du jour paroît & viens fraper mes yeux ,
Je m'éveille , & vos foins, Mufes, m'ont fait décrire
Ses grandes veritez que l'Univers admire.

Voila, Madame, mon coup d'effai.
Fort peu de temps aprés , je feconday
par ces Vers à feu Monfieur le Duc
de Sully qui me faifoit l'honneur de
m'appeller fa fille , & qui étant à
Rhony m'avoit permis & même pref-
crit de lui écrire en vers.

❧❧❧❧❧❧❧❧❧❧❧❧

A Monfieur le Duc de Sully.

EPITRE.

A vos ordres ; grand Duc , ma Mufe eft toute
       prête ,
Elle fait fon bonheur d'obéir à vos loix ;
Mais fon peu de merite , en ce moment l'arrête ,
Peut-elle fans trembler faire entendre fa voix ?
Il faudroit un langage au-deffus du vulguaire ,
Une fimple mortelle , en parlant à des Dieux ,
Peut-elle fe flâter du bonheur de leur plaire ,

A 3

Et fans temerité lever fi haut les yeux ?
Je voudrois me parer du nom de votre fille ;
Ce titre glorieux a pour moi mille appas ,
Mais cet éclat pompeux , dont la naiffance brille ,
Ne me fait que trop voir , que je ne la fuis pas ;
A ce degré d'honneur je ne dois point prétendre ,
Je fçai ce que je fuis , & ne puis oublier
Que fi votre bonté pour moi vous fait defcendre ,
Il faut plus que jamais , grand Duc m'humilier ;
Ce beau nom à jamais fera dans ma memoire ,
Et rappellant fans cefse un fouvenir fi doux ,
Ma Mufe , Monfeigneur , mettra toute fa gloire
A montrer le refpect que j'eus toûjours pour vous.

Vous voyez, Madame, toute l'éten-
duë de mon orgüeil ; il ne falloit pas
moins que des Heros ou des perfonnes
d'un haut rang pour animer ma verve ; cependant vous n'êtes pas encore
à la fin des preuves de ma vanité : en
avançant en âge j'ai avancé en temc-
rité , des Seigneurs & des Heros ,
j'ai monté jufqu'aux premiers Princes
du Sang ; & vous venez de voir par
mes journées amufantes , que j'ai eu
la hardiefse de monter jufqu'au Trône : Mais pour diverfifier la matiere
je vais vous faire fortir de l'Epitre
pour quelques momens , & ma Mufe
va cefser de fe montrer ambitieufe

pour vous paroître tendre , delicate
& badine ; sur-tout ne formez point
de jugement , & songez en lisant ceci
que les Poëtes dans leurs entousiaf-
mes , n'ont souvent aucun objet réel.

RONDEAU.

Qui l'auroit dit , sans être temeraire ,
Que je verrois celui qui m'a sçû plaire ,
De notre amour briser les tendres nœuds,
Et me rendroit en ce jour malheureux ,
Le triste objet d'une flâme ordinaire !
A l'accuser mon foible cœur differe ,
Mais le cruel me contraint à le faire ,
C'est un ingrat indigne d'être heureux.
    Qui l'auroit dit !
Lui dont l'esprit au-dessus du vulguaire ,
Aux mœurs du temps paroissoit si contraire ;
Il me trahit & porte ailleurs ses vœux,
De mes tourmens , de mes soins , de mes feux ,
C'estlà le prix & l'injuste salaire ;
    Qui l'auroit dit !

DESESPOIR.

Si le jour paroissoit au milieu des tenebres,
Si la nuit se montroit , quand il doit faire jour ;
Si la terre abîmoit , si , par des cris funebres,
J'entendois du cahos annoncer le retour ;
Si la peste & la faim arrêtoient l'abondance,
Si le temps revenoit où le Ciel en fureur
Fît sentir aux mortels le poids de sa vengeance ;
Si tout n'étoit enfin que trouble & que terreur ,
Je croi que mon tourment cederoit à la peine
Que me fait ressentir , en ce jour malheureux

Le perfide Tircis , en brifant une chaîne
Dont le plus tendre amour avoit formé les nœuds.

MADRIGAL.

Achante, cher Mirtil , veut élever des Temples
Aux cœurs qu'un tendre amour engage fous fa loi.
De la fidelité nous voyons peu d'exemples ;
Mais s'il fçavoit , Mirtil , ce que je fens pour toi :
S'il pouvoit concevoir jufqu'où va ma conftance,
Et quel plaifir je trouve à te garder ma foi,
Les Temples que conftruit fa charmante éloquence,
Sans doute , cher Mirtil ; ne feroient dûs qu'à moi.

CHANSON.

L'hiver finit & ceffe fes ravages ,
　　Paroiffez aimables oifeaux ,
　　Ranimez vos tendres ramages ;
Et revenez habiter nos ormeaux ,
Si vous craignez encor que je vous faffe entendre ;
Par de triftes accents le recit de mes maux ,
Ah ! revenez charmants oifeaux ,
Mon cœur eft libre & je viens vous l'apprendre.

AUTRE.

Chantez oifeaux , chantez je viens pour vous en-
　　tendre ,
Celebrez à l'envi les douceurs de l'amour ;
Vous ne fçauriez rien exprimer de tendre ,
Que mon cœur , pour Mirtil , ne reffente en ce jour.

Je croi, Madame, qu'il eft temps.

de vous ramener à l'heroïque pour
vous faire partager toutes mes occupations; je suis persuadée que les Vers
suivans auront vôtre approbation,
étans pour un Prince, qui, en faisant
l'admiration de tout l'univers fait encore la vôtre en particulier ; je vous
avouërai ingenument, que malgré
les précautions que je pris pour les lui
faire presenter , j'ai toûjours ignoré
s'ils avoient eu le bonheur de parvenir jusqu'à lui.

A Son Altesse Royale Monseigneur le Duc d'Orleans, Regent du Royaume, à son avenement à la Regence.

Prince, digne en effet, de regir l'Univers,
Permettez que ma joye éclate dans mes Vers,
Et que ma voix se mêle à celle de la France,
Le bonheur de se voir sous votre obéïssance,
Pouvoit seul arrêter le torrent de ses pleurs ;
Elle espere bien-tôt la fin de ces malheurs,
Puisque le juste Ciel, s'interressant pour elle
A reparé les maux de la parque cruelle,
Réünissant en vous les utiles vertus
Qu'avoient séparement tous ceux qu'elle a perdûs ;
Je ne veux point ici chercher à les décrire,

A 5

Sur un pareil sujet que de chose à dire !
Mais l'on m'accuseroit de trop de vanité
Si je croyois pouvoir peindre la verité.
Je me contente donc, ô Prince Auguste & Sage,
En vous prouvant mon zele, en vous rendant hom-
　　mage,
De benir en ce jour la naissance & la Joi
Qui donnent ce modele à notre jeune Roy.
Dans un évenement pour nous si memorable,
Grand Prince, daignez être à mes vœux favorable,
Melpomene me guide & c'est par ses leçons
Que la Scene a déja retentit de mes sons ;
Par ma timidité pour mon premier ouvrage
Je n'osai demander votre auguste suffrage,
Cette crainte aujourd'hui cede à l'ambition
D'acquerir si je puis, votre protection ;
Ne la refusez pas au zele qui m'anime
Souffrez que deformais ma Muse vous l'exprime,
Et que vous consacrant son temps & ses travaux,
Elle forme sur vous ses Rois & ses Heros.

F Il n'est pas hors de propos de vous
mettre à la suite de ces Vers, ceux que
je fis quelque temps aprés pour feuë
Madame Duchesse de Berry ; vous
sçavez combien cette grande Princesse avoit de charmes ; Comme tout ce
qui touche mon cœur frape mon esprit, je ne pûs resister à l'envie de lui
faire connoître mes sentimens ; elle
eut la bonté de les recevoir avec ces
graces enchanteresses, qui en inspi-

rant un profond respect laissent au
fond de l'ame une tendresse extrême ;
je pris pour le pretexte de ces Vers le
déguisement du Domino, sous lequel
elle paroissoit au Bal ordinairement,
& ce fut lorsqu'elle étoit dans ce simple ajustement que j'eus l'honneur de
les lui presenter.

A Madame la Duchesse de Berry.

ENvain à nos regards sous un déguisement,
Dont la simplicité compose l'ornement,
Tu cherches à cacher l'éclat qui t'environne ;
Sans le secours trompeur d'un riche ajustement,
Princesse incomparable on connoît aisément,
Que sous ton Domino doit être une Couronne.

Rien ne peut déguiser cet air fier & touchant,
Ce port majestueux, ce son de voix charmant,
Ce regard enchanteur, dont les traits tout de flâmes,
Sçavent si bien assujettir nos ames,
Qu'il n'est point de mortel à ton divin aspect,
Qui ne mêle l'amour à son profond respect.

Oüi, sans l'éclat pompeux de ta haute naissance,
Princesse il te suffit de celui de tes yeux,
De leurs divins attraits, de leur douce puissance,
Pour ranger sous tes loix les hommes & les Dieux ;
On t'approche souvent sans oser te le dire,
Et c'est depuis long-temps le seul bien où j'aspire.

A. 6

Ce n'eſt point un encens que je donne à ton rang ,
Je ſçai ce que je dois à ton auguſte ſang ;
Mais à de froids devoirs ma plume ſe refuſe ,
Et loin d'enviſager ta ſuprême grandeur ,
Dans l'hommage qu'ici te vient rendre ma Muſe ,
J'ai ſuivi ſeulement le penchant de mon cœur.

    Pour ne point abaiſſer votre eſprit du grand au petit , je vais continuer ſur le même ton en vous faiſant voir tout ce que j'ai compoſé pour l'Electeur de Baviere.

***

Plainte de la Flandre Espagnole , ſur l'abſence de Son Alteſſe Electorale de Baviere.

QUe votre ſort eſt doux, habitans de Sureſne ,
A preſent la houlette eſt reſpectable en vous ,
Et l'Eſcaut qui jadis , faiſoit tant de jaloux ,
Voudroit changer ſes bords, pour les bords de la Seine.

Mes plus pompeux Palais , cedent à vos hameaux ,
Et leurs lambris dorez comparez à vos hêtres ,
N'ont plus qu'un vain éclat , heureux peuples champêtres ,
Vous joüiſſez du prix qu'attendoit mes travaux.

Et quand de toutes parts on m'accable de chaîſnes ,
Qu'on me donne des loix , vos ruſtiques échos
Retentiſſent du nom de l'auguſte Heros ,

Par qui seul j'esperois de voir finir mes peines.

Votre gloire en ce jour augmente mes douleurs ,
J'envie à chaque instant votre bonheur suprême ,
Vous possedez en paix le grand Prince que j'aime ,
Et je n'attends plus rien qu'un tissu de malheurs.

Mais que dis-je & pourquoi perdre toute esperance,
Non , non , de mon Heros je verrai le retour ,
Et vos bords orgueilleux sentiront à leur tour
Le tourment rigoureux que cause son absence.

D'un si flatteur espoir ne soyez point jaloux ,
Depuis assez long-temps recevans vos hommages ,
Il vous comble de dons, enrichit vos rivages ,
Un seul de ses regards étoit assez pour vous.

Baucis & Philemon Bergers de la Phrygie,
Reçûrent comme vous, les plus puissants des Dieux ,
Et comme eux à jamais contens & glorieux ,
Vous serez de vos jours l'ornement & l'envie.

De votre heureux destin , soyez donc satisfaits ,
Et laissez-moi penser que mon auguste Maître ,
Lui qui du monde entier meriteroit de l'être ,
Ne s'offencera pas de mes justes regrets.

Au même.

Dignes filles du Ciel , ô vous sçavantes sœurs ,
Qui sur le Mont sacré , voulûtes m'introduire ,
Quand de votre art divin , vous daignâtes m'instruire
Vous sçavez à quel prix j'acceptai vos faveurs.

J'osai vous demander pour me combler de gloire ,
De n'avoir qu'un objet à chanter dans mes Vers ,

De qui le rang suprême & les exploits divers,
Fissent graver mon nom au temple de memoire.

Qui peut mieux m'assurer un sort si glorieux,
Que l'auguste Heros que l'Isere a vû naître ?
Ce Prince magnanime en qui l'on vit paroître,
Tant de rares vertus qui l'égalent aux Dieux.

C'est lui seul aujourd'hui qui m'anime & m'inspire,
Je voudrois celebrer cette haute valeur,
Qui du fier Othoman le rendit la terreur,
Et qui fit chanceler son redoutable Empire.

De là portant mes yeux sur des objets plus doux,
Je voudrois exprimer cette bonté charmante,
Qui d'une ame heroïque, est la marque évidente,
Et qui le fait souvent descendre jusqu'à nous.

Enfin, je veux chanter cette magnificence,
Qui nous laisse par tout la trace de ses pas,
Cette noble fierté, cet acuëil plein d'appas,
Dont il sçait adoucir l'éclat de sa presence.

Muses, vous vous troublez à ce hardi dessein,
Vous le trouvez trop grand pour ma plume timide,
Il faudroit, dites-vous, pour peindre mon Alcide,
Les plus vives couleurs, la plus sçavante main.

Je le sçais, mais, mon but est de prouver mon zele,
Sans cesse, d'en offrir quelque preuve à ses yeux,
D'en signaler l'ardeur, & le suivre en tous lieux,
S'il accepte mes soins, ma Muse est immortelle.

Ces Vers furent reçus de son Altesse Electorale avec des marques

d'eftime fi glorieufes pour moi, que
je me crûs dans l'obligation de lui
dédier ma Tragedie d'H A B I S , dont
il avoit honoré de fa prefence les
premieres reprefentations ; revenons
à prefent, Madame, à des fujets moins
relevez, quoique trés-dignes d'attention , & puifque je vous ai parlé d'Ha
bis, & que voici l'endroit où mes Ouvrages dragmatiques interrompront
ma lettre , fouffrez que je les prece-
dent d'un Bouquet que je fis pour l'Illuftre Mademoifelle Defmares ; Vous
fçavez ainfi que tout le monde, que
cette Actrice inimitable paroit le
Theâtre des charmes de fa perfonne ,
& qu'elle y joignoit un jeu fi parfait
dans l'un & l'autre genre , que fans
avoir diminué la veneration que l'on
a pour la memoire de celles qu'ils l'ont
precedée , elle les a toutes effacées :
mais, vous ignorez peut-être fes autres qualitez , ne l'ayant jamais vûë
que fur la Scene ; c'eft ce qui m'oblige à vous faire un portrait abregé de
fon caractere ; vous avez dû juger

de son esprit par celui qu'elle répandoit dans ses rôlles, elle l'a vif, penetrant, orné & délicat, elle est naturellement éloquente, parlant bien, juste, & s'exprimant avec facilité ; son cœur ne cede en rien à son esprit, il est tendre, genereux, & sensible aux belles choses.

Elle ne prodigue pas son amitié, mais elle aime parfaitement ce qu'elle croit en être digne; elle est constante, bonne amie, & n'a que des sentimens nobles & relevez ; voila, Madame, une foible peinture de cette admirable fille, qui pour le malheur du public vient de quitter, si jeune, si belle & si excellente, qu'il a encore bien des années à la regretter de son vivant. Voici le Bouquet.

A Mademoiselle Desmares.

BOUQUET.

O Vous qui possedez les graces de Cithere ,
Vous qui les répandez dans vos moindres dis-
cours ,
Vous qui sçavez en tout le charmant art de plaire ,
Vous qu'on ne peut aimer , sans vous aimer toû-
jours ;
Desmares : c'est en vain que pour vous rendre hom-
mage ,
J'implore le secours de Flore & des neuf sœurs ,
Flore , par les attraits qu'on vous voit en partage ,
Craint que vous n'effaciez ces plus brillantes fleurs ;
Les Muses à vous seule attribuant leur charmes ,
Disent que c'est par vous qu'elles ont des appas ,
Et que leurs plus beaux Vers leur cause des allarmes,
Quand par quelque accident vous ne les dites pas ,
Qu'elles tiennent de vous ce que je leur demande,
Que pour rendre leurs traits ou plus forts ou plus
doux ,
Il faut que dans leurs chants votre bouche répande
Les charmes & l'esprit qu'on ne trouve qu'en vous ,
Que de leurs nourrissons , les peines & les veilles ,
Sans vous n'offriroient rien de touchant & de beau ;
Et que sans vous enfin, Racine & les Corneilles ,
Pour la seconde fois descendroient au tombeau.
Ainsi me refusant un secours necessaire ,

C'eſt le cœur, non l'eſprit qui vous oſtre un Bou-
　　quet
Compoſé par les ſoins d'une eſtime ſincere;
Il oſe ſe flâter d'en être plus parfait:
Que les Dieux à vos jours ajoûtent mille années,
Qu'ils daignent les remplir de biens & de ſanté,
Et que pour vous les rendre encor plus fortunez,
Ils arrachent au temps ces droits ſur la beauté;
Voila ce qu'en ce jour l'amitié vous preſente.
D'un ſi ſimple Bouquet ſi quelqu'un eſt ſurpris,
En l'acceptant, ſongez pour en être contente,
Que ce qui part du cœur eſt toûjours d'un grand
　　prix.

HABIS.

TRAGEDIE.

A

TRES-HAUT , TRES-PUISSANT ,

ET TRES-EXCELLENT PRINCE

MAXIMILIEN-EMMANUEL ,

DUC DE LA HAUTE ET BASSE
Baviere, du Haut Palatinat , de Brabant,
de Limbourg , de Luxembourg , & de
Gueldres , Comte Palatin du Rhin , Ar-
chidapifer Electeur, & Vicaire du Saint
Empire Romain , Landtgrave de Leïch-
temberg , Comte de Flandre , de Hai-
nault , & de Namur , Marquis du Saint
Empire , & Seigneur de Malines.

MONSEIGNEUR,

Quoique j'aye déja eu l'honneur de

EPITRE.

dédier un Ouvrage à VOTRE ALTES-
SE ELECTORALE ; ce n'eſt qu'en
tremblant que je prens la liberté de
mettre celui-ci ſous ſa Protection. La
delicateſſe de ſon goût me fait craindre
qu'elle ne trouve cette Tragedie peu digne de lui être preſentée ; mais, MON-
SEIGNEUR, cette bonté magnanime
dont VOTRE ALTESSE ELECTORA-
LE couronne ſes autres vertus, me fait
eſperer qu'elle ne me la refuſera pas.
Quelques grands qu'ayent été les applaudiſſemens du Public, ils ne pourroient me dedommager de la gloire que
j'attens de l'auguſte ſuffrage de VO-
TRE ALTESSE ELECTORALE. Ne
dédaignez donc pas, MONSEI-
GNEUR, d'en honorer un Auteur de

EPITRE.

qui le Sexe a besoin de l'indulgence de celui dont *VOTRE ALTESSE ELEC-TORALE* fait l'ornement & l'admira-tion ; & permettez que j'en tire au moins l'avantage d'avoir saisi l'occa-sion d'assurer encore *VOTRE ALTESSE ELECTORALE*, du zele & du profond respect avec lesquels je suis,

MONSEIGNEUR.

DE VOTRE ALTESSE ELECTORALE ;

La très-humble & très-
obéissante servante.
DE GOMEZ.

PREFACE.

JE n'avois nul deſſein de faire une Préface à la tête de cet Ouvrage n'ayant pas choiſi un ſujet aſſez connu pour craindre qu'on me reprochât d'avoir alteré l'Hiſtoire. Mais l'honneur que le Public a fait à ma Tragedie par des applaudiſſemens qui rendent ſa réüſſite des plus éclatantes, & les bruits qui ſe répandent qu'elle n'eſt pas de moi, m'ont fait changer de réſolution. Je ſuis trop jalouſe de ma gloire pour ſouffrir patiemment qu'on me l'ôte ou qu'on la partage ; & je rougirois de honte ſi j'étois capable de recevoir des loüanges qui apartiendroient à un autre. Si il paroſt ſurprenant qu'une femme de mon âge ſe ſoit appliquée à un Ouvrage de cette importance, on doit revenir de cette ſurpriſe en jettant les yeux ſur celles qui ont immortaliſé leur nom. Je puis même dire à l'avantage de mon ſexe que l'on

ne

PREFACE.

ne regarde plus comme un prodige les productions de son esprit. On ne peut donc, sans l'offenser generalement, me ravir le merite que j'ai d'avoir fait cette Piece, seule, & sans aucun secours; & je ne puis m'imaginer qu'il y ait des personnes assez hardies pour dire ou faire entendre qu'elles ont eu part dans les vers ou dans la conduite. Les défauts que le Public a bien voulu me passer n'y seroient peut-être pas si j'avois pû vaincre les mouvemens de l'amour propre qui m'ont portée à ne devoir qu'à moi la gloire que j'esperois acquerir. Je prie donc ce même Public de joindre aux applaudissemens qu'il a donnez à ma Tragedie, la justice de m'en croire le seul Auteur, puisque je lui rens celle qui lui est dûë en n'attribuant qu'à lui son heureux succès.

B

ACTEURS.

MELGORIS, Roi des Cinettes, Peuples d'une partie de l'Espagne.

AXIANE, Reine de Getulie, fille de Melgoris.

ERIXESNE, Princesse des Garamantes.

HESPERUS, Generalissime des Armées du Roi.

PHESRE'S, premier Ministre de Melgoris.

THOMIRE, Confidente d'Axiane.

NEPHISE, Confidente d'Erixêne.

NARBAS, Confident d'Hesperus.

HISPAL.

GARDES.

La Scene se passe dans le Palais du Roi, dans la Ville de Tartesse, Capitale du Royaume.

HABIS,

TRAGEDIE.

ACTE PREMIER.

SCENE PREMIERE.

AXIANE, ERIXESNE, THOMIRE, NEPHISE.

ERIXESNE.

UI , Madame , souffrez que je mêle
mes pleurs
Aux larmes que vous font répandre
vos malheurs ,
Et ne dédaignez pas les soins & la
tendresse
Qu'Erjxène pour vous conservera sans cesse.
J'en atteste les Dieux , qui savent qu'en ce jour
J'abhorre les honneurs qu'on m'offre en cette Cour.

B ij

AXIANE.

Il m'eſt bien doux de voir, genereuſe Princeſſe,
Qu'en mon ſort rigoureux votre cœur s'intereſſe ;
Mais je ne puis payer ces tendres ſentimens
Que du triſte recit de mes cruels tourmens ;
Et puiſqu'il faut enfin par cette confidence
Vous prouver aujourd'hui toute ma confiance,
Madame, connoiſſez, & l'époux, & le Roi.
Dont on veut vous offrir, & le trône, & la foi.
Sur tout dans mon diſcours, dépouillé d'artifice,
A ma ſincerité rendez cette juſtice,
Que ce ne ſera point pour éloigner vos yeux
Du rang que vos vertus m'arrachent en ces lieux.
Du cruel Melgoris je reçûs la naiſſance,
Seul fruit de ſon hymen, il cherit mon enfance,
Et me voyant l'objet des vœux des plus grands
    Rois
Il voulut d'un époux me remettre le choix.
Mon cœur n'abuſa point de cette confiance,
Du Roi de Getulie il craignoit la puiſſance,
Et pour mieux l'attacher, à mon pere, à mon
    Roi
Je le fis preferer pour lui donner ma foi.
Cet hymen ſe conclût, & dans moins d'une an-
    née
Je mis au jour le fruit de ce triſte hymenée ;
Melgoris auſſi-tôt fut conſulter les Dieux
Pour ſavoir de mon fils le deſtin glorieux.
Princeſſe, c'eſt ici la cauſe déplorable,
Des larmes dont je rends la ſource inépuiſable :
L'impitoyable Ciel, jaloux de mon repos
Sur le ſort de mon fils s'expliqua par ces mots :
    Melgoris, de ta fille un Heros vient de naître
    Que cent peuples divers reconnoſtront pour
      maître,
    Dont on admirera les travaux glorieux,
    Cheri par ſes vertus, des hommes & des
      Dieux ;

Mais qui malgré tes soins , & malgré ta pru-
dence
Doit te ravir un jour la suprême puissance.
Ce Monarque effrayé des menaces des Dieux,
Rentre dans son palais , agité , furieux ;
Sa tendresse pour moi change en haine implaca-
ble ,
Des arrêts du destin il croit mon cœur coupable ;
Il fait prendre Albius mon époux malheureux ,
Et condamne mon fils au sort le plus affreux.
Mes prieres , mes cris , mes larmes ni mes plain-
tes
Ne peuvent l'attendrir ni dissiper ses craintes ,
Et pressé d'être enfin de son sang le bourreau ,
Par son ordre mon fils a la mer pour tombeau.
Que deviens-je au recit de ce crime effroyable ,
Mon pere me parût un monstre épouventable ,
Et craignant pour les jours de mon cher Albire
Je courus le chercher , mais il ne vivoit plus ;
Il avoit sçû d'Habis la triste destinée ,
Et croyant qu'à le suivre on m'avoit condamnée
Ne pouvant nous vanger par un illustre effort ,
Ce Prince infortuné s'étoit donné la mort.
A ce dernier malheur , jugez , jugez , Madame ,
Quel fut le despoir où je livrai mon ame :
Pour suivre mon époux , cent fois j'armai mon
bras ,
Et cent fois Melgoris empêcha mon trepas ,
Mais le cruel , helas ! ne conserva ma vie
Que pour jouïr des maux dont elle est poursuivie;
Le sujet de mes pleurs pouvoit seul le charmer ,
Dans cet affreux palais il me fit enfermer.
Depuis ce jour fatal aux tourmens condamnée
J'y pleure les malheurs où je fus destinée.

ERIXESNE.

Je ne puis exprimer la surprise, & l'horreur ,
Que ce recit funeste a jetté dans mon cœur.
Que votre sort, helas ! grande Reine , est à plaindre

Pagination incorrecte — date incorrecte

NF Z 43-120-12

Mais moi-même, à mon tour, que ne dois-je pas
    craindre ?
Etrangere en ces lieux, fans appui, fans amis,
Quel efpoir de fecours pourra m'être permis ?
Vous le favez, Madame, une guerre mortelle
Sembloit dans Garama devoir être éternelle.
Depuis fix ans entiers les cruels Lybiens
Accabloient nos fujets des plus honteux liens.
Quand mon pere du vôtre implora l'affiftance
Melgoris avec joie accepta l'alliance,
Et lui fit propofer par fes Ambaffadeurs
D'unir par notre hymen, leurs Etats, & leurs
    cœurs.
Qu'à ces conditions il offroit une armée,
Sous le jeune Hefperus à vaincre accoutumée.
Mon pere fe voyant preffé de toutes parts,
L'orgueilleux Lybien menaçant nos remparts,
Conclut fans balancer le fatal hymenée,
Où je fuis en ce jour malgré moi condamnée.
Cependant Hefperus, heros cheri des Dieux,
Dont on ignore encore le rang & les aïeux,
Choifi par Melgoris pour finir nos allarmes
Vint bien-tôt attacher la victoire à nos armes.
De nos triftes fujets il ranima les cœurs,
Fit trembler la Lybie,& vainquit nos vainqueurs,
Et fa rare valeur dans le cours d'une année
Nous fit voir par la paix la guerre terminée.
Mais tandis que chacun oublioit fes malheurs
J'abandonnois mon ame aux plus vives douleurs,
Je voyois approcher la cruelle journée
Où je devois quitter les lieux où je fuis née.
Je l'avouerai, Madame, une fecrette horreur,
Au nom de Melgoris, s'emparoit de mon cœur ;
J'avois fçû d'Hefperus la déplorable hiftoire
Des maux dont vous gardez la funefte memoire.
J'admirois vos vertus, je plaignois vos malheurs,
Et vous étiez fouvent la caufe de mes pleurs.
Il fallut cependant par une loi fevere.

Me réſoudre à quitter ma patrie, & mon pere :
Je partis, & d'hier arrivée en ces lieux ;
Melgoris un moment s'eſt offert à mes yeux ;
Et voulant profiter de l'inſtant favorable,
Où ſon air n'avoit rien d'un tyran redoutable ;
Aprés ce qu'exigeoit envers lui mon devoir,
J'oſai lui demander le bonheur de vous voir :
Il me parut ſurpris de mon impatience,
Mais craignant qu'un refus montrât ſa défiance,
Madame, il me permit de venir aujourd'hui
Vous jurer que mon cœur eſt plus à vous qu'à lui.
Je ne ſais cependant ce que l'on doit attendre
Du bruit que dans ces lieux le peuple fait répandre.
On dit Habis vivant, & qu'échappé des eaux
Il vient pour vous vanger, & finir tous vos maux.

AXIANE.

Déja juſques à moi, ce bruit s'eſt fait entendre,
J'en ignore la cauſe, & je crains de l'apprendre,
Je ſais trop de mon fils le deplorable ſort,
Le genereux Pheſrès fut temoin de ſa mort.
Et je ne penſe pas qu'il m'eût fait un myſtere
Du ſalut d'une vie à mes deſirs ſi chere :
Ce Pheſrès que l'on voit cheri de Melgoris
Et que j'avois choiſi pour élever mon fils,
Condamnant de ſon Roi l'injuſtice & la rage
Voulant ſauver Habis courut ſur le rivage,
Afin de l'arracher à la fureur des eaux ;
Quel ſpectacle, grands Dieux ! triſte jouet des flots,
Il vit long-tems ſon corps errer à l'avanture
Et dans un gouffre affreux trouver ſa ſepulture.
En vain donc l'on voudroit me donner quelque eſpoir
Je ſuis trop ſûre, helas ! de ne le plus revoir.
Mais, quand des Dieux enfin la ſuprême puiſſance
Auroit ſauvé ſes jours de tant de violence,
Melgoris aujourd'hui veut-il moins ſon trepas ;
Et ſi pour ſe vanger mon fils armoit ſon bras,
Sur qui porter ſes coups ? ſur un Roi ? ſur un Pere
Que malgré ſes fureurs mon cœur encor revere :

B iiij

Ah ! s'il faut à ce prix qu'Habis me foit rendu,
Que pour moi cet efpoir à jamais foit perdu.
J'aime mieux mille fois, dans le fort qui m'accable ,
Le voir mort innocent , que vivant & coupable.

ERIXESNE.

Ah ! de tant de vertus les Dieux feront touchez.

AXIANE.

A me perfecuter ils font trop attachez.
Mais bien-tôt de ces bruits Phefrès viendra m'inftrui-
re,
Par fon ordre déja Narbas m'eft venu dire
Qu'en mon appartement on ne me retient plus ,
Et que ce changement vient des foins d'Hefperus.
On dit que ce heros à me fervir s'empreffe :
J'ignore dans mon fort quel motif l'intereffe :
Je ne l'ai jamais vû.

ERIXESNE.

Peut-être que les Dieux ;
Pour finir vos malheurs , l'ont conduit en ces
lieux.
Il poffede du Roi toute la confiance,
Et Phefrès . . . . . mais vers nous je le vois qui
s'avance.

SCENE II.

AXIANE, ERIXESNE, PHESRE'S, THOMIRE, NEPHISE.

AXIANE.

EH bien ! du fort d'Habis êtes-vous informé
Le peuple, de fon nom, eft-il toujours charmé ?
Expliquez-vous, Phefrès ; parlez fans vous con-
   traindre,
Ne me deguifez rien, dois-je efperer ou craindre ?

PHESRE'S.

De fon deftin encor je n'ai pû rien favoir,
Le peuple cependant s'empreffe pour le voir :
Il crie à haute voix qu'on lui faffe connoître
Le Prince que le Ciel lui deftine pour maître,
Et fuivant fans raifon fa vehemente ardeur,
Il difpofe déja de fa main, de fon cœur ;
Et d'un commun accord la Princeffe Erixène
Eft la feule qu'Habis doit leur donner pour Reine;
Voilà ce que j'ai fû ; mais enfin aujourd'hui.
Si le Prince eft vivant, ne craignez rien pour lui.
Madame, j'en réponds, diffipez vos allarmes,
Si pour le fecourir il faut prendre les armes ;
Je fuis fûr des foldats, ils aiment Hefperus ;
Ce heros à leur tête, il ne faut rien de plus.
Mais du Roi cependant évitez la prefence,
Il va fe rendre ici, laiffez à ma prudence
Le foin de decouvrir fes fecrets fentiments,
Il paroît agité de divers mouvements :
Peut-être dans fon cœur trouve-t-il quelque peine

B v

A faire encor ceder la nature à la haine ;
Et le temps peut donner des sentimens plus doux.

AXIANE.

Helas ! après les Dieux je n'espere qu'en vous.
S'ils ont sauvé mon fils, conservez leur ouvrage,
Ecartez loin de lui la mort ou l'esclavage,
Mais sur tout cher Phesrès, en protegeant Habis
Songez à respecter les jours de Melgoris.
Et vous que la pitié dans mon sort interesse
Daignez parler pour lui, genereuse Princesse,
Et ne permettez pas qu'un sang si precieux
Marque de votre hymen le moment glorieux.

SCENE III.

ERIXESNE, PHERE'S, NEPHISE.

ERIXESNE.

Quoique de mon pouvoir je n'ose rien atten
dre
Je perirai plutôt que de le voir repandre.

PHESRE'S.

Madame, conservez ces nobles sentimens,
Ramenez Melgoris de ses égaremens.
Ce Monarque vous aime, & de votre hymenée
Avec impatience il attend la journée.
Je sais que cet hymen flatte peu votre cœur,
Qu'il en voit les apprêts avec quelque douleur,
Que le trône à ce prix ne peut vous satisfaire,
Qu'un rang moins éclatant auroit de quoi vous plai-
re,
Cependant vous devez vous contraindre en ce jour,

Où regne la fureur, faites regner l'amour.
A vous tout accorder contraignez sa tendresse,
Et du destin d'Habis rendez-vous la maitresse.
Je sais vos sentimens; de puissants interêts
M'ont contraint à vouloir penetrer vos secrets.
Je n'abuserai point de cette connoissance,
Daignez prendre en mon zéle une entiete assuran-
ce :
Mais si vous n'empêchez le Prince de mourir
Tout ce que vous aimez, Madame, doit perir.
Je ne puis à vos yeux dévoiler ce mystere,
Pour le salut d'Habis je dois encor me taire.
Vous en savez assez pour prevenir des maux
Qui pourroient à jamais troubler votre repos.

ERIXESNE.

Quel discours . . . . juste Ciel ! pourquoi ma dé-
stinée
Au sort de votre Habis seroit-elle enchaînée ?
Ah ! de grace, Seigneur, dissipez mon effroi
Et puisque vous savez . . . .

PHESRE'S.

On ouvre, c'est le Roi.

SCENE IV.

MELGORIS, ERIXESNE, PHERES, NEPHISE, GARDES.

MELGORIS.

ENfin, bien-tôt, Madame, une éternelle chaîne
Doit unir Melgoris à l'illustre Erixène :
Et fans vous offenfer, mon cœur peut en ce jour
Expliquer à vos yeux l'excès de mon amour.
Peut-être avez vous crû qu'un deffein politique
Vous a feul enlevée à la fauvage Afrique,
Et que l'ambition d'unir deux grands Etats
M'a fait jetter les yeux fur vos divins appas.
De pareils fentimens touchéroient peu votre ame,
Et vous prouvéroient mal, mon eftime, & ma flam-
     me.
Ces maximes d'Etat faites pour nos fujets
Ne font que pour cacher nos fentimens fecrets ;
Je leur laiffe une erreur qui peut faire ma gloire,
Mais je m'offenferois fi vous le pouviez croire.
Le bruit de vos beautez parvenu jufqu'à moi
M'a fait feul defirer de vous offrir ma foi ;
Je ne dois cependant qu'aux volontés d'un pere,
L'illuftre don d'un cœur que ma tendreffe efpere,
Et pour rendre mon fort, Madame, encor plus
     doux,
Je voudrois me flater de le tenir de vous.

ERIXESNE.

Par mon pere, Seigneur, ma main vous eft promife

A ses ordres toujours vous me verrez soumise,
Quels que soient les motifs qui m'unissent à vous.
Puisqu'il vous a choisi pour être mon époux.
J'obéïrai, Seigneur . . . . .

SCENE V.

MELGORIS, PHESRE'S.

MELGORIS.

AH ! malgré sa contrainte
J'ai lû dans ses regards sa douleur & sa crainte.
Elle me hait, Phesrès, & le destin d'Habis
Lui fait avec horreur regarder Melgoris.
Je sais que mes fureurs en tous lieux publiées,
Malgré le tems, jamais ne seront oubliées.
Je ne me flatte point, aux plus lointains climats
Du malheureux Habis on a sû le trepas,
Et le fatal moment où j'assouvis ma haine
Fut le jour où les Dieux firent naître Brixêne ;
Et quand on a voulu lui peindre Melgoris,
On n'a pû le montrer qu'en meurtrier d'Habis ;
Cependant, cher Phesrès, je sens que dans mon
    ame
Ma haine pour Habis triomphe de ma flâme,
Et ne puis sans fremir apprendre que les Dieux
Ont conservé des jours qui me sont odieux.
                    PHESRE'S.
Du bruit qui s'en répand la cause est incertaine,
Mais le peuple, Seigneur, instruit de votre hai-
    ne ;

Si le Prince eſt vivant, deviendra ſon appui ;
Il n'en faut point douter, il s'armera pour lui ;
Et les Gétuliens à leurs Princes fideles
Viendront offrir leurs bras, à vos ſujets rebelles :
Ils vous firent la guerre à la mort d'Albius,
Ils la feroient encor ſans le brave Helperus.
Sa valeur leur a fait abandonner les armes,
Mais il n'a pas tari la ſource de leurs larmes ;
Ce n'eſt qu'avec regret qu'ils ſubiſſent les loix
D'un Prince tout couvert du beau ſang de leurs
    Rois,
Et pour vanger d'Habis le deſtin deplorable
Ils n'attendent, Seigneur, qu'un moment favora-
    ble.
Les Rois vos alliés s'uniront contre vous
Si votre cœur ne prend des ſentimens plus doux.
Et comment ſans horreur celui des Garamantes
Verra-t-il que vos mains du ſang d'Habis fuman-
    tes
Offriront à ſa fille à la face des Dieux
Un ſceptre tout ſouillé de ce crime odieux ?
Ah ! reprenez, Seigneur, la tendreſſe d'un pere,
Et ſongez qu'Axiane autrefois vous fut chere,
Qu'elle vous doit le jour, & que mere d'Habis
Son ſang devient le vôtre, & qu'il eſt votre fils.
Mais, Seigneur, vos regards m'ordonnent de me
    taire ;
Pardonnez à mon zèle un diſcours temeraire.
Pour vos ſeuls interêts j'en écoute l'ardeur,
Et voudrois pour un fils attendrir votre cœur.

MELGORIS.

Vous deviez reſerver la force de ce zèle
Pour ſervir votre Roi contre un peuple rebelle,
Et ne pas l'employer à proteger les jours
D'un Prince qui des miens doit abreger le cours ;
Et ſi de trahiſon je vous croyois capable
Un diſcours ſi hardi vous eût rendu coupable.
J'excuſe cependant l'excès de cette ardeur,

Et veux bien fans détour vous decouvrir mon
  cœur.
Vous blâmez ma conduite, & s'il faut vous en
  croire,
En immolant Habis je vais perdre ma gloire ;
Tout l'univers entier va s'armer contre moi,
Et mes propres fujets vont me manquer de foi.
Ces malheurs autrefois étoient-ils moins à craindre ?
Axiane & fon fils étoient-ils moins à plaindre ?
Me fuis-je moins vangé ? les a-t-on fecourus ?
Tous les Rois ont-ils pris le parti d'Albius ?
L'Etat a-t-il gemi par des guerres civiles ?
A-t-on vû ravager mes Provinces & mes Villes ?
En ai-je moins été triomphant, glorieux,
Et mes fujets enfin en font-ils moins heureux ?

             P H E S R E S.

Je l'avouerai, Seigneur, jamais Roi fur la terre
N'a paru plus heureux, dans la paix, dans la
  guerre ;
Mais fi le trifte fort de l'innocent Habis
Ne vous a pas encor attiré d'ennemis ;
Si pour vanger fa mort on n'a pas pris les armes
On ne doit l'imputer qu'aux mortelles allarmes.
Que la guerre a caufée à tous les Potentats
Qui deplorent d'Habis le funefte trepas.
Par l'effet d'une fage & fine politique,
Attentifs aux fuccés de la guerre d'Afrique,
Et craignant du vainqueur le redoutable bras,
Ils ont mis tous leurs foins à garder leurs Etats.
A prefent que la paix a diffipé leur crainte
Leur fureur à vos yeux paroîtra fans contrainte.
De la mort de ce Prince ils feront les vangeurs,
Et s'il vit, de fes jours ils feront deffenfeurs.
Si de tant d'ennemis vous méprifez les armes,
D'Axiane, Seigneur, voyez couler les larmes,
Confiderez le tems qu'ont duré fes ennuis,
Et réparez fes maux en lui rendant fon fils.

Ah ! je 'fai mieux que toi quelle eſt mon injuſtice,
Mais tel eſt de mon fort le rigoureux caprice ;
Je dois haïr Habis ſi je veux être Roi,
Et le trône, Pheſrès, a trop d'appas pour moi.
Contre mes cruautés moi-même je murmure,
Mais je voudrois en vain rappeller la nature ;
Un oracle fatal a chaſſé de mon cœur
Ce que le nom de pere y gardoit de douceur.
Allons voir cependant à quoi je dois m'attendre,
Et ſachons aujourd'hui quel parti je dois prendre.
Et vous, Dieux inhumains ! ſi vous vouliez qu'Habis
Tint dans mon cœur le rang que doit tenir un fils ?
Si vous ne vouliez pas qu'il devînt ma victime,
Que ne me cachiez-vous ſon deſtin & ſon crime.

Fin du premier Acte.

ACTE SECOND.

SCENE PREMIERE

HESPERUS, NARBAS.

HESPERUS.

T-on trouvé Phesrés, puis-je l'entretenir ?
NARBAS.
Oui, Seigneur, dans ces lieux il va
bien-tôt venir.
Mais, qui peut vous causer cette
sombre tristesse ?
Tout flate vos desirs, l'hymen de la Princesse
Ne peut être achevé que le destin d'Habis
N'ait dissipé le trouble où paroît Melgoris.
HESPERUS.
Ah ! que n'a-t-il peri ce Prince deplorable,
Je ne souffrirois pas le tourment qui m'accable.
NARBAS.
Quoi, Seigneur, contre lui conspirez-vous aussi ?
HESPERUS.
De mes malheurs, Narbas, tu n'es pas éclairci ;
Je sai quel est ton zèle, & ma reconnoissance

Ne laisse dans mon cœur aucune defiance,
Apprends donc qui je suis, & reconnois en moi
'Et le fils d'Axiane, & le sang de ton Roi.

NARBAS.

Vous, Seigneur, vous Habis? qu'elle main secou-
rable
A garanti vos jours d'une mort effroyable?

HESPERUS.

Tu sais, mon cher Narbas, que le Roi furieux
De ce que sur mon sort avoient predit les Dieux,
Sans pitié pour mon âge & pour mon innocence,
Voulut avec éclat signaler sa vangeance.

NARBAS.

Oüi, Seigneur, & j'ai sû qu'il crût que son repos
Dependoit de vous voir submergé par les eaux.

HESPERUS.

La mer à ses desseins ne parut pas propice,
Elle n'accepta point ce cruel sacrifice;
Et sans doute les Dieux attentifs à mon sort,
Envoyerent Phesrès pour empêcher ma mort.
L'espoir de me sauver de cet affreux naufrage
Avoit conduit ses pas sur ce fatal rivage.
Juge, mon cher Narbas, juge de ses transports;
Quand un flot jusqu'à lui fit approcher mon
corps.
Il me prend, il m'embrasse, & connoît avec joie
Que de la mort encore je ne suis pas la proie.
Il en rend grace aux Dieux; mais redoutant pour
moi
Le sejour de la Ville, & les regards du Roi,
Et voulant sans peril élever ma jeunesse,
Il choisit les deserts de la vaste Tartesse
Pour cacher mon destin, & ses soins genereux,
Comme un azile sûr aux mortels malheureux.
C'est-là, mon cher Narbas, que cet ami fidele
A signalé pour moi sa tendresse & son zèle.
J'avois passé quinze ans dans ces sauvages lieux,

Quand la guerre m'offrit un fort plus glorieux ;
De barbares brigands une nombreuse armée,
Avide de carnage, au meurtre accoûtumée,
Vint fondre dans Tarteſſe & ravager nos champs,
Tout fuyoit à ſa vûë, & nos ſoldats tremblants
Loin de les attaquer & de rien entreprendre,
Se diſputoient entr'eux la honte de ſe rendre.
Le bruit de leurs fureurs parvenu juſqu'à moi,
Au lieu de m'inſpirer la terreur & l'effroi,
Fit naître dans mon cœur la glorieuſe envie
De ſignaler mon nom en expoſant ma vie ;
Et comme de Pheſrès je me croyois le fils,
Je le preſſai d'offrir mon bras à Melgoris.
Les monſtres furieux des forêts de Tarteſſe
Avoient déja ſenti ma force & mon adreſſe :
J'étois toujours vainqueur, & j'oſois me flatter
Que l'homme n'étoit pas moins facile à dompter.
Pheſrès avec plaiſir reconnut mon courage,
Mais craignant pour mes jours quelque nouvel
    orage,
Par un récit ſincere, entrecoupé de pleurs,
Il m'apprit qui j'étois ; l'oracle, mes malheurs,
Les cruautés du Roi, le trepas de mon pere,
Et la longue priſon de la Reine ma mere ;
Et que ſi je voulois prouver à Melgoris
Que malgré ſes fureurs il revoyoit Habis,
Je portois ſur mon ſein les glorieuſes marques
Qu'on imprime en naiſſant aux fils de nos Monar-
    ques ;
Mais qu'il falloit avant, à force de vertus,
Le contraindre à m'aimer ſous le nom d'Heſpe-
    rus.
Ce diſcours flatoit trop mes deſirs & ma gloire
Pour oſer héſiter un moment à le croire ;
Ainſi dans mes deſſeins toujours plus affermi
Je ne reſpire plus que le ſang ennemi.
Pheſrès trop convaincu que depuis ma naiſſance

Les Dieux s'étoient unis pour prendre ma dé-
fenfe,
Pour retenir mon bras ne fit qu'un foible effort,
Et je me vis enfin le maître de mon fort.

NARBAS.

Ciel ! qui pourroit ici douter de ta puiffance !
Satisfaites, Seigneur, ma jufte impatience.
Je ne puis concevoir fans en trembler d'éfroi,
Comment vous avez fait pour vous cacher au
Roi.

HESPERUS.

Je me rendis au camp, où fans vouloir paroître,
J'attendis le moment de me faire connoître.
Le hazard me l'offrit dans le premier combat,
Où je parus d'abord comme fimple foldat.
De notre General la valeur temeraire
L'engageant trop avant dans le parti contraire,
Malgré tous les efforts précipita fa mort.
Les Cinettes bien-tôt fûrent fon trifte fort,
Et trouvant dans la fuite un fecours falutaire,
Ils s'ébranloient déja, lorfqu'outré de colere
De voir fi peu de cœur aux foûtiens de nos Rois,
Je m'avance, & par tout faifant voler ma voix,
Je m'oppofe à leur fuite, & leur vante la gloire
Qu'ils auront de mourir en cherchant la victoire.
De l'efpoir du butin je flate leur valeur,
Et ne neglige rien pour calmer leur terreur.
Je ne fai fi les Dieux, à mes vœux favorables,
Leur firent voir en moi quelques traits refpecta-
bles ;
Mais lorfque j'eus parlé, d'une commune voix :
Commandez, dirent-ils, & nous fuivrons vos
loix.
Alors, fans balancer, j'accepte cette gloire ;
J'ordonne qu'on me fuive, & bien-tôt la victoire
Par un heureux retour s'attachant à nos pas,
De dix mille brigands nous fit voir le trepas ;
Le refte n'a d'efpoir qu'en une prompte fuite,

Et la nuit qui paroît nous défend la poursuite.
Les Cinettes vainqueurs, mais surpris & confus
Portent jusques au Roi l'action d'Hesperus.
Il demande à me voir, & c'est Phesrès lui-même
Qui m'annonce du Roi la volonté suprême.
Je me rends à la Cour, & m'offre à Melgoris ;
Et comme rien en moi ne lui parloit d'Habis,
Qu'il n'avoit point d'objet qui reveillât sa haine,
La nature en secret agit sur lui sans peine ;
Et sans savoir quel est cet absolu pouvoir
Qui le force à sentir tant de joie à me voir,
Il m'embrasse, & cent fois nomme reconnoissance,
Ce qui n'est que du sang l'invisible puissance.

NARBAS.

Ce service éclatant meritoit son amour,
Et je ne doute point que la nature un jour
De son ame, Seigneur, ne se rende maitresse,
Et ne fasse ceder la haine à la tendresse.

HESPERUS.

Enfin il demanda quel étoit mon pays,
Si j'étois son sujet, & de qui j'étois fils.
Je dis que j'ignorois mon rang & ma patrie,
Et le nom de celui dont je tenois la vie :
Qu'un Lybien m'avoit tendrement élevé,
Mais que la mort trop tôt me l'ayant enlevé,
J'avois fait le dessein d'illustrer ma memoire
En bravant les perils attachez à la gloire,
Et qu'ayant sû la guerre au sein de ses Etats,
Je les avois choisis pour signaler mon bras.
Ce discours n'ayant rien qui ne parût sinceré,
Il n'en penétra point le sens & le mystere,
Et quoiqu'il fût touché d'ignorer mes aïeux,
Il jura de me faire un destin glorieux ;
Et sans doute voulant éprouver mon courage,
Il me laissa le soin d'achever mon ouvrage.
Tartesse, en moins d'un an, se vit en sûreté,
Et les brigands punis de leur temerité.
A peine cette guerre étoit-elle achevée

Qu'on vit la Gétulie auſſi-tôt ſoulevée.
Ces peuples malheureux ſoûmis à Melgoris,
Ne cherchant qu'à vanger Albius & ſon fils,
Pour la troiſiéme fois à leur Prince fideles,
Au joug de Melgoris ſe montrerent rebelles.
Pour les dompter, Narbas, & leur donner la loi,
Ce Monarque irrité jetta les yeux ſur moi.
Ce ne fut pas, ami, ſans repandre des larmes,
Que je me vis contraint d'aller porter les armes,
Contre un peuple accablé de mon malheureux
    ſort,
Et qui n'étoit armé que pour vanger ma mort,

NARBAS.

Je ne m'étonne plus quand tout couvert de gloi-
    re,
Vous paroiſſiez, Seigneur, gemir de la victoire;
Ce fut en ce tems-là que m'attachant à vous,
Je fis de vous ſervir mon deſtin le plus doux.

HESPERUS.

Ainſi tu te ſouviens que contre toute attente
Je fis faire une paix juſqu'à preſent conſtante.
Tant de ſuccès heureux, firent que Melgoris
Me regarda bien-tôt comme ſon propre fils.
De ſes plus chers ſecrets je fus depoſitaire,
Sans moi, ſans mes conſeils, rien ne pouvoit lui
    plaire;
Tout flatant près de lui, mes vœux & mon eſ-
    poir,
Je voulus ſur ſon cœur éprouver mon pouvoir.
J'y réüſſis, Narbas, malgré ſa colere
J'obtins la liberté de la Reine ma mere.
Impatient, charmé, j'allois ſêcher ſes pleurs,
Lui faire voir ſon fils, & finir ſes malheurs,
Lorſque de Garama l'ambaſſade éclatante
Vint m'arracher ma joie & tromper mon attente.
Melgoris défendit que juſqu'à mon retour
Axiane reprît ſon rang en cette Cour.
Ami, tu ſais le reſte; arrivé dans l'Afrique,

Malgré tous mes efforts, mes soins, ma politi-
que,
Erixéne en mon cœur fit naître tant d'amour,
Que pour me l'arracher il faut m'ôter le jour.
Cependant en ces lieux, par moi-même amenée,
Mes exploits n'ont servi que pour son hymenée.

NARBAS.

Esperez tout, Seigneur, du peuple & des soldats;
Le Roi qui vous cherit sait que sans votre bras......

HESPERUS.

Je n'attends rien, Narbas, de sa reconnoissance,
S'il connoît une fois ma flâme & ma naissance.
Phesrès vient, laisse-nous; je veux en liberté
Lui dire les transports dont je suis agité.

SCENE II.

HESPERUS, PHESRE'S.

HESPERUS.

JE vous attends Phesrès avec l'impatience
D'un Prince, dont vos soins font l'unique espe-
rance,
J'attends de vos conseils, ou la vie ou la mort.

PHESRE'S.

Vous êtes seul, Seigneur, maître de votre sort.
Un mot va vous ouvrir le chemin à l'Empire,
Et rompre les liens dont votre cœur soupire.
Le peuple prevenu ne veut que voir Habis,

Pour le conduire au trône, & perdre Melgoris.

HESPERUS.

Moi! que je monte au trône, & qu'aux yeux de ma
    mere
Je porte le poignard dans le sein de son pere!
Ah! depuis quand Phesrès voulez-vous qu'Hespe-
    rus
S'illustre par le crime, & non par des vertus.

PHESRE'S.

Ah! que pour moi, Seigneur, ce reproche a de
    charmes.
Je ne regrette plus mes soins & mes allarmes;
Je benis mille fois le moment où les Dieux
M'ont conduit pour sauver des jours si précieux.
Je l'avouerai, Seigneur, je craignois dans votre
    ame
Les transports indiscrets d'une trop vive flâme,
Et que pour posseder Erixêne en ce jour
Vous ne fissiez ceder votre gloire à l'amour.

HESPERUS.

Quoique de cet amour mon cœur soit la victime,
Il est trop pur, Phesrès, pour le conduire au
    crime.
Et j'atteste les Dieux, que l'oracle jamais
Ne peut être accompli s'il l'est par mes forfaits.
Mais sans tremper mes mains dans un sang res-
    pectable,
Ne puis-je détourner un hymen qui m'accable!

PHESRE'S.

Le Roi de cet hymen a retardé le jour,
Le nom d'Habis le trouble & suspend son amour.
Quels que soient les attraits dont brille la Prin-
    cesse,
La haine dans son cœur surmonte la tendresse,
Cependant, par mes soins, le bruit s'est répandu
Que le Prince est vivant, & qu'il est attendu.
Le peuple & les soldats sont prêts à le défendre,
Si le Roi contre lui vouloit rien entreprendre.

Montrons

Montrons-leur donc, Seigneur, que le brave Hei-
    perus,
Ce heros qu'on adore est le fils d'Albius.
Par de secrets ressorts que mon zele m'inspire
Sans crime je sçaurai vous conduire à l'empire;
Unir votre destin à l'objet de vos vœux,
Et mourir, s'il le faut, pour voir mon Prince heu-
    reux.

HESPERUS.

Ah! j'ai trop éprouvé vos soins & votre zele
Pour douter un moment d'un ami si fidele.
Disposez donc, Phesrès, d'Hesperus & d'Habis;
Toujours à vos conseils vous les verrez soûmis.

PHESRE'S.

De mes desseins bien-tôt je viendrai vous instruire,
Un plus long entretien pourroit ici nous nuire.
Daignez vous confier à mon zele, à ma foi,
Et de votre destin reposez-vous sur moi.

HESPERUS.

Si les Dieux, cher Phesrès, comblent mon espe-
    rance,
Soyez sûr à jamais de ma reconnoissance.

PHESRE'S.

Je vous quitte, la Reine adresse ici ses pas;
Pour ne rien hazarder ne vous decouvrez pas.

C

SCENE III.

AXIANE, HESPERUS, THOMIRE.

AXIANE.

D'Une longue prison par vos mains délivrée,
De vos soins genereux vivement penetrée,
Je viens vous en marquer avec empressement
Et ma reconnoissance & mon étonnement.

HESPERUS.

Mon zele dès long-temps se seroit fait connoître,
Si de votre destin le Ciel m'eût rendu maître :
Madame, & vos malheurs m'ont touché plus que
   vous,
Heureux si je pouvois vous faire un sort plus
   doux.
Phesrès connoît mon cœur, il a dû vous appren-
   dre,
L'interèt qu'en vos maux il m'a toujours vû
   prendre,

AXIANE.

Oui, Seigneur, il m'a dit, qu'auprès de Mel-
   goris
Vous daignez proteger le malheureux Habis.
On dit qu'il est vivant, & quoique je l'ignore,
Souffrez que pour ses jours sa mere vous implore,
Et faites que le bras qui soûtient tant de Rois,
D'un Prince infortuné soutienne aussi les droits,
Joignez à vos vertus . . . . . ,

HESPERUS.

Si vous sçaviez, Madame....
Que j'ai peine à cacher le trouble de mon ame.
Non, ne doutez jamais de mon zele pour vous,
Je fais de vous servir mon bonheur le plus doux.

AXIANE.

Helas ! que cet espoir pour mon cœur a de charmes....
Vous vous attendrissez, & malgré moi mes larmes....

HESPERUS.

Que ne puis-je à vos yeux....exprimer ma douleur....

AXIANE.

Juste Ciel ! je me trouble....& dans vos traits,
Seigneur....
D'un Epoux malheureux je vois la ressemblance.
On ignore, dit-on,.....quelle est votre naissance,
Pourriez-vous me cacher......que n'êtes-vous
Habis ?

HESPERUS.

De secrets interêts....de puissans ennemis....
Me forcent à garder...un trop cruel silence......
Mais, helas ! malgré moi....vos pleurs......
votre présence....
Et l'injuste courroux....où paroît Melgoris....
Font sentir à mon cœur....

AXIANE.

Ah ! vous êtes mon fils.
Je ne puis me méprendre aux transports de mon ame.

HESPERUS.

Ils ne vous trompent point, à vos genoux, Madame
Vous voyez votre fils....

AXIANE,

Habis, mon cher Habis,
Aurois-je jamais crû qu'il m'eût été permis
D'effacer de mon cœur la triste destinée.

C ij

HESPERUS.

Oubliez-la, Madame, & que cette journée
Vous rende le repos que vous aviez perdu.

AXIANE.

Ah ! mon fils . . . , mais ici l'on peut être entendu ;
Mon cœur ne peut cacher tout l'excès de sa joie,
Et depuis trop long-temps à la tristesse en proie ;
On pourroit s'étonner de ce grand changement,
Et rien ne doit troubler notre contentement,
Pour dissiper ma crainte, allons chez la Princesse ;
Vous connoissez pour moi ses soins & sa tendresse ;
Elle a pris trop de part, mon fils, à ma douleur,
Pour ne pas partager ce qui fait mon bonheur.

Fin du second Acte.

ACTE III.

SCENE PREMIERE.

ERIXESNE, HESPERUS, NEPHISE,
NARBAS.

ERIXESNE.

IL n'étoit pas befoin de joindre à vos vertus
Un rang plus éclatant que celui d'Hefperus.
Si vous n'étiez pas Roi par un malheur infigne,
Il fuffifoit, Seigneur, que vous en fuffiez digne,
Et le grand nom d'Habis vous eft moins glorieux
Qu'il ne paroît cruel & funefte à mes yeux.

HESPERUS.

Mon deftin, quel qu'il foit, fera digne d'envie,
Puifque dans les malheurs qui pourfuivoient ma vie,
Les Dieux m'ont épargné le plus cruel de tous
En me donnant un rang qui m'approche de vous.
Mais, que dis-je, en ce jour mon bonheur eft extrême
Puifque mon nom vous rend maitreffe de vous-même:
Songez que ce nom feul repandu dans ces lieux
Vient de vous garantir d'un hymen odieux,
Songez, fongez, Madame, aux tranfports de la Reine

Quand elle a fçû qu'Habis adoroit Erixêne.
Cette illuſtre Princeſſe, en embraſſant ſon fils
A beni le moment qui vous l'avoit ſoûmis.

E R I X E S N E.

D'Axiane, Seigneur, je connois la tendreſſe,
Je ſçais que dans monſort ſa bonté l'intereſſe,
Et dans un autre tems j'aurois fait mon bonheur
De lui voir eſtimer le choix de votre cœur.
Mais, que nous ſert, helas! une eſperance vaine,
Au bruit de votre nom le Roi reprend ſa haine.
Son hymen retardé ne me rend pas ma foi,
Melgoris a toûjours les mêmes droits ſur moi;
Et quand pour votre ſort je n'aurois rien à craindre,
Votre flâme, Seigneur, ne doit pas moins s'éteindre.
Si tant d'exploits fameux, & ſi tant de vertus
M'ont fait ſans m'oſtenſer écouter Heſperus,
Il doit vous ſouvenir qu'un éternel ſilence
Devoit de cet amour être la récompenſe.

H E S P E R U S.

Je n'attendois pas moins d'un auſtere devoir;
Mais quel que ſoit ſur moi votre abſolu pouvoir;
Je ne ceſſerai point d'adorer Erixêne,
Mes jours me ſont moins chers qu'une ſi belle chaî-
    ne;
Et ſi pour votre gloire il me falloit perir
Avec empreſſement vous m'y verriez courir,
J'en atteſte les Dieux. Mais que je crains, Madame,
Qu'un amour plus heureux n'ait ſçû toucher votre
    ame.
Peut-être craignez-vous de recevoir d'Habis
Le ſceptre qu'en ce jour vous offre Melgoris.

E R I X E S N E.

Par d'injuſtes ſoupçons n'augmentez point ma peine,
Vous connoiſſez trop bien les objets de ma haine
Pour douter un moment quel eût été mon Roi
Si le choix d'un Epoux eût dependu de moi.

H E S P E R U S.

'Ah! puiſqu'il eſt ainſi, ne blâmez plus, Madame,

L'espoir qui, malgré vous, s'empare de mon ame.
Pour l'excuser, sçachez que peut-être en ce jour
On sçait dans Garama mon nom & mon amour.
Ce discours vous surprend, mais cet ami fidele,
Qui sçût me garantir de la nuit éternelle,
Par un homme affidé, parti depuis huit jours,
A du Roi votre pere imploré le secours.
J'ignorerois encor ce dernier trait de zele ;
Mais voulant dissiper ma tristesse mortelle,
Il vient de me l'apprendre, & qu'en ce même jour
De ce Courrier fidele il attend le retour.

ERIXESNE.

Je ne sçaurois douter de la reconnoissance
D'un Roi dont vous avez relevé la puissance ;
Mais ne vous flatez pas qu'il puisse être permis
De violer la foi promise à Melgoris.
Ainsi donc votre amour à present legitime
En un moment, Seigneur, peut devenir un crime.
De soins plus importans occupez votre cœur ;
D'un Monarque cruel prevenez la fureur ;
Faites-vous reconnoître, & dans la Getulie
Allez mettre à couvert une si belle vie.

HESPERUS.

Moi, Madame, partir, & laisser dans ces lieux
Ce que j'ai de plus cher & de plus precieux ?
Que j'aille ailleurs traîner une vie inutile ?
Point de trône sans vous, point d'espoir, point d'a-
zile.
Avant que Melgoris vous attache à son sort,
Je sçaurai le contraindre à me donner la mort,
Et dès ce moment même . . . . .

ERIXESNE.

Ah ! que voulez-vous faire ?
Qu'esperez-vous, Seigneur, d'une aveugle colere ?
Restez puisqu'il le faut, & n'entreprenez rien
Sans l'avis de Phesrès, de la Reine, & le mien.

SCENE II.

HESPERUS, NARBAS.

HESPERUS.

Dieux ! quel ordre charmant , & que mon esperance . . . . .

NARBAS.

Contraignez-vous , Seigneur , c'est le Roi qui s'a-
vance.

SCENE III.

MELCORIS, HESPERUS, NARBAS,
GARDES.

MELCORIS.

Demeurez Hesperus , je veux en liberté
Vous confier les soins dont je suis agité.
Laissez-nous.

SCENE IV.

MELGORIS, HESPERUS.

HESPERUS.

Toujours prêt à vous prouver mon zele,
Vous n'avez point, Seigneur, de sujet plus fidele.

MELGORIS.

Je n'en sçaurois douter, & tes rares exploits
M'ont fait connoître assez tout ce que je te dois.
Heureux si ces sujets dont tu soutiens la gloire
Se montroient comme toi jaloux de leur memoire.
Mais, helas ! aujourd'hui revoltez contre moi ;
Ils ne respirent plus que le sang de leur Roi.
Phesrès même, Phesrès, en ce moment conspire
Pour m'arracher la vie ou pour m'ôter l'Empire.

HESPERUS.

Ah ! que me dites-vous ? lui, Seigneur, conspirer ?
Attenter à vos jours ! à l'Empire aspirer ?
Non, ne le croyez pas ; son zele & sa sagesse
Lui font des ennemis, & leur funeste adresse
Profite des transports d'un peuple audacieux
Pour le rendre, Seigneur, criminel à vos yeux.

MELGORIS.

Je ne te blâme point de prendre sa défense ;
Tu lui dois cet effet de ta reconnoissance ;
Et si jamais l'ingrat fut zelé pour son Roi ;
Il ne se l'est montré qu'en lui parlant pour toi.
Mais, mon cher Hesperus, ce que je vais t'appren-
    dre
Te fera bien-tôt voir quel parti tu dois prendre.

C v

Par des avis divers inftruit de fes projets,
Je fçais qu'il a lui feul revolté mes fujets ;
Que fous le nom d'Habis il arme les Cinettes ;
Qu'il a dans Garama des pratiques fecrettes,
Et que d'un homme à lui, parti pour cette Cour,
Dans cette même nuit il attend le retour.
Mes ordres font donnez pour arrêter le traître ;
Tous les ports font fermez, & s'il ofe paroître
Auffi-tôt on l'amene, & fans plus balancer
Je fçaurai me vanger de qui m'ofe offenfer.

HESPERUS.

Pour de tels attentats votre jufte colere
Ne peut être, Seigneur, trop prompte & trop fe-
     vere.
Si Phefrès eft coupable & cherche à vous trahir,
Les plus affreux tourmens ne fçauroient le punir ;
Mais, encore une fois, souffrez que je l'excufe,
A le croire un ingrat mon ame fe refufe ;
Et je ne puis penfer qu'à la fin de fes jours,
Il veuille par le crime en terminer le cours.
Pour en être affuré, confiez à mon zele
Le premier entretien de cet homme fidele
Que l'on dit qu'il attend, alors mieux informé
Votre foupçon fera détruit ou confirmé ;
Et je ne craindrai point qu'une maligne envie
Ofe vous impofer, & noirciffe fa vie.

MELGORIS.

Non, non, à d'autres foins tu te dois occuper,
Ne crois pas que jamais on puiffe me tromper ;
Je fçaurai démêler le vrai de l'artifice,
Et ne conduirai point l'innocent au fupplice ;
Ta valeur, des foldats t'a fçû faire adorer,
De leur fidelité tu te dois affurer.
Je remets en tes mains ma vie & mon Empire ;
Et puifque ta vertu me force à te le dire,
Apprends qu'en me fervant tu travailles pour toi,
Et te fais un chemin pour t'égaler à moi.
Quoique j'ignore encore de qui tu reçûs l'être,

De secrets mouvemens, dont je ne suis pas maître,
Te rendent à mon cœur, si cher, si précieux,
Qu'un fils, qu'à mes desirs accorderoient les Dieux,
N'auroit pas plus que toi de part à ma tendresse.
Remplis ces sentimens, & puisque le tems presse,
A mes lâches sujets oppose ta valeur.
Sur tout d'Habis vivant chasse la vaine erreur.
Enfin, d'un Roi qui t'aime affermis la puissance,
Et ne doute jamais de sa reconnoissance.
Je vais chez la Princesse, où sans rien decouvrir,
Je sçaurai si son cœur ose aussi me trahir.

SCENE V.

HESPERUS *seul.*

Dieux ! quel enchaînement de tendresse & de
haine !
Quand l'une offre à mes yeux une perte certaine
L'autre éleve mon sort au faîte des grandeurs,
Et par tout je ne vois qu'un tissu de malheurs ;

SCENE VI.

HESPERUS, PHESRE'S.

HESPERUS.

AH ! fuyez, cher Phesrès, & loin de cet Empire
Allez finir des jours qui font que je respire :
Vous êtes accusé, Melgoris est instruit
Des nouvelles qu'on doit vous donner cette nuit,
Partez, n'attendez pas qu'une aveugle colere
Me fasse voir en vous la mort d'un second pere.

PHESRE'S.

Je sçais tout ; un des miens caché dans ce Palais,
A sçû de Melgoris découvrir les secrets :
Mais, Seigneur, de mon sort ne soyez point en peine ;
Je ne crains pas pour moi les effets de sa haine ;
J'attendrai, sans trembler, quel en sera le cours ;
Si tout mon sang versé peut garantir vos jours,
Quelle que soit du Roi l'exacte vigilance,
Il ne pourra par-là sçavoir votre naissance.
Je n'ai point découvert qu'Hesperus en ces lieux
Cachoit sous ce faux nom un rang plus glorieux,
Du Roi de Garama j'implore l'assistance
Simplement pour Habis & pour son innocence,
Et lui fais concevoir qu'avec un tel Epoux
La Princesse sa fille auroit un sort plus doux.
Voilà ce que le Roi sçaura par sa réponse.
Alors, sur mon destin, que sa bouche prononce,
Qu'il me laisse la vie ou me donne la mort,

Vous n'en ferez pas moins maître de votre fort.

HESPERUS.

Je fçaurai prévenir celui qu'il vous prépare ;
Il est tems qu'à ses yeux Hesperus se déclare.
J'ai suivi jusqu'ici vos conseils genereux ,
Je me suis fait aimer d'un Prince rigoureux ,
J'ai servi son Etat , soûtenu son Empire ;
C'est par moi qu'en ces lieux tout agit, tout respire;
Ce Prince me cherit plus qu'il ne hait Habis ,
Et son cœur malgré lui lui montre en moi son fils.
Souffrez donc qu'aujourd'hui je rompe le silence ,
Et que j'ose éprouver sa haine ou sa clemence :
Mais cependant fuyez , & loin de ce Palais
Allez de mes desseins attendre le succès.

SCENE VII.

PHESRES.

NOn , non , je ne veux point par une indigne
    fuite
Meriter des soupçons dont je crains peu la suite.
Servons-le , malgré lui , puisqu'il veut être Habis,
Qu'il fasse au moins trembler le cruel Melgoris.
On ouvre ; c'est la Reine : évitons sa presence ,
Et n'ayons plus que nous dans nôtre confidence.

SCENE VIII.

AXIANE, PHESRE'S, THOMIRE,

AXIANE.

OU fuyez-vous , Phefrès , & quels nouveaux
        malheurs
Peuvent vous difpenfer de voir couler mes pleurs ?
Je ne cherche que vous , dans mon inquiétude ;
Du deftin de mon fils la trifte incertitude ,
A chaflé de mon cœur les tranfports pleins d'appas ,
De le voir échappé des horreurs du trepas.
Depuis que je l'ai vû , tout m'agite & me trouble ;
Ma crainte pour fes jours à chaque inftant redouble ;
Tout me paroît fufpect dans ces funeftes lieux ;
Il n'a pû qu'un moment fe montrer à mes yeux ,
Et mes embraflemens entremêlez de larmes
N'ont fçû rien exprimer que mes juftes allarmes.
Que fait-il , & d'où vient que fa mere aujourd'hui
Ignore les projets que vous formez pour lui.
                    PHESRE'S.
Dans nos premiers deffeins rien n'eft changé , Mada-
        me ;
Et vous devez bannir la crainte de votre ame ,
Puifque tant que les Dieux me feront voir le jour ,
Je fçaurai conferver ce fils à votre amour.

SCENE IX.

AXIANE, THOMIRE.

AXIANE.

QUelle eſt cette froideur , quel trouble elle m'inſ
   ſpire !
Embarraſſé , confus , il craint de m'en trop dire ,
Lui ſerois-je ſuſpecte ? Ah ! courons ſur ſes pas ;
Peut-être a-t-on d'Habis ordonné le trepas.

THOMIRE.

Helas ! de ce deſſein que pouvez-vous attendre ,
Songez que dans ces lieux le Roi peut vous ſurpren-
   dre ,
Madame , quel ſeroit ſon funeſte couroux ,
S'il ſçavoit que Pheſrès s'intereſſe pour vous.
Prenez ſur ſa parole une entiere aſſurance ;
Vous connoiſſez ſon zele , & quelle eſt ſa prudence ;
Peut-être pour le Prince , & pour vos interêts ,
Devez-vous ignorer ces ſentimens ſecrets.

AXIANE.

Ah ! que tu connois mal ce que ſent une mere
Quand il s'agit du ſort d'une tête ſi chere ,
Si tu crois que ſon cœur ſe repoſe aiſément
Sur la foi d'un mortel ſujette au changement.
Témoin de mes tourmens , témoin de ma conſtance ,
Tu t'étonne , helas ! de mon impatience ;
Et tu ne conçois pas qu'en recouvrant Habis
Le deſeſpoir encor puiſſe m'être permis.
Thomire , à mes malheurs j'étois accoutumée ,
Mon ame pour un fils n'étoit plus allarmée ,

Je le croyois sans vie, & n'esperant plus rien ;
J'attendois que la mort unît mon sort au sien.
A présent que je sçai que le Ciel favorable
A garanti ce fils d'un destin déplorable ,
Je sens renouveller mes premieres douleurs.
Tout me rappelle en lui la source de mes pleurs.
Je crois voir Melgoris inventer un supplice ,
Pour en faire à sa haine un affreux sacrifice.
Je me le représente expirant dans mes bras
En demandant au Ciel de ne le vanger pas.

        T H O M I R E.

Ah ! de grace , éloignez un objet si funeste ;
Les Dieux ont commencé , les Dieux feront le reste.
Mais , encore une fois , évitez Melgoris ,
Rentrez , & cachez-vous à des yeux ennemis.

        A X I A N E.

Tu le veux , j'y consens ; mais , ma chere Thomire,
Tu sçais depuis long-tems le destin où j'aspire ;
Dieux puissans ! terminez mon déplorable sort
Avant que de mon fils on m'annonce la mort.

        Fin du troisième Acte.

ACTE IV.

SCENE PREMIERE.

MELGORIS, HISPAL, GARDES.

MELGORIS *tenant une Lettre.*

Dieux ! quelle trahison, quel complot temeraire !
Les traîtres sentiront l'effet de ma colere.
Que l'on cherche Hesperus, & qu'il se rende ici.

SCENE II.

MELGORIS.

ENfin, de mes malheurs je suis donc éclairci ;
Tout conspire à me rendre un tyran redoutable ;
Pour assurer mes jours je dois être coupable ;
Autrefois innocent, Monarque glorieux,
Des douceurs de mon regne on rendoit graces aux
   Dieux,

Quel changement! ô Ciel! un Oracle terrible
Contre mon propre sang rend mon ame insensible :
Et pour regner en paix, me croyant tout permis.
J'emprisonne ma fille & fais perir son fils.
Et quand après vingt ans de justice & de gloire
Je crois de mes forfaits effacer la memoire,
J'apprends que cet Habis est échappé des eaux,
Et malgré tous mes soins vient troubler mon repos.
Ma haine se réveille à ce nom redoutable,
Je vais redevenir & tyran & coupable ;
Mais vous, de qui l'oracle a causé mon effroi,
N'êtes-vous pas, grands Dieux! plus coupables que
　　moi ?

SCENE III.

MELGORIS, HESPERUS;

MELGORIS.

AH! mon cher Hesperus, prend part à ma dis-
　　grace,
Apprend, par cette Lettre, apprend ce qui se passe.
Phesrès est un perfide, & le Ciel inhumain
Rend Habis aux mortels pour me percer le sein.
　　　　　HESPERUS lit.
J'approuve votre zele, & ce qu'il vous inspire,
J'apprends avec plaisir que votre Habis respire :
Je n'épargnerai rien pour conserver ses jours ;
Quand il en sera tems, comptez sur mon secours ;
Et si je puis encor disposer d'Erixêne,
Je lui défends ici sur peine de ma haine
D'achever son hymen avecque Melgoris,

S'il veut tremper ses mains dans le sang de son
fils.
De mon estime, enfin, ces marques éclatantes
Doivent vous assurer du Roi des Garamantes.

MELGORIS.

Le traître, tu le vois, me fait des ennemis
De ceux que ta valeur m'avoit rendu soûmis :
Mais je sçaurai tromper sa criminelle envie ;
J'assurerai mes jours aux dépens de sa vie.
Mes ordres sont donnez pour le faire arrêter,
Et je veux dès demain, sans plus rien consulter ;
Unir ma destinée à celle d'Erixène !
Du Roi de Garama je dédaigne la haine.
Le bras qui le tira des fers des Libyens
Peut lui faire porter de plus pesans liens,
De tous mes ennemis c'est le moins formidable ;
Habis est mille fois pour moi plus redoutable,
Et lui seul aujourd'hui peut me faire trembler.

HESPERUS.

De quelle crainte, ô Ciel ! vous laissez-vous trou-
bler ?
Je ne veux point, Seigneur, puisque c'est vous dé-
plaire,
Adoucir pour Phefrès votre juste colere.
Mais, ce fatal Habis conservé par les Dieux
A-t il rien fait entor pour le rendre odieux ?
Ah ! se cacheroit-il ; s'il est vrai qu'il respire,
S'il vouloit vous ravir & la vie & l'empire ?
Le voit-on profiter du trouble qu'en ces lieux
A porté pour lui seul un peuple audacieux ?

MELGORIS.

Quoi, pour Habis aussi ton ame s'interesse ?
Toi que je rends l'objet de toute ma tendresse ;
Veux-tu donc te confondre avec mes ennemis ?

HESPERUS.

Moi, vous trahir, Seigneur ! ah, s'il m'étoit permis
De montrer à vos yeux tout l'excès de mon zele.

Vous connoîtriez bien-tôt si je vous suis fidele.
MELGORIS.
Ne me parle donc plus d'un objet odieux.
Mais, que nous veut Hispal; & quel bruit dans ces
lieux . . . .

SCENE IV.

MELGORIS, HESPERUS, HISPAL.

HISPAL.

AH! prevenez, Seigneur, des sujets infideles ;
Phesrès est à leur tête, & les troupes rebelles
Sous son commandement assiegent le Palais.
HESPERUS.
Dieux !

MELGORIS.
Ah ! satisfaisons ces perfides sujets :
Ils ont trop de mon cœur éprouvé la clemence ;
Qu'ils sentent en ce jour le poids de ma vengeance.
HESPERUS.
Non, demeurez Seigneur, sans exposer vos jours ;
De leurs lâches desseins, j'arrêterai le cours ;
Je n'épargnerai point un peuple temeraire,
Et j'atteste à vos yeux l'astre qui nous éclaire
De vous livrer Habis avant la fin du jour.
MELGORIS.
Ou vainqueur ou vaincu, je te jure à mon tour
De te donner d'Habis le rang & la puissance.

SCENE V.

MELGORIS, seul.

POur mon cœur irrité quelle douce vangeance;
Cependant avec lui partageons le danger
Où son zele pour moi le force à s'engager.
Opposons aux mutins l'éclat du diadême,
Et s'il nous faut quitter l'autorité suprême.
Du moins en la cedant perissons glorieux.
Mais, quel objet ici se presente à mes yeux ?

SCENE VI.

MELGORIS, AXIANE.

AXIANE.

APrès vingt ans, Seigneur, de vos regards
bannie,
Des fautes du destin trop vivement punie,
Peut-il m'être permis d'embrasser vos genoux ?
MELGORIS.
Quel est votre dessein, & que demandez-vous ?
AXIANE.
Le peuple en ce mommént vient de prendre les ar-
mes,

Et craignant pour vos jours, dans mes juftes allar-
mes
Je venois me livrer à tout votre courroux
Ou partager, Seigneur, le peril avec vous.

MELGORIS.

Je fçaurai bien, fans vous, prendre foin de ma vie ;
Elle n'eft pas encore à vos loix affervie :
J'empêcherai pour moi vos larmes de couler ;
Ce n'eft que pour Habis que vous devez trembler.
Sa tête fervira de rempart à la mienne.
Dans cet appartement, Gardes, qu'on la retienne.

SCENE VII.

AXIANE, THOMIRE, HISPAL, GARDES.

AXIANE.

A Cheve, Roi cruel, de me percer le fein,
Je ne connois que trop ton barbare deffein :
Tu crains que par mes pleurs, mes cris, & ma pré-
fence,
Je n'anime ton peuple à prendre ta defenfe :
Mais tes efforts font vains, & dans mon défefpoir
Je ne refpecte plus ton rang & ton pouvoir ;
Et s'il n'eft pas permis de t'épargner des crimes,
Augmentons-les du moins en t'offrant des victimes.

THOMIRE.

Ha ! Madame, fongez que les ordres du Roi......

AXIANE.

Je ne t'écoute point, Thomire, laisse-moi.

SCENE VIII.

AXIANE, ERIXESNE, THOMIRE,
NEPHISE, HISPAL, GARDES.

AXIANE.

PRincesse dans ces lieux vous allez être Reine,
Tout doit vous obéïr comme à sa Souveraine :
Commandez, qu'un moment maitresse de mon sort
Je puisse en liberté me livrer à la mort.

ERIXESNE.

Ah ! Madame, est-ce à moi que ce discours s'adresse ?
Pouvez-vous oublier mon zéle, & ma tendresse ;
Et devez-vous penser, quel que soit mon pouvoir,
Que jamais contre vous je le fisse valoir.
Helas ! sçachant quel est votre amour pour un pere ;
Dans le peril que court une tête si chere,
Contre mes interêts, sensible à ces malheurs,
Je ne venois ici que pour sécher vos pleurs.
Ce Palais investi, l'horrible bruit des armes,
Tout semble pour sa vie exciter vos allarmes.

AXIANE.

Je ne m'allarme plus que du destin d'Habis ;
Non, je n'ai rien de cher que les jours de mon fils.

ERIXESNE.

Les Dieux, vous le sçavez, prennent soin de sa vie,
Et je ne puis penser qu'elle lui soit ravie ;

L'Oracle m'en affure, & c'est les outrager
Que de craindre pour ceux qu'ils daignent proteger.

AXIANE.

Je connois leur pouvoir, mais enfin je suis mere,
Et je dépends d'un Roi formidable & severe :
Ce qu'il fit autrefois me fait voir aujourd'hui
Ce qu'il faut esperer d'un Prince tel que lui,
Peut-être que mon fils en ce moment expire.
On ouvre, c'est Narbas, Dieux, que vient-il neus dire !

SCENE IX.

AXIANE, ERIXESNE, THOMIRE, NEPHISE, NARBAS, HISPAL.

NARBAS.

QU'Hesperus a remis le calme dans ces lieux ;
Et tandis qu'avec lui le Roi rend graces aux
 Dieux,
Je viens vous annoncer sa nouvelle victoire
Et comment, sans combattre, il s'est couvert de
 gloire.
En vain nous opposions aux rebelles soldats
L'ardeur de notre zele, & l'effort de nos bras.
Nous allions succomber, quand ce heros s'avance,
Sans javelot, sans casque, & sans nulle défense :
Il ne veut employer ni force ni valeur
Pour calmer des mutins la barbare fureur :
Au milieu de leurs dards il se fait un passage,

Et tandis que chacun admire son courage :
Qu'est ceci, leur dit-il, infideles sujets ;
Depuis quand formez-vous de criminels projets :
Vous qui fûtes toujours sensibles à la gloire :
Des loix qu'elle prescrit perdez-vous la memoire ?
Compagnons glorieux de mes foibles exploits,
Vous ai-je donc appris à détrôner vos Rois ?
Ah ! pour vous assouvir prenez d'autres victimes,
Par moi seul commencez & finissez vos crimes,
Je me livre à vos coups, ne balancez donc plus ;
Respectez Melgoris ou perdez Hesperus.
Dieux ! quel effet produit un discours si terrible ?
Tout désarmé qu'il est il paroît invincible !
Phesres même en frémit ; il leve au Ciel les yeux,
Et commande aux mutins de laisser faire aux Dieux
Il fuit, & son parti troublé par son absence
De l'illustre Hesperus implore la clemence.
Il voudroit pardonner ; mais contraint par les loix ;
Des plus audacieux il faut qu'il fasse choix.
Il les fait arrêter, c'est-là tout leur supplice ;
Le Roi qui se fait voir approuve sa justice :
De mille tendres noms il appelle Hesperus ;
Aux rebelles soumis il vante ses vertus ;
Il veut qu'on ait pour lui la même obéissance
Que s'il avoit en main la suprême puissance.
Ce heros..... Mais, Madame, il porte ici ses pas

AXIANE.
Arbitres des mortels que ne vous dois-je pas ?

D

✳✳✳✳✳✳✳✳✳✳✳✳✳✳✳✳✳✳

SCENE X.

HESPERUS, AXIANE, ERIXESNE, THOMIRE, NEPHISE, NARBAS, GARDES.

HESPERUS.

GArdes, retirez-vous, & laiffez à la Reine
L'entiere liberté d'agir en fouveraine.
Le Roi vous le commande, allez, obéïffez.

AXIANE.

Ah ! mon cher Hefperus; mes malheurs font paffez,
Puifque je vous revois je n'ai plus rien à craindre,
Et des rigueurs du fort je ceffe de me plaindre;
Qu'aux plus cruels tourmens on expofe mes jours,
Mon fils, & que des tiens on refpecte le cours.

HESPERUS.

Mon cœur avec tranfport répond à la tendreffe
Qui fait que dans mon fort votre ame s'intereffe.
Mais, Madame, achevez ce que j'ai commencé,
Et pour faire oublier tout ce qui s'eft paffé,
Daignez montrer au peuple affemblé dans le Temple
De votre fermeté le vertueux exemple:
Faites fumer l'encens, & demandez aux Dieux
Qu'ils rendent Melgoris à jamais glorieux.
Helas ! pour vous, Madame, un autre facrifice
Doit vous rendre demain le jufte Ciel propice:
Par des nœuds éternels unie à Melgoris
Vos mains immoleront le malheureux Habis.

ERIXESNE.

Quelle que soit , Seigneur , ma triste destinée ;
Je ne dois ni ne veux rompre cet hymenée ;
Mais je puis , sans blesser un devoir trop cruel ;
Empêcher qu'un grand Roi se rende criminel.
Je vais lui declarer que s'il veut qu'Erixène
Regarde sans horreur cette fatale chaîne,
Il faut qu'au même instant, à la face des Dieux,
Il assure à son fils un destin glorieux.

HESPERUS.

Ah ! Madame , arrêtez.

SCENE XI.

AXIANE , HESPERUS , THOMIRE , NARBAS.

AXIANE.

Que prétendez-vous faire ?
Mon fils vous vous devez aux larmes d'une mere ;
Ne resistez donc point aux soins qu'on prend pour
    vous ,
Du cruel Melgoris flechissons le courroux.
Je vais des immortels implorer la puissance,
Puissent-ils en ce jour combler mon esperance ?

SCENE XII.

HESPERUS, NARBAS.

HESPERUS.

NOn , je ferai moi feul arbitre de mon
fort ,
Prevenons cet hymen par une illuftre mort.
Narbas plus que jamais j'ai befoin de ton zele ,
Et dans mon infortune , au moins fois moi fi-
dele ;
Le peril ou Pheftès s'eft engagé pour moi
Me fait craindre pour lui la vangeance du Roi.
Va le trouver , ami , tu connois fon azile :
Dis - lui que dans ces lieux il ne peut m'être u-
tile ,
Qu'il parte pour l'Afrique en ce même moment ;
Qu'un Vaïffeau preparé , par mon commande-
ment,
L'attend pour faire voile avec impatience ;
Vole , mon cher Narbas , & que ta diligence ,
Empêche que du Roi les ordres rigoureux
Ne m'ôtent pour jamais cet ami genereux.

SCENE XIII.

HESPERUS *seul.*

PHesrès en sûreté j'agirai sans contrainte ;
Dégagé pour ses jours d'une trop juste crainte
Je pourrai désormais faire connoître Habis,
Et n'oftrir que lui seul aux coups de Melgoris.

Fin du quatrieme Acte.

ACTE V.

SCENE PREMIERE.

PHESRE'S, NARBAS.

PHESRE'S.

NOn, c'eſt en vain, Narbas, que tu veux que je
　　fuie,
La mort m'étonne moins qu'une honteuſe vie.

NARBAS.

Evitez donc, Seigneur, de paroître en ces lieux,
Le Roi vous fait chercher, cachez-vous à ſes yeux ;
On vous croit à ma garde, & c'eſt par cette feinte
Que nous avons ici conduit nos pas ſans crainte.
Profitons-en encor, de grace, ſuivez-moi,
Avant qu'on ait le tems d'en avertir le Roi.
A ces premiers tranſports n'offrez point votre tête ;
Heſperus, par ſes ſoins, calmera la tempête.

PHESRE'S.

C'eſt trop tard qu'Heſperus s'allarme pour mes
　　jours,
Pour empêcher le Roi d'en abreger le cours.
Il devoit confier ſon deſtin à mon zele,
Et ſeconder l'effort d'un peuple trop fidele.
Il vient de renverſer nos projets genereux ;
Il ſe livre lui-même à ſon ſort malheureux.

Aprés ce coup, Narbas, il ne doit point prétendre
Que pour sauver mes jours j'ose rien entreprendre.

NARBAS.

Fuyez, puisqu'il le veut, dissipez son effroi.
J'entends quelqu'un, sortons. Juste Ciel! c'est le Roi.

PHESRE'S.

Ma gloire effacera l'horreur de ma disgrace.

SCENE II.

MELGORIS, PHESRE'S, NARBAS, HISPAL, GARDES.

MELGORIS.

Est-ce pour me braver ou me demander grace
Que ta temerité te conduit en ces lieux?
Et peux-tu sans trembler te montrer à mes yeux?

PHESRE'S.

Un plus noble dessein me contraint d'y paroître;
Si je suis criminel je fais gloire de l'être,
Et je vous viens, Seigneur, découvrir mes forfaits.

MELGORIS.

En est-il de plus grand que tes lâches projets?

PHESRE'S.

Je n'en ai point formé qui ne fût legitime?
Ils n'ont pas réüssi, c'est ce qui fait mon crime.
Je voulois vous forcer, sans craindre pour Habis,
A reconnoître en lui, votre sang, votre fils;
Je voulois étouffer cette haine implacable
Qui d'un Roi vertueux a fait un Roi coupable.
Voilà quels sont, Seigneur, mes derniers attentats,
En voici de plus grands que vous ne sçavez pas.

D iiij

J'ai fauvé cet Habis, dont l'âge & l'innocence
N'ont fçû vous infpirer ni pitié ni clemence.
Elevé par mes foins, & protegé des Dieux,
J'en ai fait un heros digne de fes aïeux ;
J'ai tout tenté pour lui ; malgré vous il refpire,
Et peut faire trembler & vous & votre Empire.
Après un tel aveu difpofez de mes jours.

MELGORIS.

Ah ! déja trop long-tems j'en prolonge le cours ;
Mais du moins pour ta gloire évite les fupplices ;
Fais-moi connoître Habis , & quels font tes com-
plices.

PHESRE'S.

Quand vous me livreriez au plus affreux tourment
Vous n'aurez point de moi d'autre éclairciffement.
Toûjours de fon fecret Habis fera le maître ;
Votre cœur feul , Seigneur , vous le fera connoître.

MELGORIS.

Perfide, nous verrons fi tu peux foûtenir
L'horreur du châtiment dont je veux te punir.
Qu'on l'ôte de mes yeux,& qu'Hefperus lui-même
Ne puiffe lui parler fans mon ordre fuprême.

PHESRE'S

Si proteger Habis , c'eft vous manquer de foi ;
Il faut punir , Seigneur , tout l'Etat avec moi.

SCENE III.

MELGORIS, HISPAL, GARDES.

MELGORIS.

N'Eſt-tu pas ſatisfait, ô Ciel impitoyable !
N'Eſt-il des maux plus grands que ceux dont on
  m'accable !
Monarque infortuné quel eſt ton triſte ſort ?
Tout conſpire aujourd'hui pour te donner la mort.
Tes plus zelez ſujets deviennent infideles.
Et leurs mains, pour toi ſeul, deviennent criminelles,
Animez à ma perte, ils bravent mon pouvoir,
Et ne connoiſſent plus, ni ſerment, ni devoir.
A leur rebellion je ſerois moins ſenſible
Si mon lâche ennemi pouvoit m'être viſible :
Mais tel eſt mon malheur que moi ſeul en ces lieux
J'ignore ce qui peut le cacher à mes yeux.
Qu'on appelle Axiane.

SCENE IV.

MELGORIS ſeul.

E Lle eſt ſans doute inſtruite
De ce que contre mon perfide médite.

D. v

Avec lui de concert, elle n'ignore pas
Que son fils est vivant, qu'il est dans mes Etats;
Feignons, pour la contraindre à rompre le silence,
Et ne negligeons rien pour perdre qui m'offense.

SCENE V.

MELGORIS, AXIANE, THOMIRE.

MELGORIS.

ENfin, le Ciel touché de nos communs mal-
heurs
Veut tarir aujourd'hui la source de vos pleurs.
Il vous rend votre fils, & par votre constance
Il chasse de mon cœur, la haine & la vengeance;
Phesrès qui l'a sauvé des horreurs de la mort.
Ne m'a rien déguisé de son glorieux sort.
De son azile seul il m'a fait un mystere
Il doit m'être, dit-il, revelé par sa mere.
Et voulant ranimer ma tendresse pour vous,
Il croit que cet aveu m'en paroîtra plus doux.

AXIANE.

Quel changement, ô Ciel! quoi! seroit-il possible!
Qu'à nos tourmens, Seigneur, vous devinssiez sensi-
ble.
Ce bonheur est trop grand pour pouvoir m'en flâ er;
Et mon cœur, malgré moi, Seigneur, ose en dou-
ter.

MELGORIS.

Non, vous pouvez ici me parler sans contrainte;
Ne retardez donc pas, par une injuste crainte
Le plaisir que j'aurai d'embrasser votre fils.

AXIANE.

Ah ! Seigneur, si Phesrès vous a parlé d'Habis
Il doit vous avoir dit qu'il a porté sa gloire . . . .

SCENE VI.

MELGORIS, AXIANE, ERIXÉSNE, THOMIRE, NEPHISE.

ERIXESNE.

Qu'ai-je entendu, Seigneur, Dieux ! qui le pour-
    roit croire ?
De notre auguste hymen, par un crime nouveau,
Vous prétendez, dit-on, allumer le flambeau.
Par votre ordre Phesrès est conduit au supplice;
Son sang va commencer un affreux sacrifice,
Et bien-tôt votre fils, que vous faites chercher,
Verra finir ses jours sur le même bucher.
Ah ! si vous méprisez le tendre nom de pere,
Une Epouse jamais vous sera-t-elle chere ?
Et pouvez-vous penser que sans un juste effroi
Je puisse vous donner & mon cœur & ma foi ?

AXIANE.

Malheureuse Princesse, helas ! qu'allois-tu faire ?
Ah ! Seigneur, est-ce ainsi que vous êtes sincere ?

MELGORIS.

En vain vous l'esperiez, & ce n'est pas à vous
A vouloir m'inspirer des sentimens plus doux.
Pour vous je l'avouerai; c'est d regret, Madame,
Que je lis dans vos yeux le trouble de votre ame ;
Bannissez-le, & songez qu'ici tout m'est permis,

D vj

Que je puis, quand je veux, punir mes ennemis,
Et que j'ai résolu de voir nos destinées
Dès demain pour jamais l'un à l'autre enchaînées.

ERIXESNE.

Je ne connois que trop votre absolu pouvoir,
Et sçais à quoi m'engage un severe devoir.
Mais à ces loix, Seigneur, je ne sçaurois soufcrire
S'il faut par des forfaits partager vôtre Empire.
Celui qui m'a fait naître, en me donnant à vous,
Ne crut pas qu'un tyran dût être mon Epoux.
Pour un Roi vertueux ma main est destinée ;
Devenez-le, Seigneur, ou jamais d'hymenée.

MELGORIS.

Vous oubliez, Madame, en tenant ce difcours,
Que je suis Melgoris, & que sans mon secours,
D'un vainqueur orgueilleux vous seriez la captive,
Où par toute l'Afrique errante & fugitive,
On vous verroit en vain demander à ces Rois
De perdre l'ennemi qui vous donnoit des loix.
Mais finissons, Madame, une dispute vaine,
Et sans blâmer ici mon amour ou ma haine,
Contente du pouvoir que je veux vous donner ;
A mon gré laissez-moi punir ou pardonner.
Son fils fut criminel dès l'instant de sa vie,
La lumiere par lui me doit être ravie :
Les Dieux me l'ont prédit ; & maître de son fort,
Je n'ai rien épargné pour lui donner la mort.
Phesres qui possedoit toute ma confiance,
Et dont je cherissois le zele & la prudence,
Que j'aimois en un mot, jaloux de ma grandeur,
A sauvé cet enfant pour me percer le cœur.
Voilà de quels sujets vous prenez la défense,
Et pour qui vous voulez rappeller ma clemence.

ERIXESNE.

Oui, je veux rappeller vos premieres vertus ;
Vos reproches, Seigneur, font ici superflus ;
Ils ne m'offensent point, & j'en perds la memoire
Pour ne m'interesser qu'à votre seule gloire.

Elle devient la mienne en m'unissant à vous ,
Et je crains de rougir au nom de mon Epoux.
Dissipez donc, Seigneur, mes trop justes allarmes ;
De la Reine aujourd'hui faites cesser les larmes ;
Rendez-lui votre cœur, & dans le même jour
Faites regner, Seigneur, la nature & l'amour.

A X I A N E.

Du moins pour un moment calmez votre colere,
Regardez votre fille avec des yeux de pere,
Et souffrez que sa bouche ose justifier
Un Prince infortuné qu'on veut sacrifier.
Des arrêts du destin je connois la puissance ;
Mais ils ne devoient pas armer votre vengeance.
Les Dieux ne parlent point sans quelque obscurité,
Et d'un voile toujours couvrant la verité,
Ils punissent par-là nos desirs temeraires,
Quand nous osons, Seigneur, penetrer leurs myste-
   res.
L'oracle a peint Habis, triomphant, glorieux,
Aimé , chéri , dit-il. des hommes & des Dieux.
Ah ! comment pourroit-il à leurs yeux être aimable ,
S'il commettoit, helas ! un crime épouventable ?
Le Ciel est juste en tout, & s'il protege Habis,
Jamais les attentats ne lui seront permis.
N'en doutez point, Seigneur, mon fils n'est point
   coupable ;
Son ame de forfaits ne peut être capable :
Mais ne m'en croyez pas, croyez-en votre cœur ,
Il voit avec regret votre injuste rigueur ;
Avec mille vertus les Dieux vous firent naître ;
Vous n'êtiez point tyran, pourquoi voulez-vous l'ê-
   tre ?

M E L G O R I S.

Quel discours ! justes Dieux ! d'où vient que je fre-
   mis ?
Quoi dans mon propre cœur ai-je des ennemis ?
Pourrai-je voir Habis prêt à tirer vengeance
Du peril où ma haine exposa son enfance ,

Ee verrai-je s'armer, pour me percer le sein ;
Sans oser prévenir son barbare dessein ?
Non, non, c'est vainement, ô fatale tendresse !
Que tu veux de mon cœur devenir la maitresse.

SCENE VII.

MELGORIS, AXIANE, ERIXESNE, HESPERUS, NARBAS, THOMIRE, NEPHISE, GARDES.

MELGORIS.

AH ! mon cher Hesperus, viens secourir un Roi
Qui ne met aujourd'hui tout son espoir qu'en toi :
A me persecuter l'un & l'autre conspire :
Ma mort est le seul bien où tout le monde aspire ;
Trompe donc leurs desirs puisque tu l'as promis,
Et rend-moi le repos en me livrant Habis.

HESPERUS.

N'en doutez point, Seigneur, je tiendrai ma promesse ;
Comme votre repos ma gloire aussi m'en presse :
Mais avant de livrer Habis au coup mortel,
Puis-je esperer ici sans être criminel,
Qu'un moment, sans courroux, mon Roi voudra m'entendre ?

MELGORIS.

Quel que soit le secret que tu veuille m'apprendre,
Ne crains pas qu'à mon cœur il soit jamais permis
De confondre Hesperus avec mes ennemis.

HESPERUS.

Permettez donc, Seigneur, que sur cette assurante
D'Habis en liberté je prenne la défense ;
Je ne veux point par-là le souftraire à vos yeux,
Ni lui donner le tems d'abandonner ces lieux.
J'en réponds ; & ce Prince attend avec conftance
L'effet de votre haine ou de votre clemence.
Cependant qu'a-t-il fait ce fils infortuné ?
Quel crime à tant de maux peut l'avoir condamné ?
Un oracle à nos yeux, fouvent impénétrable,
Le fit punir jadis avant qu'il fût coupable.
Innocent aujourd'hui, Seigneur, plus que jamais,
Vous l'accufez encor des plus affreux forfaits.
Ah ! fi depuis le tems que ce Prince respire
Il eût eu le deffein de vous ravir l'Empire ;
N'auroit-il pas trouvé vos rebelles sujets
Prêts à fervir cent fois fes criminels projets ?
Mais bien loin d'attenter à votre augufte vie,
La fienne fous vos loix fut toujours affervie ;
Et dans ce moment même où vous voulez fa mort ,
Sans contrainte, il vous rend le maître de fon fort.
Soyez touché, Seigneur, de cette obéïffance ,
Elle doit vous prouver toute fon innocence :
Fléchiffez pour un fils , votre injufte courroux ,
Et fouffrez que pour lui j'embraffe vos genoux ;
Je connois pour fon Roi , fon amour , & fon zele,
Ma bouche eft de fon cœur l'interprete fidele ;
Mon pere, vous dit-il , avec empreffement ,
Laiffez agir pour moi la nature un moment.
Ce n'eft point pour fauver une vie inutile
Qu'au fond de votre cœur je demande un azile.
Vous voulez que je meure, ordonnez mon trépas,
Mais du moins en mourant ne me haïffez pas.
J'attefte ici des Dieux la fuprême puiffance
De mon amour pour vous , & de mon innocence ;
Ah ! fi de tant de maux ces Dieux m'ont préfervé,
Pour des crimes, Seigneur, m'auroient-ils réfervé ?

MELGORIS.

Ah ! que veux-tu de moi ?

HESPERUS.

Je vois couler vos larmes ;
C'en est assez ; Seigneur, pour finir mes allarmes :
C'est trop long-tems douter des bontez de mon
Roi ;
Ne me les cachez point, tournez les yeux sur moi ;
Voyez à vos genoux cet Habis formidable,
Que vos seuls ennemis ont trouvé redoutable ;
Sous les traits d'Hesperus, humilié, soumis,
D'Axiane, Seigneur, reconnoissez le fils.
Si pour sauver vos jours il faut m'ôter la vie,
Que par vos seules mains elle me soit ravie.
Trop heureux de pouvoir expirer à vos yeux ;
Voilà mon cœur, frappez.

MELGORIS.

Que vois-je ? justes Dieux !

HESPERUS,

Reconnoissez, Seigneur, à cette illustre marque.
Le fils infortuné d'un malheureux Monarque.

AXIANE

Nul espoir près de vous ne nous est-il permis ?

MELGORIS.

Axiane . . . . . Hesperus . . . . . ah ! ma fille,
ah ! mon fils.

HESPERUS.

Que ce nom a pour moi de douceur, & de charmes !

MELGORIS.

Cesse de m'attendrir, mon cœur te rend les armes.
Qu'on amene Phesrès, & qu'après tant de maux,
Il jouisse du moins du fruit de ses travaux ;
Ce qu'il a fait pour toi veut une récompense
Qui surpasse à jamais ma haine & ma vengeance.
Oüi, je vois à present ce que veulent les Dieux,
Et leur oracle enfin se découvre à mes yeux :
Je ne pouvois penser que sans m'ôter la vie,
La couronne jamais me pût être ravie ;

Cependant je respire, & ta seule vertu
Me force à te ceder un trône qui t'est dû.
Tu te l'étois acquis par tes rares services,
Et j'en dois réparer toutes mes injustices.
On ne peut oublier mon crime & tes malheurs ;
Qu'en te voyant monter au faîte des grandeurs,
En te faisant regner je rétablis ma gloire,
Et je ne laisse point de tache à ma memoire.

SCENE VIII.

MELGORIS, HABIS, AXIANE, ERI‑
XESNE, PHESRE'S, THOMIRE,
NARBAS', NEPHISE, HISPAL,
GARDES.

MELGORIS.

Approchez‑vous Phesrès, dans mes embrasse‑
    mens
Perdez le souvenir de mes égaremens.

PHESRE'S.

Ah! Seigneur, c'est à moi de vous demander grace ;
Ce n'est qu'à vos genoux que ma coupable audace
Peut se justifier.

MELGORIS.

    C'est assez, leve‑toi ;
J'aurois tort de douter de ton zele pour moi ;
Je crois ne pouvoir mieux ici le reconnoître
Qu'en te donnant Habis pour ton Roi, pour ton maî‑
    tre.
Je lui cede aujourd'hui la suprême grandeur.

Comme un gage éclatant du retour de mon cœur.

HABIS.

Permettez-moi, Seigneur, de refuser l'Empire ;
Votre tendresse seule est le bien où j'aspire,
Et je suis trop heureux de n'être plus haï.

MELGORIS.

Pour la derniere fois je veux être obéï.
Madame, pour un Roi vous êtes destinée ;
Le trône est un tribut qu'attend votre hymenée ;
Je ne puis sans Empire esperer d'être à vous,
Recevez de ma main ce Prince pour Epoux.
Augmentez de ce jour la pompe & l'allegresse
En donnant une Reine à l'heureuse Tartesse :
Le Roi de Garama doit trop à ses exploits,
Pour vouloir s'opposer à cet illustre choix.

Fin du cinquiéme & dernier Acte.

SEMIRAMIS,

TRAGEDIE.

ACTEURS.

NINUS, Roi d'Assyrie.

MENON, Prince du Sang, Gouverneur de Syrie.

SIMMA, Roi d'Arabie.

SEMIRAMIS, cruë fille de Menon, sous le nom de Nitocris.

ARETAS, Prince d'Arabie, sous le nom d'Arius.

ELISE, confidente de Nitocris.

ORSAME, confident de Ninus.

MITRANE, confident de Menon.

ARBATE, confident d'Arius.

GARDES.

La Scene se passe dans Ninive, Capitale de la Syrie.

ACTE PREMIER.

SCENE PREMIERE

SIMMA, ORSAME.

ORSAME.

'EST ici que Ninus près de vous
    doit se rendre ,
Par son ordre je viens vous prier de
    l'attendre :
Mais cependant, Seigneur, en croi-
    rai-je mes yeux ,
Est-ce Simma , mon Roi, que je
    vois en ces lieux ?
Par quel évenement le grand Roi d'Arabie,
Sous ce déguisement paroit-il en Syrie ?

SIMMA.

Quels que soient mes malheurs, il m'est encor bien
    doux
De trouver dans ces lieux un ami tel que vous.
Oui vous voyez ici ce Roi de qui la gloire,
Promettoit autrefois une illustre memoire :
Mais , helas! aujourd'hui , Monarque infortuné ,
A d'éternels tourmens les Dieux m'ont condamné.

ORSAME.

Je n'ai point oublié malgré vingt ans d'absence,
Que sous vos loix, Seigneur, j'ai reçû la naissance.
Vous pouvez confier vos secrets à ma foi,
Quoiqu'auprès de Ninus, vous seul êtes mon Roi ;
Et si dans le desir de parcourir l'Asie,
J'ai passé loin de vous la moitié de ma vie,
Je rentrois pour jamais, Seigneur, dans vos Etats,
Quand Ninus par ses dons a retenu mes pas ;
Ainsi toujours errant de Province en Province,
J'ignore dès long-temps le destin de mon Prince.
Ne me cachez donc point quel étrange malheur,
Du Roi des Bactriens vous fait l'Ambassadeur.

SIMMA.

En l'état où je suis, j'ai besoin de ton zele,
Je ne sçaurois douter que tu me sois fidele,
Confident de Ninus, le choix qu'il fait de toi,
Loin de m'être suspect, m'assure de ta foi.
Les Princes vertueux ne donnent leur estime,
Qu'aux hommes dont le cœur est exempt de tout
    crime ;
Ainsi donc souviens-toi de ce temps trop heureux,
Où le Ciel par ses dons sembloit combler mes vœux.
Rapelle-toi ce jour, Orsame, où la naissance
D'un fils & d'une fille affermit ma puissance.
Tendres objets, helas ! qui faisiez mon bonheur,
Vous faites à present ma peine & ma douleur.

ORSAME.

Quoi, Seigneur, Aretas a-t-il perdu la vie ?
Semiramis sa sœur vous est-elle ravie.
A peine l'un & l'autre avoient-ils vû le jour,
Quand je pris le dessein de quitter votre Cour.

SIMMA.

Avant que de leur sort je puisse ici t'instruire
Il faut te rapeller l'état de mon empire ;
Belus le fier Belus par differents combats
Avoit cent fois tenté d'envahir mes Etats,
Quand tout-à-coup surpris par des guerres civilles ;

Il cessa d'attaquer & nos champs & nos villes ;
Et le Ciel qui vouloit abaisser sa fierté,
Mit cette triste digue à sa temerité,
Par le fils de Menon Gouverneur de Syrie
Il se vit mille fois prêt à perdre la vie.
Ainsi dans ses sujets trouvant des ennemis,
Il voulut au-dehors se faire des amis ;
Et craignant les effets d'une juste vengeance,
Il nous offrit la paix avec son alliance.
Elle fut acceptée , & nos Ambassadeurs
Acheverent bien-tôt l'union de nos cœurs :
Quoique Semiramis eût à peine une année,
Au trône d'Assyrie elle fut destinée.
Belus me fit jurer que ma fille & son fils,
L'un & l'autre à jamais seroient un jour unis :
Ninus étoit ce fils qui malgré son enfance,
Faisoit de ses sujets la joie & l'esperance ;
Cependant par Belus les rebelles domptez
Et les suplices prêts pour tous les revoltez ,
Firent craindre à leur chef une perte certaine ;
Et pour la prevenir une fuite soudaine
Sçût derober sa tête à la rigueur des loix.
Mais le Ciel qui toujours veille au salut des Rois ;
Lui fit pour son malheur preferer l'Arabie
Comme un asile sûr à sa coupable vie ;
J'apris que le perfide étoit dans mes Etats,
Et qu'il tramoit encor de nouveaux attentats ;
Je le fis arrêter & pour prouver mon zele,
A Belus irrité , je livrai ce rebelle.
Mais helas croirois-tu que l'arrêt de sa mort,
Cher Orsame, a causé mon deplorable sort !

ORSAME.

Se pourroit-il , Seigneur , qu'ennemi de sa gloire,
Belus de ce service eût perdu la memoire,
Et que l'ingratitude ayant armé son bras
Il eût encor porté la guerre en vos Etats.

SIMMA.

Belus n'eût point de part à ma triste avanture,

A la foi des traitez il ne fut point parjure.;
Mais le fils de Menon eût à peine expiré,
Qu'un ennemi secret contre moi conjuré:
De trouble & de douleur remplissant ma famille
Jusques dans mon Palais vint m'enlever ma fille.

ORSAME.

O Ciel!

SIMMA.

A la faveur des ombres de la nuit,
Dans son apartement le traître s'introduit;
Et tout favorisant son detestable crime,
Orsame, le sommeil lui livre sa victime?
Que te dirai-je enfin, les cris & les clameurs
Me font craindre à la fois mille sujets de pleurs;
Je cours avec transport, le cœur rempli d'allarmes;
Des gardes égorgez & des femmes en larmes
Sont les tristes objets qui s'offrent devant moi,
Je ne trouve par tout que la mort & l'effroi;
Et chacun en tumulte en craignant de m'instruire
Ne m'apprend que trop bien ce qu'on n'ose me dire.

ORSAME.

Grands Dieux, des criminels êtes vous deffenseurs;
Mais ne suivit-on point les pas des ravisseurs;

SIMMA.

Helas! mon desespoir favorable à leur fuite
Empécha les effets d'une exacte poursuite,
Et le temps que l'on fut à pleurer ce malheur;
Sans obstacle leur fit éviter ma fureur;
Et malgré mes efforts, mes soins, ma vigilance;
D'avoir Semiramis je perdis l'esperance;
Enfin par cette perte, agité, furieux,
Je voulus sur son sort faire expliquer les Dieux.
Il me fut répondu que pour trouver ma fille,
Il falloit me résoudre à quitter ma famille;
Et qu'au bord de l'Euphrate ayant porté mes pas
Je la verrois regner sur de puissants Etats.
Je ne balançai point à suivre cet oracle,
Et quoiqu'à ce dessein on voulut mettre obstacle.

Je

Je fçus avec douceur ramener les efprits ,
Et pour mon fucceffeur ayant nommé mon fils ,
Afin que par ma mort , ou ma trop longue abfence ,
On ne pût abufer du temps de fon enfance ,
Je le fis couronner , laiffant des Gouverneurs ,
Dont la fidelité , le zelé & les honneurs ,
Les rendoient à la fois dignes de le conduire ,
Et de lui conferver , & la vie , & l'Empire.
Ainfi ne fongeant plus qu'aux promeffes des Dieux ;
Oubliant de mon rang les titres glorieux ,
Sous des noms fupofez déguifant ma naiffance ,
Suivi de peu des miens , le cœur plein d'efperance ,
Je partis , & deja j'apercevois ces lieux ,
Lorfque des Bactriens , un gros s'offre à mes yeux.
Le Commandant m'arrête , & me dit de me rendre ;
Mais bien loin d'obéïr je fonge à me défendre ,
J'encourage ma fuite à feconder mes coups ;
L'ennemi s'en irrite , & vient fondre fur nous.
Et par la mort des miens malgré ma refiftance ,
Accablé par le nombre & refté fans défence ,
Je me trouve forcé de defarmer mon bras.
Vers Bactrie auffi-tôt on fait tourner mes pas :
Zoroaftre ne veut ni me voir ni m'entendre ,
Et par un procedé qui ne peut trop furprendre ,
On me conduit au Fort , où prifonnier vingt ans ,
Je n'attendois plus rien ni des Dieux ni du temps ;
Lorfque mes fers brifez , contre toute apparence ,
Rendirent à mon cœur fa premiere efperance.
Zoroaftre ordonna qu'en fecret , & la nuit ,
Dans fon appartement je fuffe feul conduit.
Je ne pris fur cet ordre aucune défiance ;
Et fçachant que ce Rôi joignoit à fa puiffance
Le grand art de pouvoir penetrer dans les Cieux ;
Et de nous déclarer la volonté des Dieux ,
Je crus , qu'inftruit par eux du fujet de mes peines ;
Il voyoit à regret un Rôi chargé de chaînes.
Je ne me trompai point. Amené devant lui :
Grand Prince , me dit-il , ce n'eft que d'aujourd'hui

E

Que j'ai fçû que ton front orné du diadême;
Te donnoit comme à moi l'autorité suprême;
C'eft comme Affyrien que tu fus arrêté,
Comme Arabe en ce jour reçois ta liberté.
Je connois les malheurs qui troublent ta famille;
Mais dans Ninive enfin tu dois trouver ta fille.
Le fier Belus eft mort & c'eft Ninus fon fils,
A qui fon vafte Empire eft à prefent foumis;
Va finir entre nous cette guerre mortelle
Qui donne à notre haine une force nouvelle:
Et, comme Ambaffadeur, rends-toi dans fes Etats,
Dis lui que réfolu de defarmer mon bras,
Je demande la paix avec fon alliance;
Que du Prince Menon connoiffant la naiffance,
Sa fille Nitocris en s'uniffant à moi,
Sera dans cette paix le gage de fa foi.
Il dit, & le bonheur dont fa bouche me flâte,
Pour la feconde fois me conduit vers l'Euphrate;
Et cachant de mon rang l'éclat & la fplendeur,
Sous le titre emprunté de fimple Ambaffadeur,
Sans craindre de Menon la haine & la vengeance,
J'attendrai que le Ciel comble mon efperance.
Et c'eft de fes bontez un prefage pour moi,
Puifqu'il me rend, Orfame, un ami tel que toi.

ORSAME.

Ne doutez point, Seigneur, de l'ardeur de mon zele,
Je mets toute ma gloire à vous être fidele;
Mais je crains que Ninus contraire à vos fouhaits,
Au Roi des Bactriens ne refufe la paix.
L'ambitieux Menon pouvant tout dans l'Empire
A de plus puiffants Rois pour Nitocris afpire;
Et quoique ces deffeins ne me foient pas connus,
Je crois que fon orgueil la deftine à Ninus:
Plufieurs grands Potentats defirant la Princeffe,
N'ont eu que des refus pour prix de leur tendreffe,
Le bruit de fes beautez a conduit en ces lieux
Un Etranger qui cache avec foin fes aïeux;
Mais qui par fes vertus nous fait affez connoître,

Que le Ciel pour regner la voulu faire naître,
Et vous aurez, Seigneur, à combattre en ce jour
L'ambition, la gloire, & la haine & l'amour.

SIMMA.

Je sçais que cette paix, Orsame, est incertaine ;
Mais elle cache ici le sujet qui m'amene
Et me donne le temps de chercher en ces lieux . . .

ORSAME.

On ouvre, c'est Ninus qui paroit à vos yeux.

SCENE II.

NINUS, ARIUS, SIMMA, ORSAME, ARBATE.

SIMMA.

ZOroastre voyant que des guerres mortelles
N'ont pû depuis vingt ans terminer vos querelles,
Et que l'ambition d'envahir ses Etats,
De Belus votre pere avoit armé le bras ;
Se flâte que sa mort en vous laissant l'Empire
Fera naître entre vous l'union qu'il desire.
Il espere en ce jour qu'après tant de travaux,
Vos peuples & les siens jouiront du repos,
Et qu'ayant de Belus la grandeur souveraine,
Vous n'aurez pas, Seigneur, herité de sa haine.
Ainsi donc se rendant aux vœux de ses sujets,
Avec votre alliance il demande la paix ;
Si vous y consentez un auguste hymenée
En solemnisera l'éclatante journée.
Menon issu, Seigneur, des Princes vos aïeux,

E ij

Au trône par son rang pouvant porter les yeux,
Et joignant au beau sang dont il a reçû l'être,
L'honneur de posseder l'estime de son maître,
Sa fille Nitocris est celle à qui mon Roi
Destine par la paix son empire & sa foi.

NINUS.

Si depuis si long-temps par de frequentes guerres
Le grand Belus mon pere a ravagé vos terres ;
Le dessein glorieux d'agrandir ses Etats
N'arma point contre vous son invincible bras.
Votre Empire du sien fut toujours tributaire,
Zoroastre au tribut s'étant voulu soustraire,
Il ne doit imputer notre desunion,
Qu'aux funestes conseils de son ambition.
Cette longue querelle est aujourd'hui la même,
Et tant que sur mon front tiendra le diadême,
Et contre Zoroastre, & contre tous les Rois
De mon état, Seigneur, je soutiendrai les droits.
J'agirai cependant sans nulle défiance,
Vous pouvez en ces lieux rester en assurance,
Et vous sçaurez bien-tôt si pour mes interêts,
Je dois faire la guerre ou vous donner la paix.

SCENE III.

NINUS, ARIUS, ARBATE.

ARIUS.

JE crois que vainement il conçoit l'esperance
De vous faire accepter une telle alliance ;
La Princesse pouvant par un illustre choix
Vous allier, Seigneur, à de plus puissants Rois ;

Et vous avez pour elle une trop forte estime,
Pour que de cette paix elle soit la victime.

NINUS.

Ce n'est pas mon dessein, & peut-être en ce jour
Sa main sera le prix d'un plus parfait amour.
Mais un moment, Seigneur, laissons la politique,
Et souffrez que sans crainte avec vous je m'expli-
que.
Depuis près de deux ans vous êtes en ces lieux,
Sous un nom supposé déguisant à nos yeux
L'éclat que peut donner une auguste naissance;
Et malgré mes efforts, mes soins, ma confiance,
Je vois avec douleur qu'il ne m'est pas permis
De me compter encore au rang de vos amis.
C'est à votre valeur que je dois l'Armenie,
Et compte sous mes loix le Mede & l'Hircanie:
C'est votre bras enfin, dont les fameux exploits
Me rendent en ce jour le plus puissant des Rois.
Je ne puis sans rougir contempler ma puissance,
Si vous n'en recevez la juste récompense.
Mais lorsque dans mon cœur, je cherche des bien-
faits,
Qui puissent dignement contenter vos souhaits,
Je me sens arrêté par ce cruel silence;
Et ne connoissant point quelle est votre naissance,
Que puis-je vous offrir, Seigneur, dans mes Etats,
Ou qui ne vous offense, ou que vous n'ayez pas?

ARIUS.

Ce discours genereux me couvre trop de gloire,
Pour qu'il puisse jamais sortir de ma memoire.
De mes aïeux, Seigneur, si je fais un secret,
Les Dieux me sont témoins, que c'est avec regret;
Je tire trop d'éclat du sang qui m'a fait naître,
Pour craindre de rougir, en le faisant connoître:
Mais j'ose vous prier de ne me forcer pas,
En disant qui je suis, à quitter vos Etats.
Esclave d'un devoir, qui m'oblige au silence,
J'en dois suivre, Seigneur, la dure violence.

NINUS.

Il en couteroit trop au bonheur de ces lieux ;
Si je devois vous perdre, en vous connoissant mieux.
Je ne vous presse plus, vous ne devez pas craindre,
Que jamais dans ma Cour on veuille vous contrain-
    dre ;
Cependant j'ose encor conserver quelque espoir,
La Princesse sur vous aura plus de pouvoir,
Et peut-être, Seigneur, voudrez-vous bien l'in-
    struire
Du destin du Heros qui soutient mon Empire !
Je vais la conjurer pour le bien de l'Etat,
De sçavoir un secret qui seul me rend ingrat.

SCENE IV.

ARIUS, ARBATE.

ARBATE.

A De nouveaux combats on va livrer votre âme,
Vous les soutiendrez mal, je connois votre
    flâme :
Et malgré tous mes soins, Nitocris en ce jour,
Apprendra votre nom, ainsi que votre amour.

ARIUS.

Arbate, ne crains pas qu'on puisse me connoître,
Toujours de mon secret, je me rendrai le maître.
Depuis près de deux ans, en ces lieux inconnu,
L'amour, le seul amour ne m'a pas retenu.
A peine la raison éclairoit mon enfance,
Quand je sçus de mon pere, & le sort, & l'absence,
Et toi-même apprenant la perte de ma sœur,

A chercher l'un & l'autre encourageas mon cœur.
C'est dans ce seul dessein, que quittant mon Empire,
Ici le juste Ciel a daigné me conduire :
Mais voulant de Ninus mériter les regards,
J'osai sans balancer, suivre ses Etendards.
J'ai gagné son estime, & ce jeune Monarque
M'en donnant chaque jour une nouvelle marque,
Je croirois être ingrat de quitter ses Etats,
Dans un tems ou je sçais qu'il compte sur mon bras.

ARBATE.

Votre valeur pour lui s'est assez fait connoître ;
Ninus de tant d'Etats, par vous seul est le maître ;
De votre gloire enfin, si vous êtes jaloux,
Songez qu'il ne faut plus travailler que pour vous.
Daignez suivre, Seigneur, le zele qui m'inspire ;
Trop long-tems l'Arabie après son Roi soupire.
Craignez même Menon, qui pour vanger son fils,
Connoissant Aretas se croira tout permis.
Partez, quittez ces bords ; & par votre presence,
De vos tristes sujets ranimez l'esperance.

ARIUS.

Simma, je te l'ai dit, me retient en ces lieux,
Et depuis que j'ai sçû, que par l'ordre des Dieux,
Il suivoit inconnu les rives de l'Euphrate,
L'espoir de le trouver, est le seul qui me flâte.
Le trône que j'occupe est sans charmes pour moi,
N'en étant pas encor le veritable Roi.
Je dois au grand Simma la vie avec l'Empire ;
Et si, selon mes vœux, le Ciel fait qu'il respire,
Puis-je tranquilement avec impunité,
Posseder sa Couronne & son autorité ?
Si par quelques exploits, j'assure ma memoire,
Arbate, j'ai bien moins envisagé ma gloire,
Que l'espoir de me faire un passage aux climats,
Où j'ai crû que mon pere auroit porté ses pas.

ARBATE.

Ne l'ayant jamais vû, Seigneur, par quelle marque,
Vos yeux auroient-ils pû connoître ce Monarque ?

Vous avez affez fait pour apprendre fon fort ;
Et vingt ans de filence, ont trop prouvé fa mort.

ARIUS.

Tu t'oppofés en vain à l'efpoir qui m'anime ;
Ne le pas écouter me paroîtroit un crime.
A Simma dans mon cœur, fe joint Semiramis,
Pour apprendre fon fort, tout doit m'être permis.
Je dois même, ignorant quelle eft fa deftinée,
Empêcher que Ninus par un autre hymenée,
Ne rompe les liens qui formerent la paix,
Qui nous devoit unir l'un & l'autre à jamais.
Allons n'épargnons rien pour la fille & le pere,
A mon ame leur vie eft également chere,
Et la force du fang, & le fecours des Dieux,
Conduirent en ce jour, & mon cœur, & mes yeux.

Fin du premier Acte.

ACTE II.

SCENE PREMIERE.

MENON, MITRANE.

MITRANE.

ENfin le Ciel , Seigneur , à nos vœux favoᵘ
rable ,
Veut soumettre à Ninus un Prince redouta-
ble.
Après tant de travaux, pour combler nos souhaits ,
Il contraint Zoroastre à demander la paix.
L'Illustre Nitocris, par le bruit de ses charmes ,
A plus fait contre lui, que l'effort de nos armes ;
Et lors qu'avec Ninus, il dispute ses droits ;
De votre fille seule, il veut subir les loix.
Mais tandis que le Ciel lui destine un Empire ,
Vous soupirez, Seigneur, & si j'ose le dire ,
Ce qui peut de l'Etat assurer la grandeur,
Semble n'être pour vous qu'un sujet de douleur.

E v

MENON.
Je ne te puis cacher ma tristesse mortelle;
Et puisque rien n'échape à l'ardeur de ton zele,
Apprend, mon cher Mitrane, apprend que dans ce
  jour
Mon ambition cede au pouvoir de l'amour.
MITRANE.
Quoi! lorsque vous pouvez couronner votre fille,
Et de gloire & d'honneurs combler votre famille,
Par cette passion vous laissez-vous dompter,
Et l'amour paternel, doit-il pas l'emporter?
MENON.
C'est ce fatal amour, à mes vœux si contraire,
Qui pour le nom d'amant, quitte celui de pere:
C'est cette Nitoctis, dont les cruels attraits,
Ont porté dans mon cœur les plus funestes traits.
MITRANE.
Votre fille! Grands Dieux!
MENON.
                    Arrête, & que ma flâme,
Par d'indignes soupçons, ne trouble point ton ame.
Menon ne brûle point d'une coupable ardeur:
Mais puisqu'il faut enfin te découvrir mon cœur,
Ecoute, & reconnois dans ce recit sincere,
Par quels malheurs les Dieux m'ont prouvé leur
  colere.
J'eus un fils que j'aimois avec tant de transport,
Que je crus tout permis, pour élever son sort.
Belus avoit alors la suprême puissance,
Et comme au même sang je devois la naissance,
Jaloux de sa grandeur, ce n'étoit qu'à regret
Que je portois les noms de Prince & de Sujet.
Il me fit Gouverneur de la Syrie entiere;
Mais voulant de ses jours abreger la carriere,
Mon cœur par ce pouvoir n'en fut pas plus soumis;
Et mon fils, par mes soins s'étant fait des amis,
Sçût les rendre bien-tôt à Belus infidelles.
Il se mit à leur tête, & chef de ces Rebelles,

Pour ôter à Belus tout soupçon contre moi,
Dans mon Gouvernement, il vint porter l'effroi.
Rien ne put résister à l'effort de ses armes ;
Et lors qu'aux yeux de tous, je répandois des larmes,
Cher Mitrane, en secret, faisant pour lui des
    vœux,
J'apuyois de ce fils les desseins genereux.
Et selon mes desirs, l'ardeur de son courage
A l'Empire deja lui traçoit un passage,
Quand Belus étonné de ses heureux progrès,
Rassemblant près de lui ses plus zelez Sujets,
S'étant mis à leur tête, animé de vengeance,
Fit tout trembler d'effroi par sa seule presence.
Tout fuit & se disperse, & mon malheureux fils
Abandonné, trahi par ses lâches amis,
Pour mettre en sûreté sa déplorable vie,
Traverse les deserts qu'enferment l'Arabie ;
Et lorsqu'il croit trouver un azile à ses jours,
Le sort impitoyable en abrege le cours.
Simma, Roi d'Arabie, à Belus trop fidele,
Mitrane, rend mon fils victime de son zele ;
L'ayant fait arrêter ce Monarque inhumain,
Au Barbare Belus, le livra de sa main.
Malgré mon desespoir, toujours forcé de feindre,
A poursuivre sa tête, il fallut me contraindre ;
Et Belus insensible à cet illustre effort,
Le fit sans balancer condamner à la mort.
Simma devint alors l'objet de ma vengeance ;
J'en fis tomber sur lui toute la violence,
Et par le même trait dont il m'avoit blessé,
Je voulus que son cœur se vit aussi percé ;
Et croyant lui ravir l'espoir de son Empire,
Jusques dans son Palais je sçus faire introduire ;
Des hommes afidez, aux crimes endurcis,
Pour servir ma fureur & poignarder son fils.
           MITRANE.
Par ce hardi dessein je conçois votre haine,
Et ce que peut un cœur que la vengeance entraîne ;
                E vj

Mais je ne comprends point ce qui fit qu'Aretas,
Qui voit encore le jour, évita le trepas.

MENON.

Celui qui conduisoit cette grande entreprise
Avoit choisi la nuit, de crainte de surprise ;
Mais dans l'obscurité, changeant d'appartement,
Pour celui d'Aretas, en ce fatal moment,
Il prit, sans le vouloir, celui de la Princesse.
Cette erreur l'accabla de trouble & de tristesse ;
Mais sçachant qu'à ma rage il falloit un objet,
De son enlevement il forma le projet.
Et secondé des siens, la mort & le carnage
Donnerent à sa suite un asseuré passage :
Et tout couvert encor du sang des ennemis,
Il vint à ma fureur livrer Semiramis !

MITRANE.

Juste Ciel !

MENON.

C'est ici la cause de ma peine ;
Cet enfant dans mon cœur l'emporta sur la haine.
Entre elle & ma douleur mon esprit combattu
Cherchoit à triompher d'un reste de vertu ;
Quand j'apris, que le Ciel, par la mort de ma fille,
Venoit de me ravir l'espoir de ma famille.
Ce dernier trait du sort ralentit ma fureur,
Et pour Semiramis sçût attendrir mon cœur.
Une douce vengeance alors me fut offerte,
Et de ma fille enfin ayant caché la perte,
Je mis Semiramis à sa place chez moi ;
Et me rendant par-là le maître de sa foi,
J'esperois l'arracher à l'auguste hymenée,
Où Belus & Simma la croyoient destinée.
Charmé de me vanger sans répandre son sang,
Je crus qu'il suffisoit de lui ravir son rang.
Helas ! pour mon malheur elle me devint chere,
Et reprenant encore le tendre nom de pere,
Sous celui de ma fille élevée en ces lieux,
C'est cette Nitocris si charmante à mes yeux.

MITRANE.

Je ne m'étonne plus si dans cette journée,
Du Roi des Bactriens vous craigniez l'hymenée.
Mais, Seigneur, Arius brule des mêmes feux,
Et ce rival pour vous n'est pas moins dangereux,
Vainement il s'efforce à cacher sa tendresse;
Son assiduité, ses soins pour la Princesse . . .

MENON.

Ce n'est pas Arius que je crains en ce jour,
Un plus cruel obstacle étonne mon amour.
Ninus en ce moment rend mon malheur extrême,
J'adore Nitocris & ce Monarque l'aime.
Je n'en sçaurois douter; jusqu'au fond de son cœur,
Par mes jaloux regards j'ai connu son ardeur.
Il croit avec plaisir Semiramis sans vie,
La perte de Simma qui court en Arabie;
Et d'Aretas son fils le peu d'empressement,
Des nœuds que fit Belus rompent l'engagement.
Voila ses sentimens, & lorsque dans son ame
Il pense que ma fille est l'objet de sa flâme,
Par le courroux des Dieux conjurez contre moi,
C'est à Semiramis qu'il conserve sa foi.
Mais j'empêcherai bien ce fatal hymenée,
Malgré lui je vaincrai jusqu'à sa destinée,
Et dussai-je, Mitrane, attenter à ses jours,
Mon bras de ses desseins arrêtera le cours.
Comme toi d'Arius j'ai reconnu la flâme;
Mais il m'est necessaire au projet que je trame:
Il commande l'armée, & malgré mon pouvoir,
Je ne puis rien tenter sans lui faire sçavoir.
Je veux donc en ce jour lui donner l'esperance,
Que je couronnerai ses feux & sa constance:
Et que ma fille enfin acceptera sa foi,
Si pour perdre Ninus il veut s'unir à moi.
J'ai mandé Nitocris, je veux avec adresse
Sçavoir de quel côté penchera sa tendresse.
J'entens du bruit, c'est elle, ô Ciel! trop rigoureux,
Pour la premiere fois daigne exaucer mes vœux!

SCENE II.

NITOCRIS, MENON, ELISE, MITRANE.

MENON.

Depuis long-temps, ma fille, une crainte mortelle
Chaque jour dans mon cœur pour vous se renouvelle ;
Je vous aime, & je prends à témoins tous les Dieux,
Que je voudrois vous faire un destin glorieux.
Cependant, quand pour vous mon ame au trône aspire,
Je vous vois à regret, victime de l'Empire ;
Et si je veux enfin vous faire un sort plus doux,
Mon plus grand ennemi sera-t-il votre époux.

NITOCRIS.

Que parlez-vous, Seigneur, d'ennemis, de victimes,
L'hymen de Nitocris entraîne-t-il des crimes ?
Et quels sont donc les Rois qui prétendant à moi,
Se rendront criminels en acceptant ma foi.
Expliquez-moi de grace un discours si terrible,
A la gloire, Seigneur, mon ame est trop sensible,
Pour craindre que jamais je reçoive un époux,
Qui par ses sentimens soit indigne de vous.

MENON.

Ce généreux transport comble mon espérance,
Et vous donne en ce jour toute ma confiance.
Zoroastre, ma fille, en demandant la paix,
Desire que vos cœurs soient unis à jamais.
Quoique maître absolu de votre destinée,
Je ne vous presse point sur un tel hymenée ;
Mais pour un autre objet reprenant mon pouvoir,
Vous devez Nitocris suivre votre devoir,
De mes malheurs passez ayant sçû vous instruire,
Je crois ne devoir pas ici vous les redire ;
Et sçachant que Belus fit mourir à mes yeux,
Un fils que ses vertus me rendoient précieux,
Vous ne pouvez douter de la haine implacable,
Que je conserve au sang d'un Prince impitoyable.
Le temps n'a pû calmer l'excès de ma douleur,
Et pour Ninus son fils je sens la même horreur,
Lui seul est aujourd'hui l'objet de mes allarmes
Et je crains que son cœur, trop sensible à vos char-
    mes,
Croyant vous honorer, parce qu'il est mon Roi,
Ne conçoive l'espoir d'obtenir votre foi.
S'il a ces sentimens, s'il déclare sa flâme,
Qu'une noble fierté s'empare de votre ame,
Quand même je pourrois l'accepter à vos yeux,
Refusez hautement un hymen odieux.
Suivez aveuglement la volonté d'un pere,
Songez que par le sien vous perdîtes un frere ;
Qu'au sang du meurtrier unissant votre sort,
C'est vous rendre à jamais complice de sa mort.
Mais quoi vous vous troublez, & gardez le silence,
M'auriez vous donc flatté d'une vaine espérance.

NITOCRIS.

Quels que soient vos soupçons, Seigneur, en ce mo-
    ment,
Je ne puis de mon cœur cacher l'étonnement.
Je n'eusse jamais crû qu'une injuste vengeance
Vous fit avec horreur regarder l'innocence,

Et qu'à votre famille il pût être permis
De compter dans ses Rois les plus grands ennemis?
Quoi! le Prince Menon, à l'Etat si fidele,
Doit-il donc regretter la mort d'un fils rebelle,
En le faisant mourir, Belus suivit les loix ;
Vous même à son trepas donnâtes votre voix :
Tout l'Univers a sçû que cessant d'être pere,
Vous jugeâtes sa perte à l'Etat necessaire.
Mais quand Belus enfin auroit injustement
Condamné votre fils au plus cruel tourment,
Ninus est-il, Seigneur, coupable de son crime,
Votre couroux, doit-il, le prendre pour victime.
Ce n'est point dans l'espoir de regner aujourd'hui,
Que je le justifie, & vous parle pour lui.
L'amour dont vous craignez qu'il ne sente la flâme,
N'a peut-être jamais triomphé de son ame ;
Et quand sur moi, Seigneur, il jetteroit les yeux,
La fille de Simma doit regner en ces lieux :
Et quoique l'on ignore encore sa destinée,
Ninus ne peut songer aux nœuds de l'hymenée,
Qu'il ne soit assuré, que le Ciel par sa mort
Ne le rende à jamais le maître de son sort.
Cependant s'il est vrai que ce Monarque m'aime,
Et qu'i. veuille en ce jour m'offrir le diadême ;
Le refuser, Seigneur, ce seroit vous trahir,
Et Ninus, d'un seul mot, peut se faire obéir.

MENON.

Je vois avec regret que votre obéissance,
Ne peut vous animer à servir ma vengeance.
Cependant, Nitocris, songez que je le veux,
Que vous perdrez Ninus en recevant ses vœux,
Et que ce Prince enfin, pour vous si respectable,
Ne peut être innocent, quand je le crois coupable.

SCENE III.

NITOCRIS, ELISE.

NITOCRIS.

QUelle injustice, ô Ciel ! quelle aveugle fureur ;
Elise conçois-tu l'excès de mon malheur.
De l'amour de Ninus, Menon vient de m'instruire,
Et lorsque cet amour me destine un Empire,
Mon pere se servant d'un pouvoir inhumain,
Me deffend en ce jour de recevoir sa main.

ELISE.

Quoiqu'au Prince Menon vous deviez la naissance ;
Ninus tient en ses mains la suprême puissance ;
S'il veut parler en maître & vous offrir sa foi,
Osera-t-il jamais resister à son Roi.
Mais à votre douleur je jugerois, Madame,
Que l'amour de Ninus a sçû toucher votre ame.

NITOCRIS.

Je ne rougirai point d'avouer à tes yeux
Un feu qui me prépare un destin glorieux ;
Ninus est mon vainqueur, Elise, & j'ose croire
Qu'en aimant ce Heros, c'est n'aimer que la gloire.

ELISE.

Mais à Semiramis, Belus promit sa foi.

NITOCRIS.

Je sçais à quoi Belus sçût engager le Roi :
Cependaut si la mort, enlevant la Princesse,
De regner en ces lieux me laisse la maitresse,
Faudra-t-il que Menon par une injuste loi,

Sacrifie à fa haine , & mon cœur , & ma foi :
Non il prétend en vain affujettir mon ame ,
Je vais lui declarer . . . . .

ELISE.

Contraignez-vous , Madame ,
Arius en ces lieux femble porter fes pas.

SCENE IV.

NITOCRIS , ARIUS , ELISE.

ARIUS.

VOus faites le deftin de deux grands Potentats ;
Madame , & leur fervant de prétexte & d'exq
eufe ,
L'un demande la paix , & l'autre la refufe :
Et Ninus ne veut point s'unir aux Bactriens ,
S'il faut que votre hymen en forme les liens.
Cet aveu qu'à nos yeux ce Prince vient de faire ,
De fes deffeins fecrets découvre le myftere ;
Et je ne doute plus qu'à la face des Dieux ,
Vous ne foyez bien-tôt Souveraine en ces lieux.

NITOCRIS.

Vous avez trop de part , Seigneur , à fon eftime ,
Pour qu'il pût vous cacher fes fentimens fans crime ;
Et je ne croirai point qu'il aime Nitocris ,
Si lui-même en fecret ne vous l'a pas appris.

ARIUS.

Quoiqu'avec moi , Madame , il garde le filence
Je ne l'accufe point de peu de confiance :
Peut-être a-t-il connu qu'Arius en ce jour ,
Près de vous à regret ferviroit fon amour ,

Et que par un soupçon qu'il craint de faire enten-
dre . . . .
NITOCRIS.
Ce discours me surprend, & je ne puis comprendre,
Qu'autrefois si sensible à tous mes interêts,
Mon bonheur aujourd'hui vous cause des regrets.
ARIUS.
Plus que jamais, helas ! votre sort m'interesse,
J'en atteste le Ciel, adorable Princesse.
Mais, Madame, les traits qui blesserent le Roi,
Par le même pouvoir sont retombez sur moi,
Mon cœur, comme le sien, trop sensible à vos charmes
N'a trouvé contre vous que d'inutiles armes.
Je sçais que cet aveu par un cruel couroux,
Me forcera sans doute à m'éloigner de vous ;
Mais avant qu'il éclate & condamne ma flâme,
Connoissez de quels feûx vous embrasez mon ame.
Je n'ai d'aucun espoir flaté ma passion,
Votre bonheur toujours fit mon ambition,
Et je sens que mon cœur détaché de lui-même,
Peut sans vous offenser avouer qu'il vous aime.
NITOCRIS.
Je voudrois vainement vous cacher ma douleur,
Mon silence fait voir le trouble de mon cœur.
De divers sentimens je me trouve agitée :
D'un aveu si hardi justement irritée,
Je voudrois vous marquer tout mon ressentiment,
Et malgré moi, Seigneur, en ce même moment,
De secrets mouvemens dissipent ma colere,
Mon cœur ressent pour vous une amitié sincere,
Cette amitié l'emporte, & me fait pardonner,
Un discours que ma gloire a droit de condamner.
Méritez ce pardon en étouffant la flâme
Qui trouble dans ce jour le repos de votre ame,
Songez que vous devez cet effort glorieux
Au peu d'emportement que je montre à vos yeux ;
Et que c'est de Ninus trahir la confiance,
Que d'oser sur mon cœur former quelque esperance,

SCENE V.

ARIUS seul.

CE modeste courroux fait bien plus sur mon
    cœur
Que l'éclat violent d'une vaine fureur.
Vous serez satisfaite, ô charmante Princesse,
Je sçaurai moderer l'excès de ma tendresse ;
Et m'imposant moi-même un silence éternel,
Peut-être oublierez vous que je fus criminel.

Fin du second Acte.

ACTE III.

SCENE PREMIERE.

ARIUS, ARBATE.

ARIUS.

ARbate, il est trop vrai, Menon est un per-
fide,
Et de Semiramis lui seul est l'homicide.
Un soldat qui n'a dû sa fortune qu'à moi,
Et qui par ma faveur s'est fait aimer du Roi,
Au tombeau dans ce jour étant prêt de descendre,
M'a fait secrettement supplier de l'entendre.
Dans l'état où je suis, tout m'étant precieux,
Je m'y suis rendu seul. Là les larmes aux yeux,
De ses crimes passez, rapellant la memoire,
Arbate, il m'a conté la déplorable histoire,
Et qu'étant autrefois un de ces assassins,
Qui servoient de Menon les barbares desseins,
Il étoit un de ceux dont la coupable adresse,

Avoit de l'Arabie enlevé la Princesse ;
Et que pour achever sa noire trahison,
Leur chef l'avoit remise au pouvoir de Menon :
Mais que ne doutant point, qu'elle ne fut sans vie ;
La lumiere à lui-même allant être ravie,
Ne pouvant confier son secret qu'à ma foi,
Il osoit me prier d'en avertir le Roi.
A ces mots il expire & mon ame éperduë,
Avec lui chez les morts semble être descenduë ;
Pere de Nitocris, faut-il donc qu'Aretas
Soit forcé dans ce jour à vouloïr ton trepas.

ARBATE.

En ce moment, Seigneur, armez-vous de constance,
Vous devez à Simma cette illustre vengeance.
Et qui sçait si Menon, trop instruit de son sort,
A cet Auguste Roi n'a pas donné la mort.
Votre cœur ne doit point craindre de perdre un trai-
tre ;
Venez aux yeux de tous en vous faisant connoître....

ARIUS

Arbate il n'est pas temps, & pour mes interêts,
Il faut que de Menon je sçache les secrets.
Je le trouve inquiet, une sombre tristesse,
De son cœur, depuis peu, semble être la maitresse ;
Et je crains que son ame, endurcie aux forfaits,
De quelque crime encor ne forme les projets.
Il cherche à me parler, & doit ici se rendre,
Quels que soient ses desseins, quoi qu'il puisse entre-
   prendre,
Me rendant en ce jour le maître de son sort,
D'un pere & d'une sœur je vangerai la mort.
Je n'épargnerai rien pour que sa confiance....
Mais on ouvre, en ces lieux je le vois qui s'avance :
Pour n'être point suspect, Arbate laisse-nous.

SCENE II.

ARIUS, MENON.

MENON.

Pourrai-je en liberté m'expliquer avec vous,
Seigneur, & bannissant un devoir trop severe,
Sans peril, à vos yeux, pourrai-je être sincere.

ARIUS.

De ce discours, Seigneur, je devrois m'offenser,
Et je ne conçois pas ce qui vous fait penser,
Qu'oubliant en ce jour mon estime & mon zele,
Pour la premiere fois je vous fusse infidele;
Mais cependant, Seigneur, sans douter de ma foi,
Croyez que vous pouvez tout attendre de moi.

MENON.

Je puis tout hasarder, après cette assurance;
Ainsi daignez, Seigneur, remplir mon esperance,
En m'ouvrant votre cœur. Aimez vous Nitocris?
Me serois-je trompé, vous en croyant épris?
Sans crainte vous pouvez me découvrir votre ame,
Avec plaisir enfin j'apprendrai votre flâme,
Et c'est de cet aveu que dépend mon bonheur.

ARIUS.

Puisque vous le voulez, j'avouerai donc, Seigneur,
Que l'amour le plus pur & l'ardeur la plus vive,
Pour elle dès long-temps m'arrête dans Ninive.

MENON.

Et si pour l'obtenir il falloit en ce jour,
Par quelque grand dessein, lui prouver votre amour,
De l'execution vous sentez vous capable ?

ARIUS.

Quelle demande, ô Ciel! Quel espoir favorable.
En pouvez vous douter. Ah ! j'atteste les Dieux,
Que je tenterois tout pour ce prix glorieux.
Rompez, Seigneur, rompez un injuste silence,
Par ce retardement ma tendresse s'offense.
Je le repete encor, le plus affreux danger
Ne pourra m'étonner. Que faut-il ?

MENON.

Me vanger,
Me délivrer, Seigneur, d'un indigne esclavage,
M'ôter un ennemi dont le pouvoir m'outrage,
Lui ravir pour jamais son Empire en ces lieux,
Affranchir votre amour d'un rival odieux,
Perdre Ninus enfin, & dans cette journée,
De son perfide sang signer votre hymenée, ...
Vous ne répondez point, pourriez-vous hesiter ?

ARIUS.

Non, je vous l'ai promis, rien ne peut m'arrêter,
Si le nom de Ninus a causé mon silence,
Il ne sçauroit, Seigneur, ébranler ma constance.
Mais comment pourrons-nous jusques dans son Pa-
        lais,
Assassiner un Prince aimé de ses sujets ?

MENON.

Ah ! de ce grand projet c'est le moins difficile,
Si vous voulez enfin me devenir utile,
Vous pouvez tout ici, personne dans la nuit,
Sans votre ordre, au Palais ne peut être introduit ;
Commandez que les gens qui servent ma vengeance,
Ne trouvent en ces lieux aucune résistance ;
Laissez les penetrer jusques au lit du Roi,
Et du reste, Seigneur, reposez vous sur moi.
Par la mort de Ninus, maître de son Empire,

Absolu

Abfolu fur l'objet où votre cœur afpire ;
Je pourrai fans peril, & dans le même jour ;
Satisfaire à la fois ma haine & votre amour.
Je crois ne rien rifquer, formant cette alliance ;
Et quand vous n'auriez pas une illuftre naiffance ;
Votre rare valeur, vos exploits glorieux,
Valent bien tout l'éclat des plus fameux aïeux.
Et fi je puis compter fur ce bras invincible.

ARIUS.

Je vous l'ai deja dit, tout me fera poffible,
La haine pour jamais s'empare de mon cœur.
J'ai peine à moderer l'excès de ma fureur,
Et j'attefte des Dieux, la Majefté fuprême,
De perdre le perfide ou de perir moi-même.

MENON.

Ah ! que par ce ferment vous flatez mon efpoir ;
Je vais tout préparer, faites que dès ce foir,
Menon foit delivré du tyran qui l'opprime,
Immolez à fon fils cette illuftre victime ;
Vengez le frere, enfin, fi vous aimez la fœur ;
Et fongez que de vous dépend votre bonheur.

SCENE III.

ARIUS feul.

OUi mon fort en ce jour fera digne d'envie ;
Si je puis terminer tes crimes par ta vie ;
Monftre que je ne puis regarder fans eftroi,
Vien fubir ton Arreft aux genoux de ton Roi.
Mon bras auroit deja prevenu fa juftice,
S'il ne te réfervoit un plus cruel fupplice,
Ne balançons donc plus, découvrons à Ninus ;

F

Les forfaits de Menon & le rang d'Arius.
Etouffons dans mon cœur un reste de tendresse.
Mais quel est votre sort genereuse Princesse ;
Faloit-il donc, helas ! que le Ciel en couroux ,
Vous fit naître d'un sang si peu digne de vous.

SCENE IV.

ARIUS, ARBATE.

ARIUS.

ARbate je me rends à ton impatience ,
Ninus en ce moment apprendra ma naissance.
Simma sera vangé , Menon perdra le jour ,
Et mon ressentiment l'emporte sur l'amour.

ARBATE.

Ce genereux transport comble mon cœur de joie.
Mais , Seigneur , près de vous l'Ambassadeur m'envoie ,
Il demande à vous voir ; mécontent de Ninus ,
Il croit que ses desseins vous étant tous connus ,
Vous lui ferez sçavoir. . Je le vois qui s'avance.

ARIUS.

Je n'ai rien à lui dire , évitons sa presence.

SCENE V.

SIMMA, ARIUS, ARBATE.

SIMMA.

J'Ignore quel sujet vous force à m'éviter ;
Ninus vous deffend-il, Seigneur, de m'écouter.

ARIUS.

Quelle que soit du Roi l'autorité suprême,
Arius ne dépend, Seigneur, que de lui-même.

SIMMA.

Vous êtes cependant si soumis à ses loix ,
Qu'à ses moindres desirs vous donnez votre voix.

ARIUS.

Approuver des desseins fondez sur la Justice,
D'un cœur comme le mien n'est pas un Sacrifice.

SIMMA.

Quoi lorsque dans ce jour il refuse une paix ,
Qui fait de ses sujets les plus ardents souhaits ;
Qu'il se laisse conduire au transport de son ame,
Et sacrifie un peuple à sa frivole flâme,
Vous trouvez qu'il est juste , & peut impunément,
De ses premiers liens rompre l'engagement ;
Et vous pouvez enfin approuver sa tendresse ,
Lorsqu'en secret vous même adorez la Princesse.

ARIUS.

C'est pousser un peu loin le droit d'Ambassadeur ,
Que de vouloir l'étendre aux secrets de mon cœur:
Et quiconque vous fait de telles confidences
Doit avoir avec vous d'autres intelligences.

SIMMA.

Pour m'informer de tout, j'ai mes raisons, Seigneur.
Quoique des Bactriens je sois l'Ambassadeur,
Un intérêt plus grand que ceux de leur Empire,
De tous vos sentimens me contraint de m'instruire :
Et j'avois espéré qu'étant rival du Roi,
Vous pourriez contre lui vous unir avec moi ;
Il veut à Nitocris unir sa destinée,
Et je ne puis souffrir cette injuste hymenée.

ARIUS.

Vous, Seigneur ! & quel est en ce jour
L'intérêt qui vous porte à blâmer son amour ?

SIMMA.

Je ne puis plus long-tems me contraindre au si-
lence,
Son refus pour la paix, n'est pas ce qui m'offense :
Je ne suis irrité que de lui voir permis
De disposer d'un cœur que son pere a promis.
Zoroastre en un mot, Seigneur, n'est point mon
Maître,
Il est tems qu'en ces lieux je me fasse connoître.
Je suis Arabe enfin, & soutiendrai les droits
De Simma, d'Aretas, que le Ciel fit mes Rois.

ARIUS.

Grands Dieux ! quels sont les noms que sa bouche
prononce,
Et qu'est-ce que mon trouble en ce moment m'an-
nonce.
Si vous vîtes le jour . . . . dans ces heureux climats,
Je devrois vous connoître . . . & j'ai dans ces Etats
Fait un si long séjour, vous gardez le silence,
N'osez vous plus-avant pousser la confidence.
Simma, le grand Simma, vous seroit-il connu,
Où ne sçavez vous point ce qu'il est devenu ;
Parlez je me repens d'une injuste colere,
Et pour vous desormais par un zele sincere.

SIMMA.

Je ne garde, Seigneur, aucun ressentiment :

Mon cœur même pour vous ressent en ce moment
Une si tendre estime & tant de confiance,
Que je ne crains que trop de rompre le silence.

ARIUS.

Ah ! seulement, Seigneur, dites moi votre nom.

SIMMA.

Puis-je le confier à l'ami de Menon.

ARIUS.

Non, ne le croyez pas, je déteste le crime,
Et de ceux qu'il a faits il sera la victime.
A me le dire enfin pour vous engager mieux,
Sçachez que comme vous inconnu dans ces lieux,
De l'auguste Simma je cherche des nouvelles,
Que mon ame pour lui dans des craintes mortelles,
Pour le trouver a crû que tout étoit permis.

SIMMA.

Et je n'y suis aussi que pour Semiramis.

ARIUS.

Le même soin, Seigneur, pour elle m'interesse,
Et pour l'un & pour l'autre, une forte tendresse,
Me rend également sensible à leurs malheurs :
Vous n'en pouvez douter, mes soupirs & mes pleurs,
Quels que soient mes efforts, vous font assez con-
      noître.

SIMMA.

De mes pleurs comme vous je ne suis pas le maître,
Je ne me connois plus dans le trouble où je suis . . .
Achevez votre nom . . . . .

ARIUS.
                  Aretas.

SIMMA.
                        Vous, mon fils !
A mes tendres transports connoissez votre pere.

ARIUS.

Je ne puis méconnoître une tête si chere,
Et l'agitation que je sens dans mon cœur,
Me fait sans hesiter concevoir mon bonheur.

E iij.

SIMMA.

Plus que jamais, grands Dieux, j'espere en vos oracles,
Et puis qu'après vingt ans de tourmens & d'obstacles,
Vous venez d'assembler & le pere & le fils,
C'est pour me préparer à ce qu'ils m'ont promis,
Et ma fille à vos soins doit sans doute la vie.

ARIUS.

Le barbare Menon, Seigneur, nous l'a ravie,
De la mort de son fils irrité contre vous,
Il a fait sur ma sœur retomber son couroux,
En ce même moment on vient de me le dire ;
Mais de tous ses forfaits je sçaurai vous instruire,
Il faut auparavant qu'aprenant vos malheurs,
Votre fils en ce jour fasse cesser vos pleurs.

SIMMA.

Ah ! mon fils votre vûe a pour moi trop de charmes,
Pour ne pas adoucir la cause de mes larmes,
Et si le juste Ciel ne m'avoit pas permis,
L'espoir de retrouver ici Semiramis,
Oubliant pour jamais cette jeune Princesse,
Vous auriez eu vous seul mes soins & ma tendresse.
Mais enfin comme vous elle sort de mon sang,
Elle doit dans mon cœur tenir le même rang ;
Ne soyez point jaloux d'un si juste partage,
De mon amour pour vous mon Empire est un gage :
Regnez & permettez que sensible à son sort
Son pere dans ce jour puisse venger sa mort.

ARIUS.

Que dites-vous, Seigneur, quel funeste langage,
Pouvez vous bien, helas ! me faire cet outrage :
Moi garder votre Empire après votre retour,
Moi jaloux, que ma sœur partage votre amour.
Ah ! bien loin d'arrêter votre juste vengeance,
Vous la faciliter fait ma seule esperance :
Oui, Seigneur, aujourd'hui Menon attend de moi
Les funestes moyens d'assassiner son Roi,
Pour ce crime odieux, déguisant ma surprise,
J'ai feint sans balancer d'approuver l'entreprise ;

Et quand ici le Ciel a fait porter vos pas ;
J'allois dire à Ninus ces lâches attentats ;
Mais ce retardement ne peut m'être contraire ;
Puisqu'il m'a fait en vous reconnoître mon pere.
Cependant on pourroit nous surprendre en ces lieux;
Et jaloux du bonheur dont jouiffent mes yeux,
Je veux en liberté vous voir & vous entendre,
Sans mon ordre Menon ne peut rien entreprendre ;
Et lorfque vos deffeins me feront mieux connus ,
De fes forfaits , Seigneur , nous inftruirons Ninus.

SIMMA.

Ah ! ne differons point à les faire connoître ,
Nous ferions criminels en menageant le traître ;
Les crimes des mortels firent naître les loix ,
Et c'eft pour les punir que le Ciel fit les Rois.

Fin du troisiéme Acte.

ACTE IV.

SCENE PREMIERE.

NITOCRIS, ELISE.

NITOCRIS.

NOn, vainement, Elife, on cherche à me con-
    traindre,
Je n'ai jamais appriſce que c'eſt que de feindre ;
L'artifice à mon cœur fut toujours inconnu ,
Et ſi par le devoir il n'étoit retenu ,
Oubliant en ce jour que Menon eſt mon pere ,
De Ninus contre lui j'armerois la colere.

ELISE.

Gardez-vous bien , helas ! de ſuivre ce tranſport ;
Sans doute de Menon vous cauſeriez la mort ;
Ninus eſt violent quelle que ſoit ſa flâme ,
La vengeance pourroit l'emporter dans ſon ame.
Votre pere vous aime & peut-être ſon cœur ,
Adouciſſant pour vous une injuſte rigueur...

NITOCRIS.

Lui m'aimer, par quel trait veut-il le faire croire,
Est-ce donc en craignant de me combler de gloire,
En dédaignant les vœux du plus puissant des Rois,
Du devoir & du sang en étouffant la voix.
Ah ! je connois quelle est son injuste pensée,
De ce soupçon déja mon ame étoit blessée.
Ce n'est pas mon hymen qu'il redoute aujourd'hui,
Ce Prince ambitieux n'envisage que lui ;
Il voudroit que Ninus ne prît nulle alliance,
Pour avoir de l'Empire une pleine assurance :
Et craignant qu'en ce jour on soupçonne sa foi,
Il veut que ses refus ne partent que de moi.
Mais quoi qu'il soit, Elise, auteur de ma naissance,
Et qu'à ses loix je doive entiere obéissance,
Je ne sens point pour lui ces tendres sentimens,
Dont la force du sang donne les mouvemens:
Mon respect est contraint, ma tendresse est forcée,
De son pouvoir sur moi, je me sens offensé:
Sa haine pour Ninus, son injuste fureur,
Tout paroît contre lui s'assembler dans mon cœur ;
Et quels que soient pour moi ses soins & sa tendresse,
Elise, de l'aimer, je ne suis pas maitresse.

ELISE.

Que je vous plains, Madame, avec ces sentimens,
Qu'ils vont vous préparer de rigoureux tourmens;
Il faudra malgré vous suivre l'ordre d'un pere,
Où vous voir exposée à toute sa colere.

NITOCRIS.

Son courroux sera-t-il plus dangereux pour moi,
Que l'indignation que fera voir le Roi.
Quand je voudrois enfin, me trahissant moi-même,
Dédaigner en ce jour un Monarque que j'aime,
Quel prétexte trouver pour fonder mes refus ?
Ne voit-on pas en lui briller mille vertus ?
N'est-il pas adoré dans tout son vaste Empire ?
Et depuis le moment que ce Prince respire,
Va-t-on vû des tyrans suivre jamais les pas ?

F. v

Il est le plus puissant de tous les Potentats,
Et jouït sans orgueil de son pouvoir suprême ;.
L'amour de ses sujets soutient son diadème ;
Quoiqu'il soit redoutable, on le craint sans effroi ,.
Et chacun avec joie obéït à sa loi.
Après tant de raisons qui le rendent aimable ,
En est-il qui rendît mon refus excusable.

ELISE.

Que resolvez-vous donc dans ce triste embarras ,.
Menon bien-tôt ici doit conduire ses pas ;
Si vous voulez m'en croire évitons sa presence..

NITOCRIS.

Non je suis résoluë à rompre le silence,
Et peut-être voyant quelle est ma fermeté ,
N'osera-t-il plus loin pousser la dureté.
Quand il s'agit d'avoir la suprême puissance,
On peut bien une fois manquer d'obéïssance..

ELISE.

Je le vois qui paroît..

SCENE II.

NITOCRIS, MENON.

MENON.

Ninus vient en ces lieux ;.
J'ai devancé ses pas , ma fille , au nom des Dieux ,
Suivez les mouvemens de ma juste colere ,
Songez que vos refus vont vanger votre frere..

J'ai vû le triste effet de mes pressentimens,
Ninus m'a découvert ses secrets sentimens,
Il vous a demandé, & sans lui rien promettre,
A votre seul Arrêt, j'ai voulu le remettre ;
Mais si vous consentez au bonheur de son sort,
Ce sera condamner votre pere a la mort.

NITOCRIS.

Ah ! Seigneur, si jamais Nitocris vous fut chere,
Si vous me regardez avec des yeux de pere,
Daignez me dispenser d'attendre ici le Roi,
Et puisque vous pouvez disposer de ma foi,
De la lui refuser n'êtes-vous pas le maître.
Sans emprunter ma voix, faites lui seul connoî-
tre,
Que son hymen, Seigneur, pour vous n'a nul
appas,
Mon cœur ne dira point ce qu'il ne pense pas ;
Je vous en avertis, je ne puis m'y résoudre.

MENON.

Qu'entens-je juste Ciel ! quel nouveau coup de foù-
dre ;
Quoi vous osez encor . . . . Mais Ninus vient à
nous,
Obéïssez, vous dis-je, ou craignez mon courroux.

SCENE III.

NINUS, MENON, NITOCRIS, ELI-
SE, ORSAME, Suite.

NINUS.

SAns doute que Menon vous aura dit, Madame,
A quel point votre sort interesse mon ame.
Si sans avoir connu vos sentimens secrets,
J'ai refusé l'Epoux que vous offroit la paix,
Quoiqu'un sceptre éclatant en eût été le gage;
En vous voyant des Dieux le plus parfait ouvrage,
J'ai crû que ce seroit vouloir les outrager,
Que vous faire monter sur un trône Etranger.
Le Ciel qui dans ces lieux voulut vous faire naître,
Pour vous en éloigner ne m'en fit pas le maître;
Et voulant me prouver quels sont ses soins pour
    moi,
Il vous a destiné mon empire & ma foi;
Ne vous opposez point à son ordre suprême,
Consentez au bonheur d'un Prince qui vous aime;
Et ce qu'un ennemi vous offroit en ce jour,
Daignez le recevoir par les mains de l'amour.
NITOCRIS.
Je ne vois point, Seigneur, avec indifference,
L'honneur que me feroit votre auguste alliance:
Du cœur que vous m'offrez je connois tout le prix;
Mais cependant, Seigneur, ne soyez point surpris,
Si j'ose en ce moment parler contre moi-même.
C'est à Semiramis qu'est dû le diadême,

Et quoique l'on ignore & sa v.e & sa mort ,
Votre cœur ne doit pas déterminer son sort :
Notre hymen irritant & le Ciel & la Terre ,
Feroit naître en ces lieux une funeste guerre ;
Et si pour arrêter le cours de ces malheurs
Oubliant votre amour , insensible à m s pleurs ,
Vous veniez à briser notre saint hymenée ,
Qu'à ceder votre cœur je fusse condamnée ;
Que deviendrois-je alors , & comment, dequel front,
Pourrois-je supporter un si sanglant affront.
Ah ! Seigneur , menagez & ma gloire & la vôtre ;
Et puisque votre foi doit être pour un autre ,
Laissez-moi la douceur de croire que mon Roi ,
Si je l'eusse voulu , n'auroit été qu'à moi.

NINUS.

Lorsqu'à Semiramis ma main fut destinée ,
A peine l'un & l'autre avions nous une année.
Sans pouvoir consulter nos desirs & nos vœux ,
On résolut l'hymen dont vous craignez les nœuds ;
Mais enfin à Simma , Semiramis ravie ,
Et les Dieux à mon pere ayant ôté la vie ;
Maître de cet Empire & maître de ma foi ,
Rien ne peut m'empêcher de disposer de moi.
Ne balancez donc point , comblez mon esperance ;
Vos vertus de mon cœur assurent la constance.

MENON.

Souffrez qu'à Nitocris , je me joigne , Seigneur ,
Trop pénétré tantôt du soin de sa grandeur ;
Ebloui par des nœuds qui la couvroient de gloire ,
De ce que je vous dois je perdois la memoire ;
Mais je reviens enfin de mon égarement ,
Je ne crains point comme elle un fatal changement ,
Je connois votre cœur , mais je crains pour vous-
            même ,
Quoique vous possediez l'autorité suprême.
Que cent peuples divers vous aiment en ce jour ,
Il ne faut qu'un moment pour chasser leur amour :
Ils attendent , Seigneur , avec impatience ,

Que votre hymen vous faſſe une illuſtre alliance.
Que ne diront-ils pas en voyant que leur Roi,
N'écoute que l'amour pour engager ſa foi?
De leurs Sujets, Seigneur, les Rois ſont les victimes,
Leur caprice à leur gré, de tout leur fait des crimes;
Et malgré le haut rang où le Ciel vous a mis,
Sans l'aveu de l'Etat, rien ne vous eſt permis :
Et plus ſa liberté pour vous eſt aſſervie,
Et plus vous lui devez compte de votre vie.

NINUS.

Je ne m'attendois pas à voir dans votre cœur,
Pour l'Etat contre vous ce zele plein d'ardeur ;
Mais ſans vouloir ici combattre ma tendreſſe,
Laiſſez ſur mon deſtin expliquer la Princeſſe :
Et puiſque vous m'avez remis à ſon Arrêt,
Sans vous inquieter que de votre intérêt,
Laiſſez la prononcer ſur tout ce qui me touche.
Oui, Madame, en ce jour un mot de votre bouche,
Peut rendre de mon ſort tout l'Univers jaloux,
Parlez, dédaignez-vous Ninus, pour votre époux.

NITOCRIS.

Moi dédaigner, Seigneur, le plus grand des Monarques,
De vos bontez, helas ! les glorieuſes marques,
Plus que vous ne penſez, vous aſſurent mon cœur;
Mais un cruel devoir s'oppoſe à mon bonheur.
C'eſt malgré moi, Seigneur, que je vous ſuis contraire,
Mon zele pour mon Roi . . . . mon reſpect pour un pere ;
Et cet hymen enfin . . . . . pour vous ſi plein d'appas,
Entraîne des malheurs que vous ne ſçavez pas.

MENON.

Quel eſt donc ce diſcours ? qu'oſe-t-il faire entendre ?

NINUS.

Mes ſoupçons aiſément me le feroient comprendre.

Si j'avois jusqu'ici douté de votre foi.
Craignez Prince, craignez d'irriter votre Roi.
J'ignore les raisons d'un refus qui m'offense ;
Mais je sçais en ces lieux jusques où va ma puissance,
Et je ferai connoître à qui m'ose trahir,
Que qui sçait commander peut se faire obéir.
Je vous laisse y penser.

SCENE IV.

NITOCRIS, MENON, ELISE,
MITRANE.

MENON.

Est-ce donc là, cruelle,
Ce qu'attendoit de vous ma tendresse & mon zele,
Vous craignez de déplaire à mon persécuteur,
Et vous ne craignez point l'effet de ma fureur ;
Mais cependant tremblez que rompant le silence,
Je ne détruise ici toute votre esperance,
Et ne fasse sçavoir que sans crime en ces lieux,
Au trône, Nitocris ne peut lever les yeux.

NITOCRIS.

N'écoutez pas, Seigneur, une injuste colere,
Pouvez-vous oublier que vous êtes mon pere,
Est-il pour votre fille un rang trop glorieux.

MENON.

Non vous ne l'êtes pas.

NITOCRIS.

Qu'entens-je . . . . . justes Dieux.

MENON.

Un secret qu'il falloit tôt ou tard vous apprendre :
Et mon ame pour vous trop sensible & trop tendre,
Cherchant à réparer la perte de ce nom,
Vous avoit destinée à l'hymen de Menon.
Dans un état obscur le Ciel vous donna l'être,
Et pour votre bonheur je vins à vous connoître,
Vous n'étiez qu'un enfant ; mais ce fatal amour,
Qui me devoit pour vous embraser en ce jour,
S'accommodant au tems de votre tendre enfance,
Sous le nom de pitié cacha sa violence.
Vous me plûtes, ingrate, & je sentis pour vous,
Tout ce que la tendresse inspire de plus doux,
A de rustiques mains vous ayant enlevée,
Sous le nom de ma fille avec soin élevée,
Je vis croître avec vous l'ardente passion,
Que je nommois alors simple compassion.
Voilà ce qui m'a fait rejetter l'alliance,
Des Rois que vos attraits mettoient sous leur puis-
    sance :
Et craignant de Ninus & l'amour & l'espoir,
J'ai voulu sur votre ame éprouver mon pouvoir.
Malheureux j'ignorois pour lui votre tendresse,
De votre cœur encor je vous croyois maitresse.
Avant que votre amour, cruelle, eût éclaté,
Le mien jusqu'à present s'étoit toujours flaté,
Que lorsque vous sçauriez quelle est votre naissan-
    ce,
Votre foi de mes soins seroit la récompense.
NITOCRIS.

Quel funeste secret ! quel affreux changement !
Où je croyois un pere, on me montre un amant.
J'ignore si je dois ou parler ou me taire.
Je crains d'aprofondir un dangereux mystére :
Et cherchant vainement à rassurer mon cœur,
Chaque mot que j'entends, me fait fremir d'hor-
    reur.
N'est-ce donc pas porter assez loin la vengeance,

Que d'obſcurcir, Seigneur, l'éclat de ma naiſſance,
Sans vouloir outrager les hommes & les Dieux,
Par l'aveu d'un amour déteſtable à leurs yeux ?

MENON.

Non, non, ne croyez pas que ce fatal myſtere,
Soit l'ouvrage indiſcret de ma juſte colere ;
Ni que pour ſatisfaire un penchant criminel,
Je me défaſſe ici de l'amour paternel :
Vous n'êtes point ma fille, & l'ardeur de ma flâme,
Sans offenſer le Ciel, peut embraſer mon ame ;
Par ce crime mon cœur ſeroit moins abatu,
Et mon amour pour moi n'a que trop de vertu.
Mais enfin ſans détours, je vais me faire entendre ;
Du choix que vous ferez, votre ſort va dépendre :
Je vous offre en ce jour & mon cœur & ma foi,
Si votre ambition pour époux veut un Roi,
Je jure que l'hymen où mon amour aſpire,
Ne s'achevera point que vous n'ayez l'Empire.
Mais ſi vous refuſez des dons ſi précieux,
Si vous me dédaignez, j'atteſte ici les Dieux,
Qu'animé contre vous de haine & de vengeance,
Tout l'Univers entier ſçaura votre naiſſance,
Et qu'inſtruiſant Ninus de cette verité,
Je vous ferai rentrer dans votre obſcurité.

NITOCRIS.

Ah ! je n'héſite point au choix que je dois faire,
Et puiſqu'enfin le Ciel ne vous fit pas mon pere,
Je ne reconnois plus ſur moi votre pouvoir.
Dégagée aujourd'hui d'un ſevere devoir,
Je ne ſuis plus ſoumiſe à votre obéïſſance,
Et par mes ſentimens relevant ma naiſſance ;
Je prefere ſans peine un rang moins glorieux,
Aux funeſtes liens d'un hymen odieux.
Vous pouvez déclarer ceux de qui je tiens l'être,
On ne me verra point rougir de les connoître ;
La gloire eſt le ſeul bien qui peut toucher mon cœur
Et ma propre vertu, m'aſſure de la leur.

MENON.

Ah! c'en est trop enfin, & je sens dans mon ame,
La haine triompher de ma funeste flâme;
Oui, oui, vous connoîtrez quels étoient vos aïeux;
Mais avant ce moment cette main à vos yeux,
Sçaura me délivrer d'un rival que j'abhore.
Sans doute en son amour vous esperez encore,
Quoi que je puisse dire; & malgré mon courroux,
Vous vous flatez toujours de le voir votre époux;
Et sçachant de vos yeux jusqu'où va la puissance,
Votre cœur en secret prepare sa vengeance;
Mais je sçaurai bien-tôt en lui donnant la mort,
Me rendre pour jamais maître de votre sort.

NITOCRIS.

Barbare, je serois ta premiere victime,
Ou les Dieux par mes soins empêcheront ce crime,
Si jadis à Belus, Simma livra ton fils,
Tu vas être à Ninus livré par Nitocris,
Et si de mes aïeux je tire peu de gloire,
Je pretends par ta mort illustrer ma memoire.

MENON.

Mitrane, suivez-la dans son appartement,
Qu'elle n'en sorte point sans mon commandement;

SCENE V.

MENON feul.

QUel funeste poison se répand sur ma vie,
De quels malheurs, ô Ciel ! est-elle poursuivie,
Par le pere autrefois, mon fils perdit le jour,
Et prêt à le vanger arrêté par l'amour,
Loin de verser un sang fatal à ma famille,
Je vois mon cœur en proie aux charmes de la fille ;
Et malgré tous mes soins, le sang dont elle sort,
Lui fait avec plaisir envisager ma mort.
Mais quoi que mon courroux ait pû lui faire enten-
    dre,
L'ingrate contre moi ne peut rien entreprendre,
Et devant qu'elle fasse éclater mon dessein,
De mon cruel rival j'aurai percé le sein.
Déja de son malheur l'instant fatal s'avance :
Allons préparons tout pour hâter ma vengeance.
Lorsqu'on peut aisément se venger & regner,
Un cœur comme le mien ne doit rien épargner.

Fin du quatrieme Acte.

ACTE V.

SCENE PREMIERE

NITOCRIS, ELISE.

NITOCRIS.

Laisse au moins, chere Elise, un champ libre à
    mes larmes,
Vainement tu voudrois dissiper mes allarmes ;
Je crois voir mille bras levez contre le Roi,
La nuit augmente encor mon trouble & mon effroi,
De noirs pressentimens, mon ame est agitée,
Par l'ordre de Menon, Mitrane m'a quittée ;
Il l'a fait appeller avec empressement.
Elise profitons de cet heureux moment,
Va chercher Arius, cours & lui fais entendre
Que près de moi trop-tôt il ne sçauroit se rendre :
Dis-lui que je ne puis confier qu'à sa foi,
Un secret important qui regarde le Roi ;
Qu'il y va de sa vie & même de la mienne,
Qu'il ne balance point, que je l'attens, qu'il vienne.

SCENE II.

NITOCRIS seule.

Quel mouvement me guide, & quel est mon
   espoir,
Ninus dans un moment ne voudra plus me voir.
Par un fatal destin inconnu à moi-même ;
Osera-t-il jamais m'offrir le diadème ;
Lui qui voit de son sang la source dans les cieux,
Daignera-t-il encore sur moi jetter les yeux.
Pourquoi cruel Menon rompois-tu le silence,
Ou pourquoi me cacher mon nom & ma naissance ?
De mon obscurité devois-tu me tirer,
Si ton dessein étoit de m'y faire rentrer ?
Mais quel que soit l'éclat dont ta naissance brille,
Je ne puis regretter de n'être point ta fille.
Mon cœur me l'avoit dit mille fois en secret,
Je n'étois à ses loix soumise qu'à regret.
Mon peu d'attachement à l'aimer, à lui plaire,
Ne m'apprenoit que trop qu'il n'étoit pas mon pere.
Mais cependant qui suis-je, à qui dois-je le jour ?
Suis-je née en ces lieux, ou loin de cette Cour ?
Ne verrai-je jamais les auteurs de ma vie,
Et la lumiere enfin leur est-elle ravie ?
Si j'osois de mon cœur croire les mouvemens,
Si l'on osoit compter sur de grands sentimens,
Je pourrois me flater d'une auguste naissance,
Mais nous voyons souvent la celeste puissance,

Ne donner aux mortels elevez par leur rang,
Que des vices affreux indignes de leur sang ;
Et d'un fort rigoureux pour réparer l'outrage,
Donner aux malheureux les vertus en partage.
Ne regrettons donc point d'ignorer nos aïeux ;
Si Ninus me refuse un titre glorieux ,
Si je ne suis pas Reine ; au moins faisons connoître,
Que par mes sentimens j'étois digne de l'être.

SCENE III.

NITOCRIS, ELISE.

NITOCRIS.

MA chere , Elise , hé bien , verrons-nous A-
rius.
ELISE.
J'ai fait pour le trouver des détours superflus,
Avec l'Ambassadeur sorti d'intelligence,
On dit qu'avec Ninus , ils sont en conference ;
Il n'en sortira point & par son ordre exprès,
Arbate a fait changer la Garde du Palais.
Je n'ai pu lui parler ; mais il m'a fait entendre
Qu'il devoit près de vous , en ce moment se rendre.
NITOCRIS.
Que ce discours, helas ! redouble ma frayeur,
Que je crains de Menon la barbare fureur :
Pourquoi ce changement, n'a-t-on pû te le dire ?
ELISE.
On craint contre le Roi que quelqu'un ne conspire.

NITOCRIS.

Ah! je ne vois que trop sur quel cœur en ces lieux,
Pour un pareil dessein, je dois jetter les yeux;
Mais enfin empêchons qu'ignorant ma naissance,
On ne confonde ici le crime & l'innocence.
Voyons, Ninus, entrons.

SCENE IV.

NITOCRIS, ELISE, ARBATE.

ARBATE.

Madame avec regret
Je viens vous découvrir un funeste secret.
J'ignore pour quel crime ou par quel sort contraire,
On soupçonne la foi du Prince votre pere.
Mais Arius craignant de voir tomber sur vous,
D'un Monarque irrité l'implacable courroux.
Vous prie avec ardeur que loin de cet Empire,
A mon zele, à mes soins, vous vous laissiez condui-
re.
Sous un Ciel fortuné, chez des Rois genereux,
Où tout sera soumis au moindre de vos vœux,
Il vous offre un azile, & vous jure, Madame,
De n'y jamais troubler le repos de votre ame.

NITOCRIS.

Je rends graces aux soins, qu'Arius prend pour moi;
Mais je redoute peu la colere du Roi.
Et sans sortir des lieux soumis à sa puissance,
Je puis par un seul mot prouver mon innocence;
S'il est vrai que Menon ait osé le trahir,

C'est lui seul aujourd'hui qui doit songer à fuir.

ARBATE.

Madame, de son sort, Menon n'est plus le maître,
Son barbare projet s'est fait trop tôt connoître,
Il vient d'être arrêté dans son appartement,
Et l'on a pris Mitrane en ce même moment.

NITOCRIS.

Arbate, il est donc vrai que ce Prince est coupable.

ARBATE.

Ah! Madame, évitez un spectacle effroyable ;
Voulez vous que vos yeux soient témoins de sa mort,
A des soins genereux confiez votre sort.
On ouvre, c'est le Roi. Dieux! qu'allez vous apprendre.

SCENE V.

**NINUS, SIMMA, ARIUS, NITO-
CRIS, ELISE, ARBATE, suite.**

NINUS.

Ciel ! qui croiroit jamais ce que je viens d'entendre,
Ah! Madame, est-ce ainsi que vous traitez un Roi,
Qui faisoit son bonheur du don de votre foi.
Je ne m'étonne plus si dans cette journée,
Vous trouviez des raisons contre mon hymenée :
Du perfide, Menon, approuvant le dessein,
Vous gardiez votre cœur pour prix de l'assassin.

Li

La lumiere sans eux m'alloit être ravie,
Et ce jour eut été le dernier de ma vie.

NITOCRIS.

Je ne m'étonne point qu'on soupçonne ma foi ;
Tout semble en ce moment vous parler contre moi ;
Et ce qu'aux yeux de tous ici je parois être,
Vous empêche aisément, Seigneur, de me connoî-
    tre.
Mais quoique mon secret éclaté dans ces lieux,
M'enléve pour jamais des titres glorieux,
Et que de vos aïeux me croyant descendue,
Mon attente par lui se trouve confondue,
Il faut le déclarer, & du moins en ce jour
Justifier, Seigneur, l'objet de votre amour.
Au coupable Menon je ne dois point la vie,
Jadis à mes parens par ce Prince ravie,
Sous le nom de sa fille il m'a fait élever :
J'ignore à quel dessein il me fit enlever,
Il m'a caché mon nom avec un soin extrême.

NINUS.

Dieux ! que me dites-vous.

NITOCRIS.

                        Ce qu'il m'a dit lui-même ;
Lorsqu'animé tantôt d'une aveugle fureur,
Il a connu pour vous mon respect plein d'ardeur,
Pour la premiere fois me découvrant son ame,
D'un amour odieux me déclarant la flâme,
Il m'a de mon destin apris la verité.

SIMMA.

Tirez-nous, juste Ciel, de cette obscurité.

NINUS.

Madame, pardonnez mon trouble & mon silence ;
Je vous ai fait tantôt une mortelle offence,
Je la répareral : quels que soient vos aïeux,
Je rendrai votre sort à jamais glorieux.
Menon dans un moment près de moi se doit rendre,
Mes ordres sont donnez, & nous allons l'entendre,
Je veux que de lui-même il déclare à nos yeux,

G

Sans l'horreur des tourmens ces complots odieux.
J'ai même défendu, respectant sa naissance,
Qu'on usât avec lui d'aucune violence ;
Et que libre d'agir dans son appartement,
Il pût réfléchir seul, sur son égarement,
Et si le traître veut s'obstiner à se taire,
De ses secrets, Mitrane étant dépositaire,
Les supplices pourront lui faire reveler,
Les crimes que Menon croira pouvoir celer.
Attendant près de nous qu'on le puisse conduire ;
De votre sort, Seigneur, daignez aussi m'instruire ;
Comment des Bactriens l'illustre Ambassadeur
S'est-il joint en ce jour à mon liberateur.
Satisfaites tous deux une si juste envie,
A l'un je dois ma gloire, à tous les deux la vie,
Et je ne puis, Seigneur, être toûjours ingrat.
Fussiez vous en secret ennemi de l'Etat,
Et fussiez vous le fils de Zoroastre même,
Je jure par mon pere & par mon diadême,
De l'Asie avec vous partageant la moitié.
De vous donner la paix avec mon amitié ;
Après un tel serment, je prendrai pour offence,
Si vous doutez encor de ma reconnoissance.

SIMMA.

Pour le Prince & pour moi je répondrai, Seigneur ;
Je connois comme lui les secrets de son cœur :
Et sçachant les raisons qu'il avoit de se taire,
Je vois qu'il faut enfin éclaircir ce mystere.
Par les recits, Seigneur, qu'Arius vous a faits,
Vous avez de Menon connu tous les forfaits ;
Vous sçavez que troublant une illustre famille,
Sa fureur de Simma fit enlever la fille ;
Et dans ce même jour vous nous avez permis
L'espoir de voir sur lui vanger Semiramis,
Notre ardeur à poursuivre une telle vangeance ;
Declare assez ici mon rang & sa naissance :
Sous des noms supposez le Ciel dans vos Etats,
Avec Simma, Seigneur, vous fait voir Aretas.

TRAGEDIE

NINUS.

Est-il possible, ô Ciel!

ARETAS.

Et l'un & l'autre espere,
Que respectant les nœuds que forma votre pere,
Vous voudrez bien, Seigneur, maintenir une paix,
Qu'il fit pour nous unir tous les trois à jamais.

NINUS.

Je vous dois trop, Seigneur, pour avoir lieu de craindre
Que j'ose vous donner nul sujet de vous plaindre;
Mais que je sçache au moins, comment, par quel bonheur...

SCENE VI.

NINUS, SIMMA, ARETAS, NITO-
CRIS, ORSAME, ARBATE,
ELISE, Suite.

ORSAME.

On amene Menon, en ce moment, Seigneur;

SIMMA.

O vous à mes desirs toujours si favorables,
Daignez rendre, grands Dieux, mes soupçons vérita-
bles.

G ij

SCENE VII.

NINUS, SIMMA, ARETAS, NITO-CRIS, MENON, MITRANE, ORSAME, ARBATE, ELISE.
Suite.

NINUS.

Approche, Prince ingrat, & sans rien déguiser,
De tes cruels desseins viens ici t'acculer.
Apprend nous quelle rage & quelle injuste envie
A fait armer ton bras pour m'arracher la vie.

MENON.

Je haïssois Belus, j'en voulois à ses jours,
J'avois choisi mon fils pour en trancher le cours ;
Je voulois posseder l'autorité suprême,
Et ceindre par sa mort mon front du diadême ;
Mais celle de mon fils ordonnée à mes yeux,
En rompant mes projets me rendit furieux.
De ma haine avec soin cachant la violence,
Je voulus ménager le temps de ma vengeance,
Votre pere mourut, & ce fut contre vous
Que je fis retomber les traits de mon courroux.
A la haine l'amour se joignoit dans mon ame,
Et pour le même objet votre fatale flâme,
Me fit enfin résoudre à vous percer le sein.

NINUS.

Quelle aveugle fureur, quel horrible dessein !
Mais ce ne sont pas là, perfide, tous tes crimes,
D'autres Princes encor ont été tes victimes.

Vois les Rois d'Arabie assemblez en ces lieux ,
Te demander raison d'un forfait odieux ;
Barbare romps enfin un injuste silence ,
Et de cette Princesse apprend nous la naissance.
Et ne me contrains pas à vouloir que ta mort ,
M'instruise malgré toi du secret de son sort ,
Aprehende des loix la severe justice.

MENON.

Va j'ai sçû t'épargner le choix de mon supplice ;
Je ne perirai point dans l'horreur du tourment.
Maître de mon destin jusqu'au dernier moment ,
Le poison que j'ai pris en terminant ma vie ,
M'empêche de la perdre avec ignominie.

NINUS.

Qu'as-tu fait malheureux !

MENON.

Je connois ton effroi ,
Tu trembles qu'en mourant , je n'emporte avec moi ,
Le funeste secret de l'objet de ta flâme.
Du même soin , Simma sent déchirer son ame.
Je me tairois encore , en ce fatal moment ,
Si par là je croyois augmenter ton tourment ;
Mais de l'ingrate ici , découvrant la naissance ,
J'assurerai bien mieux l'effet de ma vengeance ,
Et prévoyant enfin son destin plein d'horreur ,
Je la vois destinée à servir ma fureur ;
Et le Ciel par sa main , vengera ma famille.
Voilà Semiramis !

NINUS.

Ciel. . . . .

SEMIRAMIS.

Mon pere. . . . ;

SIMMA.

Ah ! ma fille. . . .
Quoi vous m'êtes renduë. . . . .

ORSAME.

Il expire , Seigneur.

SEMIRAMIS.

J'en crois bien moins Menon, que je n'en crois mon
   cœur.

NINUS.

Oublions de Menon, la noire perfidie,
Sa mort doit effacer les crimes de sa vie :
De ces prédictions je ne puis m'allarmer,
L'aveu qu'il vient de faire a trop sçû me charmer,
Tout ce qu'a fait Belus mon cœur le ratifie,
J'y joints pour Aretas, l'Empire d'Armenie,
Et pour ne rien laisser de funeste en ces lieux,
Par la paix & l'hymen rendons graces aux Dieux.

Fin du cinquiéme & dernier Acte

CLEARQUE

TYRAN D'HE'RACLE'E.

TRAGEDIE.

ACTEURS.

CLEARQUE.

ENTIGESNE, Chef du Senat d'Héraclée.

ARISTOPHILE, Fille d'Entigesne;

LEONIDAS, General de l'armée de Mitridate.

STRATOCLE, Commandant de la Ville.

CLEON, Confident de Cléarque.

CEPHISE, Confidente d'Aristophile;

GARDES.

La Scene se passe dans Heraclée, Ville principale du Royaume de Pont, dans le Palais du Tyran.

ACTE PREMIER.

SCENE PREMIERE.

LEONIDAS, STRATOCLE.

LEONIDAS.

ON, d'un frivole espoir tu ne te
flates pas,
Après trois ans, ami, tu vois Leoni-
das.
Mais puisqu'en ce Palais le repos
regne encore,
Attendant que la nuit fasse place à l'aurore,
Sans crainte d'exciter mon courroux ou mes pleurs,
De ma triste patrie aprends moi les malheurs.
Absent depuis trois ans la seule renommée,
M'a fait sçavoir les maux dont elle est opprimée.
Mais ce n'est pas assez, & puisque dans ton cœur,
Tu conserves pour elle un zele plein d'ardeur,
Il faut me le prouver en rompant le silence :
Des secrets du Tyran me faire confidence,

G v

Et m'assurer par là que je puis à tes yeux
Découvrir le dessein qui m'amene en ces lieux. ·

STRATOCLE.

Je ne m'étonne point que doutant de mon zele,
Vous en vouliez, Seigneur, une preuve nouvelle.
Mon rang près de Cléarque,& sa bonté pour moi,
Sont d'assez grands sujets pour soupçonner ma foi.
Cependant aujourd'hui je me ferai connoître,
Non ami d'un Tyran, d'un perfide, d'un traître,
Qui de ses cruautez est l'indigne soutien ;
Mais tel que doit paroître un zelé citoyen.
Je connois la plupart des secrets de votre ame ;
Et pour Aristophile ayant sçû votre flâme,
Et l'amour paternel qu'Entigêne a pour vous,
Je voudrois par mes soins rendre leur sort plus doux.

LEONIDAS.

Ah ! puisque tu connois ma tendresse pour elle,
Dissipe, cher ami, ma tristesse mortelle ;
Mon bonheur, mon repos, dépendent de leurs jours,
Eh ! je crains d'arriver trop tard à leur secours.

STRATOCLE.

Apprenez donc, Seigneur, le destin d'Héraclée,
Et l'horreur des tourmens dont elle est accablée.
Vous sçavez qu'autrefois pour un crime d'Etat,
Cléarque en fut banni par Arrêt du Senat.

LEONIDAS.

Quoique je fusse alors dans une tendre enfance,
Je n'ai point ignoré que par la violence,
Cléarque soutenu d'un peuple audacieux,
Voulut nous asservir & regner en ces lieux,
Qu'il méritoit la mort, que les soins d'Entigêne
En un exil trop doux firent changer sa peine ;
Et je n'aurois jamais imaginé qu'un jour,
Ceux qui l'avoient bani souffriroient son retour.
Du jour de son exil on comptoit quinze années,
Lorsque les Dieux, ami, maîtres des destinées,
M'ayant rendu jaloux du nom de mes aïeux,
Me firent pour la gloire abandonner ces lieux.

STRATOCLE.

On vit avec plaisir votre ardeur héroïque :
La paix dont jouïssoit alors la République,
Fit consentir sans peine à votre éloignement.
Suivi de la jeunesse, avec empressement
Vous joignites, Seigneur, le grand Roi Mithridate,
Pour réprimer l'orgueil du fier Ariarate.
Mais tandis qu'avec lui par mille exploits divers,
Vous faisiez de vos noms retentir l'Univers,
Le peuple profitant de votre longue absence,
Ne voyant dans nos murs qu'une foible défence ;
Redemande Cléarque, & crie à haute voix,
Que s'il est refusé, foulant aux pieds les loix ;
Il va rendre la ville une funeste image,
Des horribles effets que produisent la rage.
Entigêne effrayé d'un peril si pressant,
Veut en vain adoucir ce peuple menaçant.
Quoique chef du Senat, son âge venerable
N'offre rien aux mutins qui leur soit respectable,
Et contraint de ceder à ces audacieux,
Le desespoir dans l'ame & les larmes aux yeux ;
Ne pouvant s'opposer à cette populace,
Du perfide Cléarque il prononce la grace.
A peine a-t-il parlé que calmant leur fureur ;
Les mutins de nos maux font paroître l'auteur :
Caché dans Heraclée, avec impatience
Il attendoit l'instant de marquer sa vengeance ;
Cependant déguisant ses desseins odieux,
De son zele pour nous il atteste les Dieux.
Le peuple par son ordre abandonne les armes ;
Et le calme paroît succeder aux allarmes.
Mais, helas ! que la nuit de ce malheureux jour ;
Nous fit bien détester Cléarque & son retour.
Ah ! si pour ma patrie on doute de mon zele,
Que ne voit-on les pleurs que je répands pour elle.

LEONIDAS.

Par ce discours, Stratocle, en me prouvant ta foi,
Tu jettes dans mon cœur le plus terrible effroi.

Ne crains point cependant de redoubler ma peine,
Et sur tout, apprends-moi le destin d'Entigéne.

STRATOCLE.

Cléarque, enfin, Seigneur, mécontent du Senat,
Et voulant achever son horrible attentat,
Assemble ses amis & leur parle en ces termes :
Puisque dans le peril je vous ai vû si fermes,
Je ne dois point douter qu'avec la même ardeur,
Vous ne vous empressiez à servir ma fureur.
Je vous ai choisis seuls, & par reconnoissance
Vous devez à present affermir ma puissance.
D'un Senat insolent, c'est trop suivre les loix,
Le sort est bien plus doux d'obéïr à des Rois ;
Il faut l'exterminer, & dès cette nuit même ;
Et mettre entre mes mains l'autorité suprême.
Le diadême seul peut effacer l'affront,
Qu'un exil trop honteux a gravé sur mon front ;
Il se tait, & chacun applaudit à sa rage,
A ce cruel dessein chacun d'eux l'encourage ;
Et de la Forteresse ayant pris les Soldats,
De la flâme & du fer ayant armé leur bras ;
Pour commencer, Seigneur, leur complot homicide,
Ils courent au Palais où le Senat reside.
Là donnant un champ libre à toute leur fureur,
Ils font couler le sang, portent par tout l'horreur,
Poignardent Callias, Frasiclide, Euristène,
Et déja s'élançoient sur le sage Entigéne ;
Quand sa fille éperduë accourant à leurs cris,
N'écoutant que l'effroi dont son cœur est surpris,
Se jette avec transport au milieu de leurs armes,
Les yeux étincelans à travers de leurs larmes !
Barbares, leur dit-elle, en s'offrant à leurs coups,
Le sang d'Aristophile est suffisant pour vous ?
Frappez, assouvissez votre aveugle colere ;
Mais du moins respectez votre maître & mon pere,

LEONIDAS.

Grands Dieux !

STRATOCLE.

   A ce discours, le croiriez-vous, Seigneur,
Cléarque malgré lui sent attendrir son cœur.
Un amour violent s'empare de son ame,
Aristophile en pleurs en allume la flâme,
Et sans approfondir quel en sera le sort,
De la fille & du pere il empêche la mort.
Aux plus zelez des siens, il confie Entigéne ;
Mais c'est le seul aussi que respecte sa haine.
Pour se dédommager d'un instant de douceur,
Le reste ressentit sa barbare fureur :
Soixante Senateurs devinrent ses victimes.
Que vous dirai-je enfin, pour combler tous ces cri-
  mes,
Aux esclaves, Seigneur, avec impunité,
Il partage leurs biens & leur autorité :
Et pour mieux accabler tant d'illustres familles,
Il contraint, sans respect, leurs veuves & leurs filles,
A former des liens dont il devroit rougir,
En prenant pour époux ceux qu'il vient d'afranchir.
Les unes au moment de leur triste hymenée,
En se donnant la mort en marquent la journée :
Et les autres suivant leur genereux courroux,
Dans le lit nuptial poignardent leurs époux.

LEONIDAS.

De quels forfaits, Grands Dieux, faut-il être coupa-
  ble,
Pour qui réservez-vous la foudre formidable
Que sur les criminels doit lancer votre bras,
Si sur Cléarque un jour elle ne tombe pas.

STRATOCLE.

Entigéne est aux fers & méprise la vie,
S'il faut que sous ses loix elle soit asservie.
Et ce cruel Tyran toujours plus inhumain,
Veut contraindre sa fille à recevoir sa main.
L'illustre Aristophile en ces lieux amenée,
Refuse constamment cet indigne hymenée.
Pour moi lorsque j'ai vû tant d'étranges malheurs ;

Sans vouloir m'arrêter à d'inutiles pleurs :
J'ai feint pour le tyran un zele inviolable.
Assidu prêt de lui, toûjours infatigable,
Applaudissant sans cesse à son ambition,
Et flatant de son cœur l'ardente passion ;
J'ai si bien attiré toute sa confiance,
Que des plus grands projets il me fait confidence,
Et pour mieux faire voir son estime pour moi,
La garde d'Entigêne est commise à ma foi.
J'ai sçû rendre par là service à ma patrie,
De mille malheureux j'ai conservé la vie ;
Et du sort d'Entigêne en ce moment, Seigneur,
Par mes soins empressez j'adoucis la rigueur.
Je commande la ville, & citoyen fidelle,
Je brûle du desir de lui prouver mon zele.

                    LEONIDAS.

Jusques au fond du cœur ton recit m'a frapé ;
Mais du sort d'Entigêne il est seul occupé.
Puisqu'on t'a confié le secret de ma flâme,
Je puis sans hésiter te découvrir mon ame ;
T'apprendre mes projets, & cacher dans ton sein,
Les aprêts glorieux d'un illustre dessein.
Je ne veux point ici te parler d'une guerre,
Dont on sçait le succés aux deux bouts de la terre ;
Et tu n'ignores pas quel horrible attentat,
Du nom de Mitridate a sçû ternir l'éclat.

                    STRATOCLE.

Oui, Seigneur, & j'ai sçu qu'aux dépens de sa gloire,
Ce Monarque voulut affermir sa victoire :
Vainqueur d'Ariarate, à sa perte obstiné,
Par son ordre ce Roi mourut assassiné.

                    LEONIDAS.

Ainsi la Capadoce à ce Prince soumise,
Lui laissoit le champ libre à quelqu'autre entre-
     prise ;
Lorsqu'il aprit enfin le pouvoir odieux,
Que le traître Cléarque usurpoit en ces lieux.
Tu peux juger, ami, de ma douleur mortelle,

Quand je vis confirmer cette triste nouvelle,
Je ne me formai plus que des objets d'horreur,
Et mon amour encore augmentant ma terreur,
Je mourrois de me voir éloigné d'une ville,
Où je sçavois gemir l'aimable Aristophile.
La vengeance faisant mon espoir le plus doux,
Je sçus de Mitridate allumer le courroux.
Il vit avec effroi les malheurs d'Héraclée,
Et notre liberté par un autre troublée ;
Lui qui dans tout le Pont faisant subir ses loix,
N'avoit osé jamais attenter à ses droits ;
Et qui malgré ses soins, malgré sa politique,
N'avoit pu lui ravir le nom de République.
Ainsi, soit par l'effet de sa compassion,
Ou par les seuls motifs de son ambition,
Il jura de punir le perfide Cléarque,
D'avoir osé porter le titre de Monarque.
Et comme avec ardeur en differents combats,
Dans les plus grands perils j'avois suivi ses pas ;
Qu'il m'avoit vû cent fois prêt à perdre la vie,
Pour garentir ses jours d'une main ennemie ;
Il crut que ce seroit un outrage pour moi,
De ne pas confier ses desseins à ma foi :
Et sçachant qu'en ces lieux, j'ai reçu la naissance,
Il m'a voulu charger du soin de leur vengeance.
En deux corps differents partageant ses soldats,
Il s'est réservé l'un, & l'autre suit mes pas.
A vingt milles d'ici leur ordre est de m'attendre,
Mitridate, lui-même, a dessein de s'y rendre ;
Mais d'un siege cruel redoutant les travaux,
Et ne voulant punir que l'auteur de nos maux,
Pour ne confondre pas le crime & l'innocence,
Il m'envoie au Tyran sous ombre d'alliance ;
Afin, sur nos projets, de lui fermer les yeux,
Et nous rendre en secret les maîtres de ces lieux.

STRATOCLE.

Quoique par les rigueurs d'un pouvoir tyranique,
Cléarque soit l'objet de la haine publique,

Il est si redouté, que peut-être aujourd'hui,
La crainte dans les cœurs lui servira d'apui.

LEONIDAS.

C'est en quoi, cher ami, toi seul nous ès utile.
Commandant d'Héraclée, il te sera facile,
D'en donner cette nuit l'entrée à mes soldats,
Ils suivront ton destin, ose guider leurs pas.

STRATOCLE.

Quel que soit le peril, soyez sûr de mon zele.

LEONIDAS.

Tout nous réüssira si tu nous ès fidele.
Mais cependant, ami, le retour du Soleil,
Va bien-tôt du Tyran annoncer le reveil.
Et comme à ses regards j'ai dessein de paroître,
Avant qu'aucun d'ici puisse me reconnoître,
Je te quitte; & mon cœur assuré de ta foi
De notre liberté se repose sur toi.

STRATOCLE.

Pour servir mon pays, prêt à tout entreprendre . . .
Mais déja quelque bruit ici se fa t entendre.
On ouvre chez Cléarque, éloignez-vous, Seigneur,
Et croyez que pour vous j'agis avec ardeur.

SCENE II.

CLEARQUE, STRATOCLE.

CLEARQUE.

JE te cherche, Stratocle, & ta seule presence,
Du trouble de mes sens calme la violence.
Par de cruels tourmens mon cœur est agité.

STRATOCLE.

Qui peut manquer, Seigneur, à sa félicité,
L'amour vaut-il l'éclat dont la gloire vous flate.
Vous triomphez de tout, même de Mitridate ;
Lui dont l'ambition conduisant les exploits,
A troublé tant d'Etats & vaincu tant de Rois,
Semble craindre à son tour, & malgré sa puissance,
Avec empressement cherche votre alliance.

CLEARQUE.

Ah ! voila ce qui fait le trouble de mon cœur :
Plus Mitridate est grand, redoutable & vainqueur ;
Moins je vois ce qui peut contraindre ce Monarque,
A chercher aujourd'hui l'amitié de Clearque.
Dans ces lieux, il est vrai, j'ai sçu donner la loi,
J'en étois l'ennemi, je m'en suis fait le Roi ;
Mais à ma honte enfin, puisqu'il faut te le dire,
Ces murs bornent ici ma force & mon Empire ;
Aux seuls Heracléens je suis à redouter.
Que peut donc craindre un Roi que je ne puis dom-
    pter ?

STRATOCLE.

Eh ! quoi, ne peut-il pas trembler qu'en son absence,
Vous ne rangiez le Pont sous votre obéissance.
Heraclée est, Seigneur, au sein de ses Etats,
Pour la vaincre autrefois que n'entreprit-il pas :
Il tenta vainement d'en faire son partage,
Il en connoit la force, elle lui fait ombrage,
Seule elle fait trembler les plus grands Potentats :
Seigneur, tous ses enfans sont autant de soldats,
Nourris dans les hasards dès leur tendre jeunesse,
Ils sçavent s'affranchir d'une indigne molesse.
Les vains amusemens, le luxe, les plaisirs,
N'excitent point en eux de dangereux desirs ;
Et ces cœurs genereux, animez par la gloire,
Fixent dans leur parti l'inconstante victoire.
Mitridate le sçait, & n'osera, Seigneur,
En trahissant sa foi, hasarder sa grandeur.

CLEARQUE.

Sous ombre d'amitié, peut-être le perfide
Cherche-t-il à commettre un second homicide;
Le sort d'Ariarate est present à mes yeux.

STRATOCLE.

Quoi pouvez-vous penser qu'un dessein odieux . . .

CLEARQUE.

Des présages affreux redoublent mes allarmes,
Vainement du sommeil je veux gouter les charmes,
Il ne fait qu'augmenter mon trouble & ma terreur,
Et n'offre à mon esprit que des objets d'horreur.
Mon ame un seul moment ne peut être tranquile,
Cette nuit j'ai crû voir l'ingrate Aristophile,
Entrer dans ce Palais par des chemins nouveaux,
De ceux que j'ai proscrits, entr'ouvrir les tombeaux,
Et contre moi des Dieux attestant la puissance,
Leur promettre à chacun une promte vengeance.

STRATOCLE.

Ah! qui peut en ces lieux tenter de vous trahir,
Chacun à vos desirs s'empresse d'obéir;
Et contre vous, Seigneur, la fiere Aristophile,
Ne sçauroit opposer qu'une haine inutile.
Son pere est seul à craindre & commis à ma foi,
Je vous réponds de lui, Seigneur, comme de moi.

CLEARQUE.

L'orgueilleux cependant méprise ma puissance,
Et refuse aujourd'hui mon auguste alliance.
Cependant quel que soit l'excès de mon amour,
Il faut qu'il obéisse, ou qu'il perde le jour.
Mais je veux, cher ami, que mon dessein n'éclate,
Qu'après avoir connu celui de Mitridate,
De son Ambassteur éblouissons les yeux,
Attirons s'il se peut ce Monarque en ces lieux,
Et Maître du destin de ce Prince barbare,
Prevenons par sa mort celle qu'il me prépare.

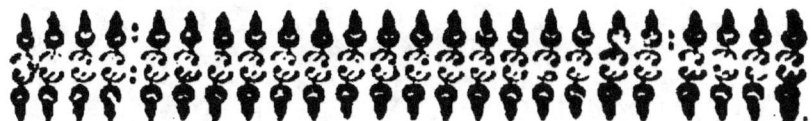

SCENE III.

STRATOCLE seul.

LE destin d'Héraclée enfin est en mes mains ;
Prevenons du Cruel les projets inhumains,
Servons Leonidas, imitons son courage,
Allons à son armée assurer un passage.
Que le sang du Tyran répandu dans ces lieux ;
Nous délivre à jamais d'un Empire odieux.

Fin du premier Acte

ACTE II.

SCENE PREMIERE.

ARISTOPHILE, CEPHISE.

CEPHISE.

VOus verrai-je toujours les yeux baignez de lar-
mes ,
Quelque nouveau malheur cause-t-il vos allarmes?
Votre cruel silence augmente mon effroi ,
Madame, au nom des Dieux , confiez à ma foi
Ce qui rend aujourd'hui votre tristesse extrême.

ARISTOPHILE.

Mon Pere est dans les fers , & captive moi-même,
Je ne puis soulager l'excès de ses malheurs ,
N'est-ce donc pas assez pour répandre des pleurs?

CEPHISE.

Stratocle à son pays est en secret fidelle,
Il respecte Entigène , & sans doute son zéle
Adoucira les maux de sa captivité.

Donnez à votre esprit plus de tranquilité,
Vous avez jusqu'ici souffert avec constance,
Madame, & vous n'aviez nul sujet d'esperance.
Vous pouvez aujourd'hui faire votre bonheur,
De Mitridate ici voyez l'Ambassadeur :
Par lui de vos tourmens instruisez ce Monarque ;
Opposez son pouvoir à celui de Clearque.

ARISTOPHILE.

Cephise, il n'est plus tems, & cet Ambassadeur
Met le comble lui-même à ma juste douleur.
Je vois que ce discours excite ta surprise ;
Mais puisque de mes maux tu veux que je t'instruise,
Apprends donc que celui dont ma bouche cent fois,
Ta dépeint les vertus & vanté les exploits,
Est le même aujourd'hui que Mitridate envoie,
Que ton zele pour moi desire que j'emploie ;
Mais qui nous trahissant ne revient en ces lieux,
Que pour rendre à Clearque un hommage odieux.

CEPHISE.

Leonidas.

ARISTOPHILE.

Lui seul faisoit mon esperance.
Par ma fidelité jugeant de sa constance,
J'attendois son retour comme l'instant heureux,
Qui devoit terminer mon destin rigoureux.
Tu sçais quelle est pour lui l'amitié de mon pere :
Juge de sa douleur, juge de sa colere ;
S'il apprend qu'il reçoit les plus sensibles coups,
Par celui qu'il choisit pour être mon époux.

CEPHISE.

Mais n'est-ce point aussi lui faire une injustice ?
Clearque n'a-t-il point trouvé cet artifice,
Afin de vous ôter tout espoir aujourd'hui,
Et par là vous contraindre à vous unir à lui ?

ARISTOPHILE.

Cette esperance, helas ! ne peut m'être permise ;
Clearque ne sçait point que ma main fut promise,
Banni de son pays par de trop douces loix,

Il voit Leonidas pour la premiere fois.
Comment pour son rival pourroit-il le connoître;
Puisqu'il vient le traiter de Monarque & de Maître;
Et qu'insensible aux maux que nous avons soufferts,
Il vient baiser la main qui nous charge de fers.
A ma priere ici Stratocle a dû lui dire,
Que de quelques secrets j'ai dessein de l'instruire;
Il est avec Clearque & bientôt en ces lieux,
Le cruel, malgré lui, doit s'offrir à mes yeux,
Je vais lui reprocher sa noire perfidie,
Lui faire voir en moi sa mortelle ennemie;
Et si d'aucun remords son cœur n'est combattu,
Si je ne puis en lui ramener la vertu,
Si l'ingrat à mes pleurs refuse de se rendre,
De mon juste courroux rien ne peut le défendre;
Et sa mort par mes soins vengera dans ce jour,
Mon pere, mon pays, ma gloire, & mon amour;
Mais il vient . . . Dieux puissans s'il doit être cou-
    pable,
Que ne le rendez-vous à mes yeux moins aimable.

SCENE II.

ARISTOPHILE, LEONIDAS, CEPHISE.

LEONIDAS.

ENfin debarassé d'un rigoureux devoir,
Je puis donc un moment vous parler & vous
voir,

Madame, après trois ans d'une cruelle absence,
Par mon amour jugez de mon impatience.
Helas! si vous sçaviez quelle vive douleur,
Quel affreux desespoir, quel excès de fureur,
Dont au nom de Clearque on vit mon ame atteinte;
Vous eussiez bien connu que mes pleurs & ma crain-
te,
Quel que fut du tyran le cruel attentat,
N'étoient pas seulement pour les maux de l'Etat,
Pour vous, pour Entigene . . . .

ARISTOPHILE.
Ah! finis ce langage,
N'ajoûte point encor l'artifice à l'outrage;
Et puisque sans rougir & sans craindre les Dieux,
Tu trahis ton pays, tes amis, tes aïeux,
Sans chercher un détour qui m'irrite & m'offense,
Tu peux bien avouer ton crime en ma presence.

LEONIDAS.
Quel soupçon, juste Ciel! quel funeste discours!
Moi trahir ma patrie, & chercher des détours
Pour vous entretenir de mon amour extrême;
Pouvez vous le penser sans m'offenser vous même!

ARISTOPHILE.
Non tu n'es plus pour moi ce grand Leonidas,
Dont la gloire toujours devoit suivre les pas.
Protecteur d'un Tyran que l'on traite en Monarque,
Je ne vois plus en toi que l'ami de Clearque.

LEONIDAS.
Que ne puis-je aussi-bien compter sur votre cœur,
Qu'il m'est facile ici de finir votre erreur.
Je ne le vois que trop, une fausse apparence,
Vient de vous prévenir contre mon innocence.
Mais puisqu'il faut enfin justifier mes pas,
Madame, connoissez quel est Leonidas,
Apprenez qu'au Tyran je ne viens rendre homage;
Que pour vous mieux tirer d'un indigne esclavage,
Et que loin d'affermir son pouvoir en ces lieux,
Je viens pour vous venger ou mourir à vos yeux.

Mais pour y réüssir la feinte est necessaire,
Quelle que soit ma haine il faut encor me taire ;
Et sous les faux dehors d'alliance & de paix,
Derober au Tyran nos genereux projets.
Cependant s'il vous faut des témoins de mon zele ;
Si vous doutez encor que je vous sois fidele ,
Stratocle qui paroît répondra de ma foi.

SCENE III.

ARISTOPHILE , LEONIDAS, STRATOCLE , CEPHISE.

ARISTOPHILE.

AH ! mon cœur en secret me parle assez pour
toi ;
Séduit en ce moment par la douce esperance
De voir tout ce qu'il aime armé pour ma vengeance,
Je ne demande point qu'appuyant tes discours ,
Pour te justifier on vienne à ton secours.
Quelle douceur pour moi si les fers de mon pere ,
Peuvent être brisez par une main si chere !

STRATOCLE.

N'en doutez point , Madame , & peut-être aujour-
d'hui ,
N'aurez-vous rien à craindre & pour vous & pour
lui.
Mais , Seigneur, en ces lieux , Cléarque va se rendre,
Et dans cet entretien il pourroit vous surprendre.

Evitt

Evitez ses regards, & songez qu'en ce jour
Tout dépend de cacher & la haine & l'amour.

LEONIDAS.

Mon cœur à cet effort ne pourroit se contraindre,
Si pour moi seul ici Cléarque étoit à craindre.

ARISTOPHILE.

Allez, puisqu'il le faut pour hâter le moment
Qui doit finir, Seigneur, notre cruel tourment.
Délivrez Entigène, affranchissez la ville,
Et soyez assuré du cœur d'Aristophile.

LEONIDAS.

Animé par l'espoir d'un prix si plein d'appas,
Il n'est point de peril que n'affronte mon bras.

SCENE IV.

ARISTOPHILE, STRATOCLE, CEPHISE.

ARISTOPHILE.

Avec lui, juste Ciel! prenez notre défence;

STRATOCLE.

Nous n'épargnerons rien . . . . Mais Cléarque s'avance.

H

SCENE V.

ARISTOPHILE, CLEARQUE, STRATOCLE, CEPHISE, GARDES.

CLEARQUE.

MAdame, il faut enfin décider en ce jour,
Quel doit être le fort de mon ardent amour:
Jufqu'ici j'ai foutfert vos mépris fans me plaindre,
Par la feule douceur j'ai voulu vous contraindre;
Et cedant au pouvoir que vous ayez fur moi,
Pour être amant foumis j'ai ceffé d'être Roi.
C'eft à vous à prefent à me faire connoître,
S'il faut pour être aimé que je vous parle en maître.

ARISTOPHILE.

Je ne te reconnois pour amant ni pour Roi,
Quel que foit ton pouvoir tu n'en as point fur my;
Ces titres differens n'ébranlent point mon ame,
J'abhorre ta puiffance, & méprife ta flâme.

CLEARQUE.

Ingrate, cependant tu leur dois ton honheur,
Si je n'euffe fenti cette fatale ardeur,
La lumiere à ton pere auroit été ravie;
Lui qui tout le premier devoit perdr la vie,
Et qui par ce pouvoir que tu cro s odieux,
Fut garenti des traits d'un peuple furieux.

ARISTOPHILE.

Quelle preuve, grands Dieux, d'amour & de clé-
mence,

Pour vouloir que mon cœur en soit la récompense.
Si tu sauvas mon pere en ce fatal moment,
Ce ne fut que pour mieux augmenter son tourment,
Sa mort eut selon toi fini trop-tôt ses peines,
Et tu voulois, Tyran, qu'il mourut dans les chaînes.

CLEARQUE.

Eh bien pour vous prouver que c'est par mon amour,
Qu'Entigêne jouit de la clarté du jour ;
Consentez que demain les nœuds de l'hyménée
M'unissent pour jamais à votre destinée ;
Et je lui rends ses biens, son rang, & son éclat,
Et le fais après moi le premier de l'Etat.
Mais si vous persistez à mépriser ma flâme,
Si mes bontez enfin ne font rien sur votre ame,
Aux pieds du même Autel où mon trop foible cœur,
Vouloit vous assurer d'une éternelle ardeur ;
Sans égard pour vos pleurs, vos cris & votre haîne,
Mon bras immolera l'orgueilleux Entigêne.

ARISTOPHILE.

Ah! pour le garentir de ce coup inhumain,
S'il y veut consentir je te donne ma main :
Ses desirs, quels qu'ils soient, régleront ma conduite.
Mais je veux par lui-même en pouvoir être instruite :
Tu pourrois me tromper, pour surprendre ma foi,
Et je ne dois ici m'en rapporter qu'à moi.

CLEARQUE.

Vous serez satisfaite, & sans qu'aucun vous gêne ;
Par mon ordre tantôt vous verrez Entigêne.
Mais songez qu'aujourd'hui votre sort & le sien,
Dépendront du succès qu'aura cet entretien.

ARISTOPHILE.

Commande seulement qu'on amene mon pere,
Je subiray l'Arrêt d'une bouche si chere.

SCENE VI.

CLEARQUE, STRATOCLE.

CLEARQUE.

Elle fait voir en vain cette tranquilité,
Quoi qu'elle dise, ami, son cœur est agité ;
Et j'ose croire enfin quelle que soit sa haine,
Qu'elle tentera tout pour sauver Entigêne.

STRATOCLE.

Vous rachetez ses jours d'un trop glorieux prix,
Pour qu'elle puisse encore conserver ses mépris.
Mais dans le doux espoir dont cet hymen vous flate,
Vous paroissez, Seigneur, oublier Mitridate.
Les soupçons qui tantôt allarmoient votre cœur,
Ont-ils été détruits par son Ambassadeur.

CLEARQUE.

Je n'ai point oublié ce superbe Monarque,
L'hymen que je veux faire en est même une marque.
J'ai vû l'Ambassadeur & j'ai sçû qu'en ces lieux,
Sous le prétexte vain d'un traité glorieux,
Pour maintenir ici mes droits & ma Couronne,
Ce Prince, cher ami, doit venir en personne,
Je sçais que dans son cœur il fait d'autres projets,
Moins je les puis prévoir plus j'en crains les effets.
Contre l'Ambassadeur mon ame est prévenuë,
Et souffre avec regret son importune vûë ;
Des plus grands d'Héraclée il a reçû le jour,
Il est aimé du peuple, & même dans ma Cour ;
Que sçais-je s'il n'a point par quelque intelligence,
De son pays détruit entrepris la vengeance.

STRATOCLE.

Ah ! bien loin de former un pareil attentat,
Sa presence à vos loix asservira l'Etat.
Plus sa naissance ici le rend considérable,
Et plus par son homage il vous rend redoutable.

CLEARQUE.

Quoi qu'il en soit, n'importe, il faut que dans ce
 jour,
Entigêne & sa fille approuvent mon amour.
Je veux avant qu'on voye arriver Mitridate,
Que mon ressentiment ou mon hymen éclate ;
Qu'Entigêne perisse, ou que notre union
Le rende favorable à mon ambition.
Sans son trépas, Stratocle, ou sans son alliance,
Je ne puis m'assurer la suprême puissance,
Et s'il ose toujours refuser d'obéir,
Sa mort l'empêchera de me pouvoir trahir.
En secret au Palais prends soin de le conduire,
Je veux de mes desseins moi-même ici l'instruire,
Et faire agir encor la crainte & la douceur,
Avant qu'Aristophile anime sa fureur.

Fin du second Acte.

ACTE III.

SCENE PREMIERE.

ENTIGESNE, STRATOCLE.

ENTIGESNE.

QUel deſſein en ces lieux te porte à me con-
  duire,
De l'ordre du Tyran n'oſerois-tu m'inſtruire ?
Veut-il m'ôter la vie ou veut-il que mes yeux
Soient les triſtes témoins d'un hymen odieux ?

STRATOCLE.

Avant que le Tyran attáque votre vie,
Il faut que la clarté, Seigneur, me ſoit ravie.
Je ne vous garde point pour ſervir ſes projets,
Mais pour vous garentir de leurs cruels effets.
Clearque veut vous voir & conçoit l'eſperance,
De vous faire accepter ſon indigne alliance,
J'ai devancé le tems que ſon ordre a preſcrit,

Et de votre arrivée on ne l'a po nt inftruit.
Au feul Leonidas j'ai pris foin de l'apprendre,
Et près de vous, Seigneur, il doit ici fe rendre.
Je vous ai dit tantôt fes projets glorieux,
Et quel eft le deffein qui l'amene en ces lieux ;
Vous m'avez écouté, mais fans daigner me croi-
re ;
Et c'eft autant, Seigneur, pour le foin de ma gloi-
re,
Que pour vous affurer de fon zele & du mien,
Que je vous facilite un pareil entretien.

ENTIGESNE

Dans l'excès du malheur dont le deftin m'acca-
ble,
Mon incredulité, Stratocle, eft pardonnable.
Je fçai pour ton pays ton zele & ton ardeur,
Et de Leonidas je connois la valeur ;
Cependant quels que foient ton zele & fon coura-
ge,
Pour vaincre les Tyrans c'eft un foible avantage.
La tyrannie, ami, fans peine s'introduit ;
Mais difficilement la vertu la détruit.

STRATOCLE.

Tout eft aifé, Seigneur, pour détrôner un Traître,
Et quand Leonidas . . . . Mais je le vois paroître.

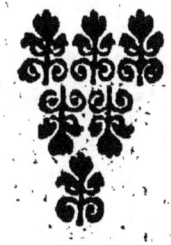

SCENE II.

ENTIGESNE, LEONIDAS, STRATOCLE.

LEONIDAS.

JE vous revois, Seigneur, & je benis les Dieux
De m'avoir conservé des jours si précieux ;
Et le sort à mes vœux ne peut être contraire,
S'il m'est encor permis de vous nommer mon pere.

ENTIGESNE.

Oui, Seigneur, oui, mon fils, si ce nom vous est
doux,
Mon cœur y trouve encor plus de charmes que vous.
Quelque malheur sur moi que le destin déploie,
Mon ame ne se peut refuser à la joie ;
Et malgré votre absence, & malgré mes tourmens,
Je conserve pour vous les mêmes sentimens.

LEONIDAS.

Mes desirs font comblez après cette assurance.
Mais, Seigneur, rappellez toute votre esperance,
Par ce fidel ami de nos desseins instruit,
Sans doute vous sçavez que cette même nuit,
Profitant du moment où tout sera tranquile,
Mes soldats par ses soins entreront dans la ville.
Alors sans balancer, entourant ce Palais,
Nous executerons nos glorieux projets.
Animez par l'espoir de sortir d'esclavage,

Nos bras jufqu'au Tyran fe feront un paffage,
Et nous effacerons dans fon fang odieux,
Tout le fang innocent dont il teignoit ces lieux.
ENTIGESNE.
Je connois la grandeur d'une telle entreprife,
Et fais des vœux au Ciel, pour qu'il la favorife.
Mais le Tyran, Seigneur, attentif à fon fort,
Pour lui de ce Palais a fait un fecond fort.
De fes Gardes ici l'étrange multitude,
De fon perfide cœur prouve l'inquiétude ;
Et pour leurs intérêts volant à fon fecours,
Ils n'épargneront rien pour garentir fes jours.
Des crimes du Barbare ayant été complices,
Affurez par fa mort des plus affreux fupplices ;
La crainte de tomber au pouvoir du vainqueur,
A leurs ferviles bras tiendra lieu de valeur.
Et fi quelqu'un d'entre eux ne vous livre un paffage ;
Vous deviendrez, Seigneur, victime de leur rage ;
Et de vos Citoyens compagnon malheureux,
Sans les avoir vengez, vous perirez comme eux.
LEONIDAS.
Par ce difcours, Seigneur, je vois votre tendreffe ;
Et combien pour nos jours votre ame s'intereffe ;
Mais ne redoutez point un funefte fuccès,
Tout femble feconder nos vœux & nos projets.
Mitridate paroît, par un courrier fidelle
Je viens en ce moment d'en avoir la nouvelle ;
Et devant que la nuit recommence fon cours ;
Nous ferons affurez de ce puiffant fecours.
A fes foldats alors que Clearque fe fie,
Efclaves affranchis par une perfidie ;
Leurs mains faites, Seigneur, au feul affaffinat ;
Ignorent ce que c'eft qu'un glorieux combat :
Et fi leur crainte enfin rend leurs bras redoutables,
L'efpoir de nous venger doit nous rendre indompta-
bles.
ENTIGESNE.
D'un autre foin encor je me trouve agité,
H v

De Mitridate ici je crains l'autorité ;
Je crains que délivrez du perfide Cléarque,
Nous ne foyons foumis à ce puiffant Monarque ;
Et que changeant nos maux pour des maux auffi
    grands ,
Nous ne tombions toujours de Tyrans en Tyrans.

LEONIDAS.

Mitridate , Seigneur , a trop de politique ,
Pour ne pas maintenir la liberté publique.
Je fçais que fous fon joug il cherche à nous ranger ,
Et que ce feul deffein le porte à nous venger :
Mais c'eft par la douceur qu'il veut nous y contrain-
    dre ,
Il veut fe faire aimer & non fe faire craindre.
Mais s'il nous faut enfin fubir un jour des loix ,
N'obéiffons qu'à ceux que les Dieux ont fait Rois ,
Les peuples fans regret reconnoiffent un Maftre ,
Lorfqu'ils fçavent , Seigneur , qu'il étoit né pour
    l'être ,
Et que les droits du fang , le rang & la valeur ,
Autorifent en lui la fuprême grandeur.
Livrons nous donc , Seigneur , à l'efpoir qui nous
    flate ,
Profitons du fecours qu'amene Mitridate ,
D'un pouvoir tyranique affranchiffons ces lieux ,
Et de notre deftin laiffons le foin aux Dieux.

STRATOCLE.

Pour vous donner , Seigneur , encor plus d'affuran-
    ce ,
Apprenez qu'avec moi Torax d'intelligence ,
Commandant cette nuit la Garde du Palais ,
Doit nous y faire entrer par des détours fecrets ;
Et tandis qu'au dehors on preffera l'attaque ,
Nous ferons au-dedans les maftres de Cléarque.

ENTIGESNE.

Ah ! fi Torax , ami , vous fert fidellement ,
Tout nous réüffira , n'en doutez nullement.
Quoi qu'il en foit enfin , puifque pour la Patrie ;

Vous voulez bien, Seigneur, expofer votre vie,
Que de mille lauriers encore tout couverts,
Et vous & vos amis venez briler nos fers ;
Malgré votre peril diffipant mes allarmes,
Je reprens un efpoir qui n'a que trop de charmes.
Et bien loin à prefent d'arrêter votre ardeur,
Je me fais un plaifir d'animer votre cœur.
Les heros, je le fçai, jaloux de leur memoire,
Pour prix de leurs travaux n'en veulent que la gloi-
   re :
Cependant je me flate en ce moment, Seigneur,
Que celui que ma main peut donner au vain-
   queur,
Ne fera qu'augmenter votre zele heroïque,
Et que liberateur de cette Republique,
Par l'hymen de ma fille il vous femblera doux,
De joindre à ce grand nom celui de fon époux.

LEONIDAS.

N'en doutez point, Seigneur, l'honneur de la vic-
   toire,
Sans cet illuftre prix ne peut faire ma gloire ;
Et quoique pour venger mon pays malheureux,
J'eulfe toujours formé des delfeins genereux,
Peut-être que fans vous & fans Ariftophile,
J'aurois été moins prompt à revoir cette ville ;
Et je ne puis rougir d'avouer à vos yeux,
Que l'eftime & l'amour m'ont conduit en ces lieux.

ENTIGESNE.

Suivez donc en ce jour l'ardeur qui nous anime,
Puilfe bien-tôt Cleatque, en être la victime.
Mais cependant, Seigneur, dans ces lieux ennemis,
Un plus long entretien ne nous eft pas permis.
Le Tyran va paroître, & notre intelligence,
Lui feroit penetrer vos projets de vengeance.
Adieu ne mettez point le comble à mes malheurs
En vous rendant ici l'objet de fes fureurs ;
Et fi fa cruauté ne peut être alfouvie,
Que par le feul plaifir de m'arracher la vie,

H vj

Du moins, en la perdant, laissez-moi la douceur
De sçavoir qu'à ma fille il reste un défenseur.

LEONIDAS.

Ah ! ne vous formez point ces funestes images,
Donnez à nos desseins de plus heureux présages :
Et puisqu'il faut enfin pour calmer votre effroi,
Quitter un entretien si plein d'appas pour moi ;
Confiez-vous, Seigneur, à cet ami fidelle,
Daignez vous reposer sur sa foi, sur son zele ;
Contre Clearque ici son genereux secours,
Me répond d'une vie où j'attache mes jours.

SCENE III.

ENTIGESNE, STRATOCLE.

STRATOCLE.

IL ne se trompe point, & cette confiance,
A mon devoir encore, joint la reconnoissance ;
L'un & l'autre m'anime à servir ses desseins.
Quelsque soient du Tyran les projets inhumains,
Pour vous faire perir, quoi qu'il tente ou hazarde,
Tant qu'il voudra, Seigneur, vous laisser sous ma
garde,
Je vous garantirai des traits de son courroux,
Ou m'exposant moi-même aux plus funestes coups.

ENTIGESNE.

Ah ! puisqu'enfin, ami, tu veux me faire croire,
Qu'à finir mes malheurs tu mets toute ta gloire,
Pour m'en mieux assurer ne me refuse pas,
Le funeste plaisir de choisir mon trepas.
Arrêté, desarmé, je ne puis me défendre

Contre un lâche ennemi qui peut tout entreprendre.
Cher Stratocle, en ce jour, arme donc cette main;
Qu'Entigêne par toi maître de son destin,
Puisse se dérober au sort qu'on lui prépare :
Où si le Ciel pour nous cette nuit se déclare,
Que je sois en état de marcher sur tes pas,
Et puisse faire voir à tes vaillans soldats,
Que malgré mes vieux ans, l'ardeur de mon coura-
    ge
A sçû se garantir des glaces de mon âge.

STRATOCLE.

Oui je vous le promets, quel que soit le danger
Où mon zele pour vous me force à m'engager,
Je veux tout hazarder pour vous faire connoître
Que c'est vous seul ici que je regarde en Maître.
Mais le moment s'approche où Clearque, Seigneur,
Doit venir en ces lieux vous découvrir son cœur.
Avec lui s'il se peut contraignez votre haine,
Oubliez ce qu'il est, & quel est Entigêne ;
Craignez de l'irriter, menagez sa fierté,
Songez que l'on travaille à votre liberté ;
Que quel que soit l'honneur de venger la patrie,
Nous songeons encor plus à sauver votre vie ;
Et que vous détruiriez nos projets glorieux,
Si vous forciez Clearque à vous fermer les yeux.

ENTIGESNE.

Je ne te promets point cet effort sur moi-même,
Je déteste Clearque & son pouvoir suprême ;
Et je redoute moins le plus cruel tourment,
Que la peine de feindre à ses yeux un moment,
Et d'un tel ennemi l'odieuse presence . . . .

STRATOCLE.

Contraignez-vous, Seigneur, je le vois qui s'avan-
    ce.

SCENE IV.

ENTIGESNE, CLEARQUE, STRATO-
CLE, GARDES.

CLEARQUE.

Retirez-vous Stratocle , & qu'aucun en ces lieux ,
Sans mon commandement , ne paroiffe à mes yeux.

SCENE V.

ENTIGESNE, CLEARQUE.

CLEARQUE.

Quoique dans vos regards je life votre haine ,
Et combien ma prefence & vous bleffe & vous
gêne ,
Je ne chercherai point à vous faire valoir ,
Ce que fur vous les Dieux m'ont donné de pouvoir ;
Et malgré le mépris que vous faites paroître ,
Je veux bien oublier que je fuis votre Maître ,
Cependant Entigène il eft temps d'obéïr ,

De ceſſer nos diſcords, enfin de nous haïr.

ENTIGESNE.

Ceſſer de nous haïr, & quel decret ſuprême
Peut ordonner jamais, Clearque que je t'aime ?
Qui pourra me forcer d'oublier tes forfaits,
Et le ſang dont ta rage inonda ce Palais ?
De tant de trahiſons, de meurtres & de crimes,
De tous nos Citoyens devenus tes victimes ;
De tant de Senateurs maſſacrez à mes yeux,
De ma Patrie aux fers ſous ton joug odieux,
De tant d'horreur enfin dont tu tire ta gloire,
Penſes-tu que jamais je perde la memoire.

CLEARQUE.

Ce diſcours inſolent meriteroit la mort ;
Mais je veux malgré toi te faire un heureux ſort.
Je ne t'ai point mandé pour blâmer ma puiſſance,
Ni tout ce qu'a produit une juſte vengeance.
Ma haine en détruiſant un orgueilleux Senat,
De ſoixante Tyrans a délivré l'Etat ;
Cependant au milieu des horreurs du carnage,
J'ai conſervé tes jours, j'ai reſpecté ton âge ;
On ne vit que pour toi ralentir ma fureur,
Tout prêt à te percer tu devins mon vainqueur ;
Des loix que j'impoſai relevant ta famille,
En Reine dans ces lieux on vit entrer ta fille.
De quoi te plains tu donc ? ſeul tu m'as outragé,
Et ce n'eſt pas ſur toi que je me ſuis vengé :
Le ſang que ma fureur ici m'a fait répandre,
Ingrat, vaut-il celui que l'on m'a vû défendre.

ENTIGESNE.

S'il eſt vrai que ma mort eut calmé ta fureur,
Si mon ſang ſuffiſoit à ton barbare cœur ;
Je ſuis bien malheureux de jouir d'une vie,
Qui coûte tant de maux à ma triſte patrie.

CLEARQUE.

Son bonheur aujourd'hui ne dépend que de toi ;
Reconnois à ſes yeux Clearque pour ton Roi.
Etouffe dans ton cœur tout deſir de vengeance,

Formons entre nous deux une sainte alliance ;
Que ta fille demain aux pieds de nos Autels ,
S'unisse à mon destin par des nœuds éternels ;
Et mesurant mes dons au mal qu'on m'a vû faire ,
D'Heraclée à l'instant je deviendrai le pere ;
Sur elle par tes mains répandant mes bien faits ,
Je rendrai ma clemence égale à mes forfaits.

ENTIGESNE.

L'orgueilleuse Heraclée aime mieux sa misere ,
Que l'affront d'avouer Clearque pour son pere :
Ce sont ses sentimens , juge par eux des miens.
Je sçai que mon refus affermit ses liens ,
Que j'excite par là quelque nouvel orage ,
Que je vais ressentir les effets de ta rage ;
Mais malgré les tourmens qui me seront offerts ,
Quelle que soit l'horreur de gemir dans les fers ,
N'attens pas qu'oubliant l'honneur de ma famille ,
Sur un trône de sang je conduise ma fille.

CLEARQUE.

Ta fille cependant moins farouche que toi ,
Consent pour te sauver à recevoir ma foi.

ENTIGESNE.

Quoi donc Aristophile . . . .

CLEARQUE.

               Immole enfin sa haine ,
Pour sauver malgré lui le superbe Entigêne.

ENTIGESNE.

Qu'entens-je , justes Dieux !

CLEARQUE.

               Tes jours sont à ce prix.
J'ai souffert trop long-temps tes indignes mépris ,
Tantôt Aristophile a desiré ta vûë ,
J'attendrai le succès qu'aura cette entrevûë.
Avant que le Soleil fasse place à la nuit ,
Avec elle en ces lieux tu seras introduit :
Sans témoins tu pourras lui découvrir ton ame ,
Approuver ou blâmer mon pouvoir ou ma flâme ;
Mais si tu ne consens à l'unir avec moi ,

Si tu ne te résous à vivre sous ma loi,
J'irai pour me venger jusqu'à la violence,
Et n'écouterai plus ni pitié ni clemence.
Ainsi tu pourras seul arbitre de ton sort,
Prononcer ton bonheur, ou l'Arrêt de ta mort.

ENTIGESNE.

Je sçais à quel excès tu portes la vengeance;
Mais rien ne peut, Clearque, ébranler ma constance;
Et la mort est un bien à qui vit sous ta loi.

CLEARQUE.

Nous le verrons tantôt. Hola, Gardes à moi.

SCENE VI.

CLEARQUE, ENTIGESNE,
CLEON, STRATOCLE,
GARDES.

CLEARQUE.

JE vous remets, Cleon, la garde d'Entigène,

STRATOCLE.

Quel changement, ô Ciel !

CLEARQUE.

Si vous craignez ma haine,
Empêchez qu'il ne parle à personne qu'à vous.

ENTIGESNE.

Va, je n'exige point de traitement plus doux.

CLEON.

Assurez-vous, Seigneur, sur mon obéïssance.

SCENE VII.

CLEARQUE, STRATOCLE.

STRATOCLE.

SOuffrez que je le fuive & que par ma prefence.....

CLEARQUE.

Il n'eft pas neceffaire, & Cleon commé toi,
Peut s'acquitter, ami, de ce pénible emploi ;
Mon amitié pour toi veut que je t'en difpenfe,
Je fçai quel eft ton cœur, il penche à la clemence ;
Et voulant en ce jour affouvir ma fureur,
Je cherche à t'épargner un fpectacle d'horreur.

STRATOCLE.

Auriez-vous ordonné le trépas d'Entigêne ?

CLEARQUE.

Mon cœur ne s'y réfout, Stratocle qu'avec peine ;
Mais puifque vainement j'ai fléchi, j'ai preffé,
Que jufqu'à le prier je me fuis abaiffé,
Ma gloire & mon repos demandent qu'il periffe.
Tes yeux ne feront point témoins de fon fupplice ;
De mes ordres fecrets Cleon feul eft inftruit,
Et doit m'en délivrer dans cette même nuit.

STRATOCLE.

Vous ne voulez donc plus qu'il voie Ariftophile.

CLEARQUE.

Quoique cet entretien me paroiffe inutile,
Ils fe verront, ami, puifque je l'ai promis,
Cette feinte bonté me rendra tout permis ;
Et fans doute, on croira que leur feule infolence,

A porté ma colere à cette violence.
Toi cependant Stratocle assemble tes soldats,
Qu'ils soient prêts, s'il le faut, à marcher sur tes pas.

STRATOCLE.

Mais n'est-ce point aussi porter trop loin la haine?
Vous le sçavez, Seigneur, le peuple aime Entigêne.

CLEARQUE.

Et c'est ce qui m'irrite & cause ma terreur,
Il servira toujours d'obstacle à ma grandeur.
Tant qu'il verra le jour on aura l'esperance
De pouvoir me ravir la suprême puissance,
Sa mort étouffera mille secrets complots,
Et peut seule assurer ma vie & mon repos.
Ne m'en parle donc plus ou crains que tant de zele
Ne contraigne mon cœur à te croire infidele.
Par le crime à l'Empire on m'a vû parvenir,
C'est par le crime aussi qu'il faut m'y maintenir.

SCENE VIII.

STRATOCLE seul.

ENfin ç'en est donc fait ta perte est assurée,
Malheureux Entigêne, & les Dieux l'ont jurée.
Mais courons empêcher qu'une honteuse mort,
Ne termine aujourd'hui ton déplorable sort :
Et si malgré mes soins tu dois perdre la vie,
Que par toi seul au moins elle te soit ravie.

Fin du troisième Acte.

ACTE IV.
SCENE PREMIERE.

ARISTOPHILE , CEPHISE,

ARISTOPHILE.

NOn, toutes tes raisons ne peuvent rien sur moi ;
Le seul nom de Cleon glace mon cœur d'effroi.
Le cruel n'auroit fait que d'inutiles crimes,
S'il ne mettoit mon pere au rang de ses victimes :
Des fureurs du Tyran Ministre rigoureux,
Son bras est toujours teint du sang des malheureux.
Sans moi, sans mes efforts dans la nuit du carnage,
Entigêne eut senti les effets de sa rage.
Cephise, ce fut lui qui le fer à la main,
S'avança le premier pour lui percer le sein ;
Et tu veux qu'aprenant qu'il peut tout sur sa vie,
Sur un frivole espoir ma tendresse se fie.

CEPHISE.

Oui de Leonidas j'espere le secours,
Il ne souffrira point qu'on attaque ses jours ;
Sa crainte & son amour hâteront sa vengeance

ARISTOPHILE.

Ah ! que sur ce secours je prends peu d'assurance ;

Que cet amour eſt lent à finir nos malheurs!
Que fait Leonidas? Où ſont tous nos vengeurs ?
Pour briſer nos liens , vient-on à main armée?
Clearque d'aucun trouble , a-t-il l'ame allaimée ?
A-t-il des ennemis cachez dans ce Palais ?
Enfin s'empreſſe-t-on d'arrêter ſes forfaits ?
On me trompe , Cephiſe , il n'eſt point de ven-
    geance ,
Amis , amant , ſoldats , rien ne prend ma défenſe.
Le Tyran ſans peril forme ſes atentats,
Et je vais voir mon pere expirer dans mes bras.
              CEPHISE.
Cleon danſ un moment doit ici le conduire,
Votre crainte eſt injuſte ; & ſi j'oſe le dire ,
Clearque ne ſuit pas ſa haine & ſon couroux ;
Puiſqu'il permet , Madame , un entretien ſi doux.
Tout barbare qu'il eſt , ce Tyran vous adore,
Ce qu'il fit autrefois , il le peut faire encore.
Etincellant de rage , animé de fureur ,
Un ſeul de vos regards, ſçut attendrir ſon cœur.
              ARISTOPHILE.
Eh bien , profitons donc de cette indigne flamme ,
Pour donner à mon bras , un paſſage à ſon ame.
Je forme un grand deſſein , mais ſi les juſtes Dieux. ..
              CEPHISE.
Euigêne & Cleon paroiſſent en ces lieux.

SCENE II.

ARISTOPHILE, ENTIGESNE,
CLEON, CEPHISE, GARDES.

ARISTOPHILE.

EN quel état, Seigneur, faut-il que je vous
voie.
Helas ! le Ciel, par là, modere bien ma joie.
Et dans cette entrevûë accordée àmes vœux...

CLEON.

Il ne tiendra qu'à vous de devenir heureux,
Vous allez être seuls, ainsi le Roi l'ordonne.
Profitez du moment que sa bonté vous donne :
Craignez qu'il ne vous traite en rebelles sujets ;
Et si vous m'en croyez, acceptez ses bien faits.
C'est ce que par son ordre ici je vous annonce ;
Et lui-même viendra savoir votre reponse,
à Cephise,
Laissez-les sans témoins. Gardes éloignez-vous.

SCENE III.

ENTIGESNE, ARISTOPHILE.

ARISTOPHILE.

Quelle audace grands Dieux! lui qui doit à
genoux...
ENTIGESNE.
Les momens nous sont chers, la plainte est inutile,
Il faut nous expliquer. Parlez Aristophile ;
Est-il vrai que pour moi, pour empêcher ma mort,
Vous vouliez au Tyran attacher votre sort?
ARISTOPHILE.
Je veux tout ce qu'il faut pour vous sauver la vie.
ENTIGESNE.
Eh! vous vous resolvez à cette ignominie?
Pensez-vous qu'en vivant, je ne rougirois pas,
D'avoir par un afront évité le trépas ?
N'aurois-je donc vécu si long-tems avec gloire,
Que pour voir un moment obscurcir ma memoire.
Je pardonne, ma fille, à votre amour pour moi,
Un dessein que mon cœur regarde avec éfroi.
Pour me prouver ici quelle est votre tendresse,
Il ne faut employer ni crime ni bassesse.
Detester le Tyran, perir plutôt cent fois,
Que jamais se soumettre à ses indignes loix.
Mépriser son amour, dédaigner sa colere,
C'est tout ce que de vous exige votre pere.
En user autrement, c'est vouloir me trahir,
ARISTOPHILE.
Ah! je ne vis, Seigneur, que pour vous obéir ;

Vous n'en pouvez douter sans me faire une offense ;
Mais faut-il qu'en ce jour par mon obéissance ,
Pouvant vous arracher aux horreurs du trepas ,
Je demeure tranquile , & ne vous sauve pas.
Par l'hymen du Tyran loin de ternir ma vie ,
Je pretens delivrer mon pere & ma Patrie,
Oui , je ne veux , Seigneur , lui donner cette main
Que pour lui mieux plonger un poignard dans le
        sein.
Eh quoi ! ne puis-je pas imiter le courage ,
De celles qui pour fuir un honteux esclavage
Ou pour rompre les neuds d'un hymen odieux,
Du sang de leurs époux ont arrosé ces lieux ?
Faut-'l pour un Tyran, armer toute la terre ,
Doit-on s'en rapporter au succès de la guerre ?
Rien est-il moins certain que le sort des combats ?
Tous ceux qui combatront , soit amis , soit sol-
        dats.
Sur qui nous fonderons notre unique espérance,
Seront-ils comme nous , animez de vengeance ?
Peuvent-ils pas manquer de valeur ou de foi ?
Enfin ont-ils un Pere à sauver comme moi ?

E N T I G E S N E.

De ces femmes , ma fille imitez le courage ,
Mais n'en empruntez point la fureur & la rage.
Si Clearque eut porté le nom de votre époux ,
Rien ne pouroit jamais justifier vos coups ;
Quand par là vous auriez une gloire immortelle ,
Vous n'en seriez pas moins en secret criminelle.
Ce qui peut dans un autre , être action d'éclat ,
Deviendroit par vos mains un horrible attentat.
Laissez à nos amis le soin de la vengeance ,
Et n'armez votre bras que pour votre défense.
Jurez-moi donc ici , que quel que soit mon sort,
Votre ame à cet hymen , preferera la mort;
Et quoi que de Clearque ose la violence ,
Je vous mets en état de braver sa puissance.

                              ARISTOPHILE.

ARISTOPHILE.

Qu'est-il besoin, Seigneur, d'employer les sermens?
Vous connoissez assez quels sont mes sentimens,
Pour me donner sans crainte un secours salutaire.
Cependant j'obeïs, & pour vous satisfaire,
J'atteste ici des Dieux le souverain pouvoir,
Que soumise à vos loix, fidele à mon devoir,
On me verra plutôt trancher ma destinée,
Que de former les nœuds de ce triste hymenée.
Estes-vous satisfait? Faut-il encor Seigneur . . .

ENTIGESNE.

Non, je ne crains plus rien, je lis dans votre cœur,
Et vois avec plaisir, qu'exemte de foiblesse,
Je puis de votre sort vous laisser la maitresse.
Sachez donc que Stratocle en ami genereux,
Cherchant à m'épargner un suplice honteux,
Et pour sauver mes jours perdant toute esperance,
A trompé de Cleon l'exacte vigilance,
Et sans en être vû, vient de mettre en mes mains
Ce poignard favorable à mes secrets desseins
Armez-en votre bras, qu'il vous ôte la vie,
Si l'on veut vous contraindre à quelque ignominie:
Mais sur tout observez de n'attaquer vos jours,
Que lorsque vous perdrez tout espoir de secours.
Je vous fais à regret un présent si funeste,
Ma gloire vous le donne & mon cœur le deteste.
Daigne le juste Ciel favorable à mes vœux,
Vous faire après ma mort un destin plus heureux.

ARISTOPHILE.

Ah! puisqu'enfin les Dieux nous ouvrent cette voie,
Dérobons au Tyran la moitié de sa joie:
Mourons puisqu'il le faut; mais ne permettons pas
Qu'il nous ôte l'honneur d'un glorieux trépas,
Et sans attendre ici les effets de sa rage,
Brisons nos fers, Seigneur, & sortons d'esclavage,
Par une promte mort évitons les tourmens,
Et n'offrons à ses yeux que des regards mourans.

I

ENTIGESNE.

Ma fille refpectez ma volonté derniere,
Ma mort eft refolue, il n'en faut point douter.
Clearque eft un cruel que rien ne peut domter,
Mais bien loin d'éviter le fort qu'on me prépare,
J'y cours avec ardeur ; plus il fera barbare,
Plus je reffentirai les traits de fa fureur,
Et plus de mon pays j'animerai l'ardeur :
Sa haine par le tems n'eft que trop ralentie,
Il faut la ranimer des reftes de ma vie,
Et le rendant témoin de l'horreur de ma mort,
Le forcer à venger mon déplorable fort.
Le deffein en eft pris, rien ne m'en peut diftraire,
Si les Dieux en ce jour vous raviffent un Pere ;
Ils vous laiffent, ma fille, un Vengeur, un Epoux:
Confervez-vous pour lui, s'il veut périr pour vous,
Vivez, pour l'engager à venger fa Patrie,
Que la gloire avec lui plus que l'amour vous lie
Et fi malgré fes foins, vous voyez que les Dieux
Vous laiffent au pouvoir d'un amant odieux ;
Alors de votre cœur rápellant le courage,
Mourez pour éviter la honte ou l'efclavage.
Clearque cependant va fe rendre en ces lieux,
On va nous feparer, recevez mes adieux
Dans mes embraffemens . . . .

ARISTOPHILE.

Ah! Seigneur, ah ! mon Pere,
Si jamais votre fille a pû vous être chere,
Faites lui partager votre funefte fort,
Et fouffrez qu'avec vous elle coure à la mort.
Faut-il pour un moment prendre foin de ma vie,
Si la clarté, Seigneur, vous va être ravie,
Ce fpectacle cruel, cet objet plein d'horreur
Ne me fera-t-il pas expirer de douleur.

ENTIGESNE.

Epargnez mieux, ma fille, un Pere qui vous aime
Moderez, s'il fe peut, cette douleur extrême,

De l'amour paternel je fens tout le pouvoir,
Mais il faut malgré moi qu'il cede à mon devoir.
Ne m'attendriffez point , ménagez ma conftance,
Pour me cacher vos pleurs, faites-vous violence ;
Vivez pour me venger , & rempliffant mon fort,
Laiffez-moi fans foibleffe envifager la mort.

ARISTOPHILE.

De cet amour hélas quelle funefte marque !
Je vais vous voir perir .... Dieux j'apperçois Clearque.

ENTIGESNE.

Cachez ce fer , fongez . . . .

SCENE IV.

CLEARQUE, ARISTOPHILE, ENTIGESNE, CLEON, Gardes.

CLEARQUE.

EH bien dans ce grand jour
Dois-je immoler ma haine , ou vaincre mon amour?
Quel effet a produit un entretien fi tendre ?
Parlez fans héfiter, quel parti dois-je prendre ?
Qu'avez-vous refolu ?

ENTIGESNE.

De mourir.

CLEARQUE.

C'eft affez :
Faites ce que j'ai dit , Cléon, obéiffez.

SCENE V.

ARISTOPHILE, CLEARQUE.

ARISTOPHILE.

AH! Barbare arrêtez, ou pour vous satisfaire
Immolez donc aussi la fille avec le pere,
On ne m'écoute pas, on l'enmene, grands Dieux !

CLEARQUE.

Vos cris sont superflus, je suis maître en ces lieux,
Et malgré vos efforts on m'obéit Madame.
Si vous aviez voulu moins mépriser ma flamme...

ARISTOPHILE.

Quoi, tu m'ôtes mon pere : il va perdre le jour :
Et tu m'oses parler de ton indigne amour?
Va n'attens plus de moi que fureur & que haine,
Tu vois en moi revivre un second Entigesne :
Jusqu'au dernier soupir j'attaquerai tes jours,
Si le Ciel à mes vœux refuse son secours,
S'il ne t'écrase pas d'un éclat de tonnerre,
Si je ne trouve point de Vengeurs sur la terre,
Moi-même en rejoignant Entigesne au tombeau,
De son lâche assassin je serai le boureau.
Oui pour te ressembler, imitant ta furie,
Je n'épargnerai rien pour t'arracher la vie.
Mais que dis-je ? bien-tôt exauçant mes souhaits,
Les Dieux, les justes Dieux puniront tes forfaits
Plus la foudre retarde à tomber sur ta tête,
Et plus tu dois trembler du coup qu'elle t'aprête

SCENE VI.

CLEARQUE.

DAns quel étonnement me jette sa fureur,
Et quel trouble secret s'éleve dans mon cœur,
De crainte ou de remors pourrois je être capable;
D'où vient que son courroux me paroît redoutable?
La justice du Ciel fait-elle mon éfroi?
Non,non,ces mouvemens ne sont pas faits pour moi,
Je n'ai point de ce Ciel redouté sa puissance,
Quand je fis en ces lieux éclater ma vengeance :
Il n'est pas plus à craindre & plus grand aujourd'hui,
Entigesne pour moi l'étoit bien plus que lui ;
Sa mort va rassurer mon ame intimidée,
Et d'un songe cruel m'arrachera l'idée.
Oui je sens dans mon cœur un courage nouveau ;
Mitridatte va suivre Entigesne au tombeau,
Mes ordres sont donnez, ce superbe Monarque
Va devenir bien-tôt victime de Clearque.
Qu'Aristophile alors implore tous les Dieux,
Maître de son destin, absolu dans ces lieux.
Quels que soient contre moi ses desirs de vengeance,
Je pourai sans péril vaincre sa resistance.

Fin du quatriéme Acte.

I iij

ACTE V.

SCENE PREMIERE.

LEONIDAS, STRATOCLE.

STRATOCLE.

DE son destin, Seigneur, je n'ai pû rien savoir,
Et malgré tous mes soins j je n'ai pû le revoir.

LEONIDAS.

N'en doutons point, Stratocle, Entigesne est sans vie,
La fureur du Tyran n'est que trop bien servie :
Cleon depuis long-tems s'en est fait une loi,
Et pour le crime seul, il sçait garder sa foi.
Puis-je sans desespoir songer qu'en ma presence,
Aux yeux de mes amis venus pour sa deffense,
Clearque impunément ordonne son trépas ?
Quoi nous sommes armez, & ne le sauvons pas !

STRATOCLE.

Vous n'avez point, Seigneur, de reproche à vous faire,
Clearque a tout conduit avec tant de mistere,
Il a si bien caché ses projets inhumains,
Que je n'aurois jamais pensé qu'en d'autres mains
Il auroit confié le destin d'Entigesne.
Je n'ai rien épargné pour suspendre sa haine,
Mais loin de l'adoucir, irrité contre moi,
J'ai connu qu'en secret, il soupçonnoit ma foi.
Cependant quel que soit le courroux qui l'anime,
Je ne sçaurois penser qu'il commette ce crime,

Il veut d'Aristophile intimider le cœur,
Et je crois son amour plus fort que sa fureur.

LEONIDAS.

N'importe, il faut, ami, hâter notre vengeance,
S'il voit encor le jour volons à sa défense.
As-tu fait assembler tes fideles amis?
Tiendront-ils cette nuit tout ce qu'ils t'ont promis?
La liberté pour eux a-t-elle encor des charmes,
Et sont-ils resolus de se joindre à nos armes?

STRATOCLE.

Ils sont tous prêts, Seigneur, à marcher sur vos pas,
Torax a sçû gagner nos plus braves Soldats.
Lassez de ne se voir employez qu'à des crimes,
Ils brûlent de servir des haines legitimes,
Et les *vôtres*, Seigneur, n'attendent plus que moi
Pour porter en ces lieux la terreur & l'éfroi.

LEONIDAS.

Et bien hâtes-toi donc d'achever ton ouvrage,
N'attendons pas encore quelque nouvel orage.
Clearque est retiré dans son appartement:
Va cours à mes soldats en ce même moment,
Et rends-les par tes soins les maîtres de la Ville.
Par Cephise tantôt la triste Aristophile
M'a fait prier, ami, de me rendre en ces lieux,
Aussi-tôt que la nuit obscurciroit les Cieux;
Pour elle en ce Palais ma flamme a tout à craindre.
Permets que je l'attende, & j'irai te rejoindre,
Lorsque par sa presence, elle aura sçû calmer
Les funestes soupçons qui viennent m'allarmer.

STRATOCLE.

S'il ne faut que mon zele & que mon entremise
Pour faire réüssir cette grande entreprise,
Je puis vous assurer d'un succès glorieux.

LEONIDAS.

Va, j'attens tout, ami, de ton zele & des Dieux.

SCENE II.

LEONIDAS.

QUe malgré tant d'espoir mon ame est peu tranquile,
Que je crains ! mais hélas! je vois Aristophile.

SCENE III.

ARISTOPHILE, LEONIDAS.

LEONIDAS.

MAdame, s'il se peut, calmez votre douleur ;
L'heureux moment s'aproche où ma juste fu-
 reur
Vengera mon Pays du Tyran qui l'oprime.

ARISTOPHILE.

De votre main, Seigneur, j'attens cette victime ;
Mon pere ne vit plus, ou tout prêt d'expirer,
Je n'ai plus pour ses jours nul sujet d'esperer.
Vengez-le donc, Seigneur, remplissez mon attente ;
J'ose vous en prier par cette ardeur constante
Qui sçut des mêmes feux embraser nos deux cœurs.

LEONIDAS.

Oui, je vais pour jamais finir tous vos malheurs,
J'en fais ma seule gloire aimable Aristophile ;
Mais du moins un moment, devenez plus tran-
 quile,

Songez que d'Entigesne on ignore le sort,
Et que rien en ces lieux n'assure de sa mort.
Stratocle avec les miens dans la Ville s'avance,
Plusieurs des citoyens sont de l'intelligence,
Et me joignant à lui nous forçons ce Palais ;
Le fidele Torax instruit de nos projets ;
Des Gardes du Tyran craignant la resistance,
Doit engager les siens à prendre ma défence,
Et sûr que Mitridate amene du secours . . . .

ARISTOPHILE.

Juste Ciel ! puis-je entendre un semblable discours ?
Est-ce ainsi que tu dois & veux servir ma haine,
Et que ton bras bien-tôt doit venger Entigesne ?
Si tu m'aimois cruel, attendrois-tu toujours
Que Mitridate ici t'amenât du secours ?
Te faut-il des Soldats, te faut-il une Armée,
Pour arracher une ame au meurtre accoutumée ?
Le barbare Cléarque attendit-il jamais
Qu'on le vint secourir pour finir ses forfaits ?
Ne crois pas m'abuser d'une esperance vaine :
Je suis trop sûre hélas ! du trépas d'Entigesne,
Je connois du Tyran l'implacable fureur,
Et tout m'annonce l'excès de mon malheur.
Cependant en perdant l'auteur de ma naissance,
Tu faisois aujourd'hui mon unique esperance.
Je croyois que ce pere expirant à tes yeux,
Dont le sang comme à moi doit t'être précieux ;
Ce pere qui t'aimoit d'une tendresse extrême,
Et qui m'étoit moins cher par un Decret suprême,
Par tous les nœuds du sang si puissans & si doux,
Que parce qu'il t'avoit choisi pour mon époux,
Trouveroit dans ton bras une promte vengeance,
Mais tu veux du secours, sans lui ton cœur balance.

LEONIDAS.

Quoy vous pouvez penser . . . .

ARISTOPHILE.

                    Oui je crois tout ingrat,
Il faut venger mon pere, & non sauver l'Etat.

I y

Qu'ai-je affaire en ces lieux que ta valeur éclate?
De quoi me serviront Stratocle & Mitridate,
Si malgré leurs efforts le Tyran est vainqueur,
Et qu'on me laisse en proie à toute sa fureur?
Tant de précautions deviennent inutiles,
Quand il ne s'agit point de soumettre des villes;
Tu n'as rien en ces lieux à ranger sous ta loi,
Tu n'as à secourir, à délivrer que moi,
Et pour y parvenir tu n'as rien à combattre
Qu'un homme que ta main d'un seul coup peut
　　abattre.
Voles-y donc, cruel & sans retardement,
Prouve-moi ton amour par ton empressement.
Laisse-là tes projets de secours, de batailles,
Va plonger ton épée au fond de ses entrailles;
Qui te retient?

LEONIDAS.

　　　　　　　L'horreur d'un tel assassinat,
Et de ternir mon nom par un lâche attentat.

ARISTOPHILE.

Quand on veut se venger, prend-on soin de sa
　　gloire?
Cléarque craignit-il de ternir sa memoire?
Et peux-tu regarder comme un crime odieux
De punir l'ennemi des hommes & des Dieux?
Ah! si tu l'avois vû dans cette nuit horrible,
Qui causa les malheurs où je suis si sensible;
Si comme moi tes yeux avo'ent vû ses forfaits,
Si tu l'avois trouvé courant dans ce Palais,
De sa barbare suite animant la furie,
Donnant à l'un des fers, à l'autre ôtant la vie,
Tu n'apellerois pas du nom d'assassinat
Ce moyen glorieux de délivrer l'Etat.
Mais sur toi ces récits ont trop peu de puissance,
Pour te faire approuver une telle vengeance,
Et te faire sentir l'horreur de nos tourmens;
Il te faut des objets sensibles, & presens.

Repreſente-toi donc le ſort qu'on me prépare,
Regarde Ariſtophile au pouvoir du Barbare,
Si ſur moi le Cruel oſoit porter la main,
S'il venoit à tes yeux pour me percer le ſein,
Ton amour animé de fureur & de rage
Attendroit-il encor à venger cet outrage ?
N'irois-tu pas ſur lui pour le percer de coups?

LEONIDAS.

Quelle funeſte image, ô Ciel ! me faites-vous !
Que ne ferois-je point à cette horrible vûë ?

ARISTOPHILE.

Et bien venge-moi donc, c'eſt lui-ſeul qui me tuë.

Elle tire un poignard.

LEONIDAS.

Ah ! cruelle arrêtez, quelle aveugle fureur !
Je ne vous revois plus que mourant ou vainqueur.

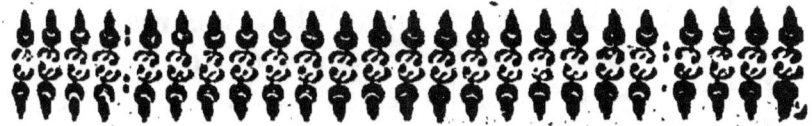

SCENE IV.

ARISTOPHILE.

IL fuit & malgré moi je jouïs de la vie.
O mon trop foible bras que tu m'as mal ſerviA!
Un genereux éfort en terminant mes jours,
De mes cruels malheurs alloit finir le cours.
Ma mort de mon amant eut hâté la vengeance,
Et m'épargnoit l'horreur de reſter ſans défence.
Que dis-je ? mon tranſport armant Leonidas,
Dans des périls certains précipite ſes pas ;
Et pour faire périr l'objet que je deteſte,
J'expoſe au même ſort le ſeul bien qui me reſte,
Ah ! puiſque je n'ai pû lui cacher ma fureur,
Allons de mon amour lui faire voir l'ardeur.

Ce que je fis jadis pour secourir mon pere ;
Faisons-le pour sauver une tête si chere :
Et puisque c'est pour nous qu'il combat aujourd'hui,
Partageons ses périls, & mourons avec lui.
Mais quel terrible bruit, ici se fait entendre
Cephise, quels malheurs hélas viens-tu m'aprendre!

****

SCENE V.

ARISTOPHILE, CEPHISE.

CEPHISE.

JE ne sçai si le Ciel insensible à vos maux
Veut vous en préparer encor de nouveaux ;
Ou s'il cherche à tarir la source de vos larmes ;
Mais, Madame, en ces lieux chacun a pris les armes;
Le sang coule par tout, les cris, & les clameurs
Font ignorer quel est le parti des vainqueurs.
Je ne sçai cependant si mon espoir me flate,
Mais j'ai crû qu'on nommoit Stratocle & Mitridate:
Et lorsque près de vous je conduisois mes pas,
Quelques voix ont crié : Vive Leonidas.

ARISTOPHILE.

Ah ! Céphise courons assûrer sa victoire,
Elle penche pour lui, puisqu'on vante sa gloire;
Que le Peuple animé par ma vûë & ma voix,
Pour perdre le Tyran imite ses exploits,
Et l'immole à mes yeux, aux Manes de mon Pere.
Viens, suis-moi

CEPHISE.

Dieux ! que voulez-vous faire
Vous ne pourrez jamais joindre Leonidas,
Ce Palais est rempli d'ennemis, de soldats ;

Peut-être que Cléarque en eſt encore le Maître;
Et ſi dans ce tumulte il vous voyoit paroître,
Il vous ſacrifieroit, Madame, à ſa fureur.

ARISTOPHILE.

Qu'ai-je à craindre où je ſçai Leonidas vainqueur.
Crois-tu que le Tyran oſe rien entreprendre.
Viens te dis-je, ſuis-moi, je ne veux plus attendre.
Mais quelqu'un vient : que vois-je ! en croirai-je mes
       yeux,
Entigeſne vivant, mon Pere dans ces lieux !

SCENE VI.

ARISTOPHILE, ENTIGESNE, CEPHISE, Suite.

ARISTOPHILE.

Ah! Seigneur ſe peut-il que le Ciel moins ſevere ...
ENTIGESNE.

Oui, ma fille, les Dieux vous rendent votre Pere ;
Votre cœur n'aura plus à trembler pour mes jours
Et la mort du Tyran en aſſure le cours.

ARISTOPHILE.

L'état où je vous vois me fait aſſez connoître
Que l'on ne doit qu'à vous le trépas de ce traître;
Et ce fer qu'a conduit votre invincible bras ....

ENTIGESNE.

Non, l'honneur n'en eſt dû qu'au ſeul Leonidas,
Tandis que, malgré lui tout le Peuple l'arrête,
Et veut que de lauriers on couronne ſa tête :
Je puis vous raconter quel heureux attentat,
Par ce jeune Heros, vient de ſauver l'Etat.

Vous avez vû tantôt avec quelle furie
Cléarque a commandé qu'on m'arrachât la vie ;
Cependant retiré dans son appartement,
Il me fait rapeller avec empreſſement ;
Cleon pour qui ma mort eſt un doux ſacrifice,
Ne voit qu'avec regret retarder mon ſupplice.
Il me charge de fers, & ſans ſuite & ſans bruit,
Juſqu'auprès du Tyran le traître m'introduit.
Il étoit deſarmé ſans Gardes, ſans défence,
Mais ne redoutant point ma haine & ma vengeance,
Il ordonne à Cleon de s'éloigner de nous ;
Il ſort, & le Tyran enflammé de couroux :
Tu vas mourir, dit-il, mais ma juſte colere,
Par ta mort ſeulement ne peut ſe ſatisfaire ;
Et je veux que ta fille expirant dans tes bras.....
Il alloit achever lorſque Leonidas,
Sans ſe faire annoncer, à nos yeux ſe preſente.
Torax l'accompagnoit, l'action véhemente
Qu'on voit dans leurs diſcours, fait connoître
     aiſément
Que l'un & l'autre ont eu quelque grand differend.
Clearque veut enfin que l'un d'eux l'éclairciſſe,
Torax eſt le premier qui demande juſtice ;
Son récit n'eſt mêlé que de confuſion :
Et tandis qu'il l'écoute avec attention,
Leonidas s'avance & d'une main hardie
De deux coups de poignard le fait tomber ſans vie.

ARISTOPHILE.
Grands Dieux !

ENTIGESNE.
          Au même inſtant ces deux fiers ennemis
Pour m'arracher mes fers redeviennent mes amis.
Alors Leonidas m'embraſſe avec tendreſſe :
Venez, Seigneur, dit-il, ſecondez notre adreſſe ;
Nous venions en ce lieu pour venger votre mort,
Nous vous trouvons vivant, partagez notre ſort ;

Aces mots du Tyran, il aperçoit l'épée,
De tant de fang illuftre injuſtement trempée,
S'en faifit, me la donne, & fuivi de Torax,
Nous fortons; quand Cleon veut arrêter nos pas.
Malgré l'étonnement dont fon ame eſt faifie,
Il apelle les fiens pour défendre fa vie.
Mais fa vûë excitant ma haine & ma fureur,
Et de mes jeunes ans rapellant la vigueur,
Je lui fais éprouver qu'un genereux courage
Ne fuccombe jamais fous le fardeau de l'âge.
Je l'attaque, & le fort fecondant mes fouhaits,
Par fa mort à l'inſtant punit tous fes forfaits.
Ton invincible amant feconde ma victoire,
Et par mille actions qui le couvrent de gloire,
Il nous ouvre un chemin jufqu'aux lieux où Torax
Avoit placé tantôt fes fideles Soldats.
Les portes du Palais à l'inſtant font ouvertes,
Et chacun oubliant fes malheurs & fes pertes,
Demande avec ardeur à voir Leonidas,
Et malgré fes efforts nos plus braves Soldats
Lui font au milieu d'eux un Trône de leurs armes.

ARISTOPHILE.

Quel heureux changement fuccede à tant d'allarmes.

ENTIGESNE.

Le Peuple tranfporté de voir brifer fes fers,
Fait retentir fon nom par mille cris divers;
Mais quoique ce triomphe & le touche & le flate,
Ayant fçû qu'on voyoit paroître Mitridate,
Il quitte ces honneurs pour fuivre fon devoir;
Et tandis qu'avec pompe il va le recevoir,
J'ai voulu le premier t'annoncer fa victoire.

ARISTOPHILE.

Avoir fauvé vos jours fait fa plus grande gloire,
Et ce fervice feul me le rend précieux.

ENTIGESNE.

Allons le retrouver pour rendre graces aux Dieux,
Et pour mieux celebrer cette grande journée,
Joignons à fon triomphe un heureux Hymenée.

Fin du cinquiéme & dernier Acte.

MARSIDIE

REINE DES CIMBRES,

TRAGEDIE.

ACTEURS.

MARIUS Consul, General des Romains.

MARSIDIE, Reine des Cimbres.

GOTHARSIS, Prince des Basternes.

FLAVIUS, Capitaine des Gardes de Marius,

CLODOALD, Ministre & Favori de Marsidie.

CEPHISE, Confidente de Marsidie.

MAXIME, Lieutenant de Marius.

CLEARQUE, Capitaine des Gardes de Marsidie.

La Scene se passe dans la tente de Marsidie, sur le bord du Tesin, près de Pavie.

ACTE PREMIER.

SCENE PREMIERE.

GOTHARSIS, CLODOALD.

CLODOALD.

Eigneur eſt-ce vous-même , en croi-
    rai-je mes yeux ,
Le vaillant Gotharſis , de retour en
    ces lieux !
Qui peut,quand tous les cœurs trem-
    blent pour votre vie ?
Des chaînes des Romains , vous rendre à Marſidie ,
Quels immenſes tréſors, pour vous tirer des fers,
Au Conſul Marius , n'a-t-elle point offerts.
Il a tout mepriſé ; nos offres dédaignez ,
Faiſoient craindre pour vous ſes fureurs obſtinez.
Mais , Seigneur , vous vivez , quel coup ineſperé,
De ces fatales mains , vous a-t-il donc tiré ;
De cet évenement , daignerez - vous m'inſtruire.

GOTHARSIS.

Je dois à Marius , le jour que je reſpire.

Mais tandis que la Reine, invisible à nos yeux,
Offre aux Dieux immortels ses hommages pieux,
Au zelé Clodoald, pourrai-je en son absence,
D'un secret surprenant, confier l'importance ?

CLODOALD.

N'en doutez-point, Seigneur, je sçai dans nos com-
    bats,
Tout le sang qu'aux Romains, a coûté votre bras :
Sans vous, dans le dernier, trois fois trop engagée,
I à Reine de leurs fers auroit été chargée :
Et qu'au bas du Tesin, ramenant ses débris,
Vous la sauvâtes seul, & vous y fûtes pris.
Je sçai ce qu'on vous doit, & l'ardeur de mon zele,
Me fait mettre ma gloire à vous être fidele.
Mais, Seigneur, est-il vrai qu'un aveugle trans-
    port
A porté les Romains à vouloir votre mort.

GOTHARSIS.

Oui, mais de Marius, l'esprit & la prudence
Sçûrent des factieux, arrêter l'insolence.
Et feignant d'aplaudir à leurs sanglans desseins,
Sa generosité m'a tiré de leurs mains.
Il fait plus, dans sa tente en secret il m'appelle :
Prince je vous connois, & prudent, & fidelle,
Me dit-il, & je veux vous charger sans témoins,
D'un secret que je fie à vos uniques soins.
Rome dans sa fureur, veut perdre Marsidie ;
Plus elle a de vertus, plus elle en est haïe.
Mais mon cœur, Gotharsis, ne peut voir sans dou-
    leur
Le dernier coup qui va terminer son malheur.
Sa grandeur, son éclat, ses conquêtes, sa vie,
Tout enfin est reduit, aux ramparts de Pavie.
Elle n'a plus d'espoir, & malgré sa valeur,
Elle verra Pavie au pouvoir du vainqueur.
Un accord prevenant ce désastre funeste,
Peut d'un trône brisé, sauver encore le reste ;
Et sur ce que de Rome elle peut obtenir,

Moi-même dans son camp je veux l'entretenir.
Allez, & dites-lui que pour cette entrevuë,
Toute attaque entre nous restera suspenduë.
Et qu'enfin pour la voir, sans soupçon, sans éfroi,
Je ne veux que son cœur, pour garand de sa foi.
Rendez-lui cette lettre, & d'un conseil sincere,
Appuyez le succès d'une paix necessaire.
Allez Prince, partez, & sans perdre de tems,
Sur la route du camp, je marche & vous attens.
Il dit, je pars, j'arrive, & je viens à la Reine,
Rendre le compte éxact de l'ordre qui m'ameine,
Et par un coup qui va surprendre l'Univers,
Faire une heureuse paix, ou rentrer dans mes fers,
Et j'ose me flater, que pour ce grand ouvrage,
Clodoald à mes vœux, unira son suffrage.

C L O D O A L D.

La gloire de l'état, le repos des sujets,
Sont de mes soins zelez, les plus tendres objets,
Seigneur; mais n'allons point, d'une ardeur impru-
    dente,
Eblouïs de l'éclat d'une offre surprenante,
Et donnant foiblement dans de flateurs appas !
Exposer notre Reine aux regrets d'un faux pas.
Tout l'Univers connoît la foi de Marsidie,
Marius en son camp, sans otage se fie ;
Mais aujourd'hui, Seigneur, cette Rome n'est plus
Cette Rome qui fut du temps de Régulus.
J'avouerai que le Cimbre accablé de ses pertes,
A pour se retablir, peu de routes ouvertes ;
Mais enfin des Saxons, un secours attendu,
Va bien-tôt relever notre espoir confondu.
De moment en moment, j'en attens la nouvelle ;
Et la Reine pourra... Mais on ouvre, c'est elle.
Seigneur, si sa prudence aplaudit à vos vœux,
Je ne m'oppose point à ce succès heureux.

SCENE II.

MARSIDIE, GOTHARSIS, CLODOALD, CEPHISE.

MARSIDIE.

AU bruit de votre nom , je vole pour appren-
dre ,
Seigneur , à mes désirs , quel bonheur peut vous ren-
dre.
Quel Dieu juste , quel Dieu , sensible à mes ennuis ,
Me fait-il retrouver le vaillant Gotharsis ?
A mes tristes soldats , pour rendre le courage ,
Montrez-leur seulement votre auguste visage.
Et le feu de vos yeux , malgré tout mon malheur ,
Repandra dans mon camp l'espoir & la valeur.

GOTHARSIS.

Je sçai dans quel état , deux batailles perdues ,
Peuvent avoir jetté vos troupes abatues ,
Madame ; mais je n'ai pour de nouveaux combats,
Que des vœux à donner , sans y joindre mon bras.
Confident d'un vainqueur qui ne rompt point ma
chaîne ,
Je ne viens qu'un moment suspendre votre hai-
ne ;
Vous rendre cet écrit , qu'à mes fidelles mains
A voulu confier le Consul des Romains.

MARSIDIE.

Lui, Seigneur, il m'écrit, & que peut-il preten-
dre ?
Mais lifons, & voyons à quoi je dois m'attendre.

Elle lit

Vous fçavez à quel point vos deftins font reduits,
Ce que vous devez craindre, & tout ce que je puis.
Je plains, & je prevois, le coup qui vous menace,
Du plus grand des malheurs, prevenez la difgrace.
Un entretien pourra regler nos diferends ;
Sufpendez tout combat, vaillante Marfidie ;
    A votre foi je me confie,
    C'eft tout l'otage que je prends.
Mes yux me trompent-ils, qu'ai-je lû ? puis - je
croire
Que le fier Marius au fein de fa victoire,
Et dont déja deux fois le bras nous a défaits,
Vienne jufqu'en mon camp, me demander la
paix ?
Après qu'à mon époux, ton fer ôta la vie ;
Rome crois-tu pouvoir appaifer Marfidie.
Veuve de Radaguaife, ô Ciel m'eft-il permis
De voir, d'entretenir fes plus grands ennemis.
Depuis que des Romains, la cruauté perfide,
Porta fur mon époux, un poignard paricide.
Que cet époux tout prêt d'abattre ces Romains !
Vit fes jours immolez par leurs cruelles mains ;
Par quels fanglans effets, d'une rage inhumaine ;
N'ont-ils point contre nous fait éclater leur haine.
Leurs criminels deffeins, leurs noires trahifons,
Ont employé le fer, ont tenté les poifons.
Contre ces affaffins, trop malheureufe Reine,
De mes puiffans voifins, j'armai toute la haine :
Et mon bras redoutable, auroit déja porté.
Jufques fur leurs remparts, mon empire augmen-
té ;
Quand du fond du néant, un foldat fans naif-
fance

Poußé par la Fortune à toute sa puißance,
Nous terraßant deux fois, a de nos prompts re-
vers,
Et malgré nos efforts étonné l'Univers.
Et vous voulez, Seigneur, que de Rome amie,
Et tant de fois trompée, & tant de fois trahie;
Etant abandonnée à ce pas incertain,
Je compte aveuglement sur la foi d'un Romain.

GOTHARSIS.

Ah! ne confondez point dans ce doute timide,
Le Romain vertueux avec Rome perfide.
D'un vil sang, il est vrai, Marius est sorti,
Mais de l'erreur du sort, le Ciel s'est repenti.
Et d'un cœur accompli, la vertu peu commune
A vengé cet affront, que lui fit la Fortune.

MARSIDIE.

Mais Rome teinte encore du sang de mon époux,
Peut-elle se flater d'appaiser mon couroux?
Vous sçavez mes malheurs; c'est en votre presence,
Seigneur, que Radaguaise ordonna sa vangeance.
A ses derniers soupirs vous vîtes mes douleurs,
Il remit dans vos bras, mes fils baignez de pleurs,
Du soin de les servir, il chargea votre zele.
Je jurai contre Rome, une haine immortelle,
De tous ces alliez, je fis mes ennemis,
Et paßant au travers de leurs états soumis,
J'aurois en peu de temps par une route libre,
Porté mon fer vengeur sur les rives du Tibre;
Quand malgré mes efforts & vos puißans secours,
De mes prosperitez, le ciel rompit le cours.
Je vis Rome opposer à mon bras intrepide,
D'un fatal ascendant, la Fortune rapide;
Le vaillant Marius, m'attaqua, me vainquit:
Et vous sçavez depuis, quel malheur me poursuit.
Mes progrès renverlez, mes troupes confonduës,
Mes Etats revoltez, mes conquêtes perduës;
Les destins incertains de mes tendres enfans
Et ma grandeur reduitte, aux murs que je défends.

C'est

C'eſt de mon triſte ſort la déplorable image,
Mais il me reſte encore ma haine & mon coura-
ge.
Et falut-il périr ſous mon trône abbatu,
Ma gloire & ma fierté, ſoutiendront ma vertu.
Le Conſul cependant demande une entrevûë.
Que dire, Clodoald, ſur cet offre imprevûë?
Sans otage vouloir ſe commettre à ma foi,
Pour lui-même ce pas me fait trembler d'éfroi;
Non que j'oſe abuſer de cette confiance,
Mais ce coup temeraire allarme ma prudence,
Et plus j'y reflechis, moins je puis concevoir,
A ce hardi projet ce qui peut l'émouvoir.
Parlez ſans héſiter.

                    CLODOALD.

                    Sur vos doutes, Madame,
Ce Prince mieux que moi raffermira votre ame;
Mon zele ignoreroit peut-être ces raiſons.
Je n'ai vû les Romains que dans leurs trahiſons.
Ce qu'il peut demêler, je pourrois le confondre,
Il connoît Marius, c'eſt à lui d'en repondre.

                    GOTHARSIS.

Oui, je connois aſſez ſon cœur, ſa probité
Pour être le garand de ſa fidelité.
Tous les autres Romains, ſi Rome n'eſt plus Ro-
    me,
Toute entiere on la voit renaître en ce grand hom-
    me,
Pour dérober ma tête, à ſon coup furieux,
Dirai-je ce qu'a fait ſon zele officieux.
Mais, Madame, il vaut mieux me contraindre & me
    taire,
Je vous rendrois ſuſpecte une eſtime ſincere.
Et publiant ici tout ce que je lui dois,
Comme de Marius, vous douteriez de moi.
Il ſuffit que ſes ſoins ont garanti ma vie,
Et qu'enfin ſa vertu ſur la vôtre ſe fie.
Et lors qu'il oſe ſeul, s'expoſer en ces lieux;

                                        K

Sa foi merite peu ce doute injurieux.

MARSIDIE.

C'est assez ; je consens à le voir , à l'entendre,
A ces hautes vertus, je sçai ce qu'on doit rendre ;
Mais pour ne point ceder à son cœur genereux ;
Portez-lui mes enfans.

CLODOALD.

Vos enfans !

MARSIDIE.

Oui , tous deux.
Pour une telle tête, ils sont de foibles gages ,
Mais je n'ai point pour lui de plus dignes ota-
ges.
Qu'il songe en recevant ces enfans précieux,
Que c'est mon propre cœur que je livre avec
eux.

CLODOALD.

Ah ! Madame!

MARSIDIE.

Seigneur , redoublez votre zele;
Je remets ma fortune à votre soin fidele ;
Et puissent tous les Dieux , au gré de nos sou-
haits,
Et conserver ma gloire , & nous donner la paix.
Prenez soin, Clodoald, qu'à l'envi tout conspire
A respecter ici le soutien de l'empire ;
Repandez sur ses pas mes gardes partagez :
Et qu'il trouve partout mes bataillons rangez.

SCENE III.

MARSIDIE, CEPHISE.

MARSIDIE.

Madame, enfin le Ciel pour nous plus équi-
table ;
Prepare un changement au fort qui vous accable:
Et de votre vertu l'éclat victorieux
Vous foumet les Mortels, & vous gagne les
Dieux.

MARSIDIE.

Sur le brillant trompeur d'une foible apparence,
N'allons point nous flater d'une vaine efperance,
Cephife, ce grand pas qui t'éblouït les yeux,
Jette au fond de mon cœur un trouble furieux.

CEPHISE.

Pourquoi, quand à vos vœux tout fe montre pro-
pice,
D'une fource d'efpoir, vous faire un vain fuppli-
ce ?
Madame, permettez que j'explique à vos yeux,
Un deffein que pour vous m'ont infpiré les Dieux,
Des mains de Marius, faites tomber les armes ;
Il n'eft rien d'impoffible à l'éclat de vos charmes.

MARSIDIE.

M'ofe-tu propofer, pour combler mes douleurs,
De ce lâche confeil les funeftes horreurs?

K ij

Non, j'ai brûlé d'un feu, trop fidele & trop ten-
dre :
Ce cœur qu'eut mon époux, je l'immole à sa cen-
dre.
En vain prêt d'expirer, portant sur ses enfans ;
Et tour à tour sur moi, ses regards languissans :
Pour soutenir, dit-il, le prix de ma couronne,
Gotharsis est l'époux qu'après moi je vous don-
ne.
Du même sang que vous ce grand Prince est
sorti :
Et ce sang dans son cœur, ne s'est point dé-
menti.
Vous sçavez ses vertus, vous connoissez son ze-
le,
Je ne puis mieux payer son amitié fidele.
Pour vanger mon trépas, unisso-le avec vous ;
Et mes mânes contents, n'en seront point jaloux.
Mais de mon pur amour l'inflexible constance,
Sur l'ordre d'un époux, emporta la balance ;
Et sur son corps glacé, mes vifs embrassemens,
Confirmerent ma foi par de nouveaux sermens.
Et tu veux qu'aux Romains, cedant cette victoi-
re,
J'immole mes enfans, mon époux & ma gloire.
Ne m'en parle donc plus, & ne charge mon
cœur
Que du soin glorieux de venger ma douleur;
Mais Clodoald revient, & son ardeur sans doute….

SCENE IV.

CLODOALD, MARSIDIE, CEPHISE.

CLODOALD.

LE Saxon à grands pas, s'avance sur la route,
Madame, & des ramparts on voit sur les fil-
    lons
En bon ordre avancer les premiers bataillons,
Dans une heure au plus tard, ces troupes arri-
    vées,
Verront prêt de vos murs leurs tentes elevées.
Et déja dans le camp, votre Garde introduit
Quelques Chefs, que Clearque auprès de vous con-
    duit.
Calmez sur leur lenteur vos craintes inquietes,
Ce secours va bien-tôt reparer nos défaites,
Et Marius pourra, peut-être dans ce jour,
Ou s'éloigner de vous, ou trembler à son tour.

MARSIDIE.

Oui mon espoir renaît, Clodoald, je respire,
Ce secours à mon bras assure mon empire ;
Et je puis sans orgueil & sans temerité,
Aux yeux de Marius, soutenir ma fierté.
Mais pour mieux rassurer une Ville allarmée,
Allons sous nos ramparts recevoir cette armée.
Et que le Consul doute en entrant dans ces lieux
Si le camp des vaincus est le victorieux.

Fin du premier Acte.

K iij

ACTE II.

SCENE PREMIERE.

CLODOALD, CLEARQUE,

CLODOALD.

Oui, Clearque, vos pas ont soulagé ma peine ;
Nous verrons à son tour trembler l'aigle Ro-
    maine :
Et ce puissant secours va malgré leurs couroux
Déterminer les Dieux à combatre pour nous :
Du succès de vos soins la Reine est satisfaite.
Mais que d'un trouble affreux, mon ame est in-
    quiete.
Marius qu'on attend ici dans un moment ,
Donne à mes sens émûs , un cruel mouvement.
Je me peins, dans l'horreur de mes frayeurs mor-
    telles,
Radaguaise expirant sous des mains criminelles.

Ah ! devois-je souffrir qu'aux dépens de ma foi,
La Reine leur livrât les enfans de mon Roi.

CLEARQUE.

Etouffez les frayeurs dont votre ame est émuë ;
Seigneur, la paix suivra cette heureuse entrevuë.
Le Consul l'a souhaité, & ce pas important
Répond à l'Univers du repos qu'il attend.

CLODOALD.

Que vous pénétrez mal ce que je veux vous dire :
Clearque, on veut la paix, le Cimbre la désire ;
Mais qu'il faut distinguer dans ce coup qui m'abat
L'interêt du Ministre, & celui de l'Etat.
Dans le repos public, j'aperçois mon abîme,
J'en serai la premiere & funeste victime.
Ce qui fait vos souhaits cause mon juste éfroi ;
Et l'afreux contrecoup en tombera sur moi ;
Si je hai les Romains, ils m'abhorrent de même ;
Mais contre Marius ma fureur est extrême.
Vous déguisez mon cœur, ce seroit me trahir ;
Je l'ai trop offensé pour ne le pas haïr.
Il sçait que tous mes soins vont à nourir la Rei-
ne
Dans l'implacable fiel d'une immortelle haine
Et qu'a mon seul genie, il doit la liberté
De cet écrit fameux, qui choqua sa fierté.
Il n'est plus entre nous d'égard qui nous retien-
ne :
Cette haine demande, ou sa mort, ou la mien-
ne ;
Je verrois par la paix mon espoir confondu ;
Et s'il ne périt pas, Clodoald est perdu.
D'ailleurs qui mieux que moi connoît Rome per-
fide ;
Ce n'est plus la vertu qui la regle ou la guide.
Trois fois Ambassadeur, je n'ai vû qu'un Senat
Injuste, factieux, avare, fourbe, ingrat.
Au peuple d'une part, tous les Grands sont con-
traires ;

Et les peuples aux Grands imputent leurs miseres;
Toujours prêts à verser le sang des Citoyens,
Cherchent pour s'afermir les plus afreux moyens.
Telle est aujourd'hui Rome : ainsi quelle assurance.
Mais ce bruit nous aprend que Marius s'avance...
La Reine l'accompagne, elle l'amene ici,
Et de ce que je crains, je vais être éclairci.

SCENE II.

MARIUS, MARSIDIE, GOTHARSIS, CLODOALD, CLEARQUE.

MARIUS.

POurquoi me presentez vos deux fils pour ota-
ges,
Madame, à votre foi, faut-il joindre des gages?
Pour vous prouver la mienne, en entrant dans ces
lieux,
Je viens de renvoyer ces enfans précieux.

MARSIDIE.

De ce trait genereux, je connois l'importance,
Et mon cœur à ma foi joint la reconnoissance.
Quel que soit de mon sort l'incertain avenir,
Ce cœur en gardera l'éternel souvenir.

Ils s'asséyent:

Quelle raison, Seigneur, necessaire à l'empire,
A vous, à Marsidie, en ce camp vous attire?
Et pour un entretien, pourquoi suspendez-vous
L'espoir de vos progrès, & mon juste couroux?

MARIUS.

Le seul plaisir de voir l'illustre Marsidie,
Pourroit justifier ma curieuse envie,
Madame ; mais du moins quand je m'offre à vos
    yeux
Ne me regardez pas en vainqueur odieux.
Si de quelques Romains la fureur inhumaine
Peut avoir attiré votre implacable haine ;
Et si le Ciel permet que vous les punissiez,
Tous ne méritent pas que vous les haïssiez.

MARSIDIE.

Je hais Rome & le dois, j'en abhorre le crime ;
Mais cette même horreur vous prouve mon estime,
Quand sur votre vertu m'exposant à vos yeux ,
Je ne vous confonds point dans un peuple odieux.
Sur lui j'ai dû venger par d'équitables armes
Le sang de Radaguaise , & mes funestes larmes.
Je marchai , je vainquis , je remplis mon devoir :
Mais votre astre fatal renversa mon espoir :
Et sous votre ascendant , faisant fléchir ma gloire
Vous vîntes de mes mains arracher la victoire.
Depuis j'ai toujours vû par vos heureux destins,
Vaincre de mon époux les cruels assassins.
Mais ne me croyez pas au fond du précipice,
Le Ciel se lassera de me faire injustice ;
J'ai reçu du Saxon le secours attendu ,
Et je puis regagner plus que je n'ai perdu.
Un combat peut changer mes cruelles disgraces ,
Je ne m'allarme plus de vos fieres ménaces.
Et peut-être le Ciel de votre éclat jaloux ,
En fera plus pour moi , qu'il n'en a fait pour vous.

MARIUS.

Je ne viens point ici pour aigrir nos querelles.
J'entre quoiqu'ennemi dans vos peines cruelles ;
Et bien loin d'approuver de coupables forfaits ,
Je viens pour vous offrir une solide paix.
A des maux dont je crains une suite terrible ,
Malgré votre fierté , montrez-vous plus sensible.

K v.

Soyons sur cette paix, vous & moi convaincus
Qu'elle est douce aux vainqueurs, necessaire aux
vaincus;
Que plus on croit pouvoir soutenir une guerre,
Plus il est glorieux d'en délivrer la terre;
Que la plus équitable enfin par sa longueur
Degenere souvent en coupable fureur,
Et qu'il est glorieux, lorsqu'on nous le propose
Pour en trouver la fin, d'en oublier la cause.

CLODOALD.

Du secours des Saxons notre espoir affermi,
Se flate que des mains d'un puissant ennemi,
Nous pourvons arracher la fortune constante.

MARIUS.

Le succès répondit toujours à notre attente.
Par un combat perdu, je recule d'un pas;
Mais si vous le perdés, que ne risqués-vous pas?

MARSIDIE.

Si le Ciel à mes vœux accorde la victoire,
Je trouverai la paix dans le sein de ma gloire,
Et celle-ci pourroit me reprocher, Seigneur,
Que je ne la devrois qu'aux bontés du vainqueur.
Mais si des Dieux jaloux, la fatale injustice
Veut que sous votre bras une Reine périsse;
Du moins sur mon devoir, j'aurai tout accompli,
De mon fidele cœur de mon époux rempli,
L'allant joindre au tombeau par cette route ouverte,
Chargera les Destins du crime de ma perte.

MARIUS.

Je plains mes ennemis lorsqu'ils sont abbatus,
Et sçais dans vos malheurs respecter vos vertus;
C'est pour les reverer, que je suspends mes armes;
Mon but est d'essuyer vos précieuses larmes.
Je vous offre la paix avec sincerité,
Et veux que votre gloire y soit en sureté.

CLEARQUE.

Si la Reine peut voir sa gloire satisfaite,
Elle doit consentir à la paix qu'on souhaite.

CLODOALD.

Mais comment mettra-t-on par un indigne accord,
L'oubli de la vengeance & la gloire d'accord?

GOTHARSIS.

Si le grand Marius au fort de sa victoire
Sçait accorder la paix avec sa propre gloire;
La Reine ne peut-elle ainsi que les Romains,
S'ouvrir à cette paix de glorieux chemins.

CLODOALD.

Du sang de son époux la voix toujours criante…..?

MARIUS.

De cet époux chéri l'ombre sera contente.
Mais pour l'évenement que je me suis promis,
Je ne dois point m'ouvrir à des yeux ennemis,
Madame,& mes projets veulent un cœur fidele.

CLODOALD.

Quoi, Seigneur !

MARSIDIE.

Clodoald je connois votre zél
Et le grand Marius ne doit pas s'offenser
De l'excès où pour moi vous osés le pousser ;
en se levant.
Seigneur, en Gotharsis je prens toute assurance;
Il a de votre cœur gagné la confiance :
Sans crainte faites-lui vos propositions,
Et vous sçaurés après mes resolutions.

SCENE III.

MARIUS, GOTHARSIS.

MARIUS.

PRince, que de vertus & que de grandeur d'ame !
Je vois tout le heros, dans le cœur d'une femme,
Ce merite étonnant, rend mes sens interdits,
Et l'éclat de sa gloire accable mes esprits.
Cent fois je l'avois vûë à travers la poussiere,
M'éblouïr, me charmer de sa vertu guerriere :
Et faire succomber de morts & de blessés
Sous ses puissans efforts les amas entassés.
J'admirois dans son sexe une force invincible,
Un courage indomptable, une fierté terrible,
Des yeux qui triomphoient dans le feu des combats;

GOTHARSIS.

Vous ignorés, Seigneur, ses plus puissans appas :
Elevée au dessus de son sexe & du nôtre,
Elle unit les vertus, & de l'un & de l'autre.
Sage dans ses conseils, ferme dans ses projets,
Magnanime, elle fait l'amour de ses Sujets.
Son ame est sans orgueil, son cœur sans artifice;
Femme sans passion, Reine sans injustice,
Employant tour à tour, & mêlant quelque fois,
La douceur de son sexe à la fierté des Rois.

MARIUS.

Cessés Prince, cessés d'en dire davantage,
N'ajoutés plus de traits à sa brillante image,
Dans le fond de mon cœur, je les ai tous gravés;
Et j'en sçai, Gotharsis, plus que vous n'en sçavés.

GOTHARSIS.
Que dites-vous, Seigneur?
MARIUS,
De l'aveu de la Reine,
Je puis vous déclarer le sujet qui m'amene.
Mais Prince, est-il besoin de vous ouvrir mon sein,
Et ne pouvez-vous pas penetrer mon dessein?
Ma flamme dans mes yeux se trahit elle-même,
Et je ne puis cacher, Gotharsis, que je l'aime.
GOTHARSIS.
Vous l'aimés!
MARIUS.
Je l'adore, & ne suspends mon bras
Que pour sacrifier ma gloire à ses appas.
Je viens, quand sa grandeur se renferme à Pavie,
Soumettre à ses vertus, & ma gloire & ma vie,
Et lorsque le Senat lui destine des fers,
La rendre triomphante aux yeux de l'Univers:
GOTHARSIS.
Ciel!
MARIUS.
Lorsque je m'ouvre à vous avec tant de franchise,
Prince, sur votre front, pourquoi cette surprise?
Me croyés-vous si peu dans mon rang absolu,
Que je n'ose achever ce que j'ai resolu.
GOTHARSIS.
Votre amour, je l'avoue, a de quoi me surprendre,
Et sans étonnement, je ne le puis apprendre;
Mais si c'est à vos nœuds, qu'il faut devoir la paix,
Le dirai-je, Seigneur, nous ne l'aurons jamais.
Aux mânes d'un époux, l'illustre Marsidie
Conserve son amour, & consacre sa vie,
Rien ne peut de son cœur effacer cet époux,
Et vous Romain, Seigneur, comment le pourriés-
vous?
MARIUS.
Ah! ne m'opposés point, de la part de la Reine,
Des sermens échapés dans l'feu de sa haine,

Ni des scrupules vains de constance & de foi ;
Vous les ferés cesser , si vous parlés pour moi.
Songés de quelle ardeur mon amour vous en prie,
Que j'ai tout hasardé pour vous sauver la vie,
Et que pour couronner cet excès de bonté ,
Mon cœur à ce bienfait joint votre liberté.
Prince je vous la rends ,& je romps votre chaine,
Proposés cet hymen à cette belle Reine,
Né pour gagner les cœurs, employés sur le sien
L'ascendant que le Ciel vous donne sur le mien;
Vous ne repondés point, d'où vient ce silence?

GOTHARSIS.

J'abuse trop, Seigneur, de votre confidence :
Pour n'être point ingrat, je vais être indiscret,
Et vos bontés enfin m'arrachent mon secret.
Je dois tout à vos soins , ma liberté , ma vie ;
Mais en vain votre amour attend que je l'appuie.
Ma probité, Seigneur, & mon trouble fatal
Ne peuvent plus long-tems vous cacher un rival.

MARIUS.

Vous Prince ! mon rival.

GOTHARSIS.

                    Je pouvois vous le taire,
Mais ma gloire, Seigneur, éxige un cœur sincere.

MARIUS.

Vous l'aimés !

GOTHARSIS.

        Oüi , Seigneur , mais quel sort est le mien!
Je l'aîme , je me tais , & je n'espere rien.
Sous un profond respect , ma flamme ensevelie
Laisse dans son repos l'illustre Marsidie.
Tous mes feux renfermés dans mon cœur malheureux
Ne vous opposent point un rival dangereux.
Craignés moins mon amour, que son ame infléxible ;
Vous verrés triompher sa constance invincible.
L'attaquer , c'est en vain irriter son courroux :
Et ne l'osant pour moi, le pourrois-je pour vous ?
Exigés-vous, Seigneur…

MARIUS.

                    Non, Prince, à votre zele
Je ne demande point cette épreuve cruelle;
Mais ne deffendés pas à mon cœur qui vous craint,
Le jaloux mouvement dont il se sent atteint.
Je connois à travers de votre modestie
Que la Reine ....

GOTHARSIS.

                    Ah! Seigneur, connoissés Marsidie.
Le plus fier des Mortels en peut être charmé;
Mais il doit renoncer à l'espoir d'être aimé,
De mes feux violents, plus je ressens l'atteinte;
Plus j'impose silence à ma contrainte.
Trembler à ses regards, soupirer en secret,
C'est tout ce que mon cœur hasarde & se permet.

MARIUS.

Vous l'aimés, il suffit; & quand en sa presence
Le respect à vos feux imposeroit silence,
Tout ce qu'elle vous doit lui parle assés pour vous,
Et c'est plus qu'il n'en faut pour me rendre jaloux.
Je ne demande plus qu'à vous-même infidele,
Vous soyez de mes feux l'interpréte auprès d'elle;
Mais je vais à ses yeux moins timide que vous,
Moi-même ouvrir un cœur abbatu sous ses coups.
A votre amour contraint, je ne veux rien deffendre,
Mais avant qu'à la Reine il se soit fait entendre,
Prince, consultez-vous, en ce fatal moment,
Plus comme son ami, que comme son amant.

* * *

SCENE IV.

GOTHARSIS, seul.

Dieux! qu'ai-je appris! j'aimois, & j'aimois sans
          me plaindre,
Si je n'esperois rien, je n'avois rien à craindre,

Falloit-il, juste Ciel ! oppofer à mes feux
Le plus grand des rivaux, & le plus dangereux.
Dans cet abîme affreux, faut-il que je périffe ?
Je vois de toutes parts s'ouvrir le précipice,
Et fi de Marius les vœux font confondus,
Peut-être d'un feul coup, nous fommes tous perdus.
Mais fi pour cette paix, mon cœur fe facrifie,
Je vous perds pour jamais, aimable Marfidie.
Faut-il dans le filence, enfevelir mes feux !
N'importe, faifons-nous un effort genereux.
Si Marius obtient ce que fon cœur efpere,
Dequoi me ferviroit un aveu temeraire ;
Et s'il ne l'obtient pas, & que les juftes Dieux
Nous faffent triompher d'un Vainqueur orgueilleux,
Mes fervices, mes foins, mon fang verfé pour elle,
L'inftruiront mieux que moi de mon amour fidele.
Et cet amour éxige en ce moment fatal,
Que je fonge à fa gloire, & non à mon rival.

Fin du fecond Acte.

ACTE III.

SCENE PREMIERE.

MARSIDIE, MARIUS, CEPHISE.

MARSIDIE.

Qu'avez-vous dit, Seigneur, & quel est ce myſ-
    tere ?
Gotharſis à mes yeux affecte de ſe taire.
Quels ſont donc vos deſſeins ? quels ſont donc vos
    projets ?
Dois-je ſeule ignorer les motifs de la paix ?

MARIUS.

Il auroit pû, Madame, après ma confidence,
Vous dire mes deſſeins & rompre le ſilence ;
Mais puiſqu'il faut moi-même expliquer aux yeux
Le ſujet important qui m'amene en ces lieux,
Aprenez que mon cœur ſoumis à votre vûë,
Ne pretend point ici vous traiter en vaincuë ;
Ni paré de l'orgueil d'un éclatant pouvoir,
Vous impoſer des loix que je viens recevoir.
Bien loin de vous borner à votre Diadême,
Je viens à vos efforts ſoumettre Rome même,
Adorer vos beaux yeux, & me rendre à leurs coups,
Venger par mon hymen la mort de votre époux,

D'un Senat qui vous hait, faire votre conquête ;
Et de tous mes lauriers couronner votre tête.
Voilà de cette paix le glorieux projet,
Madame, & le motif du grand pas que j'ai fait.

MARSIDIE.

D'un cœur que vous troublez, pardonnez la sur-
    prise,
Vous m'offrez votre hymen pour cette paix promise;
Mais sçachant qui je suis, sçachant à qui je fus,
Avez-vous pû douter de mon juste refus.
Rome avec une Reine est trop incompatible,
Elle met à vos feux un obstacle invincible.
La severe rigueur de vos superbes loix,
Nous fait un crime affreux de vous mêler aux Rois,
Voulez-vous de vos feux justement irritée,
Porter à la revolte une insolente Armée;
Animer le Senat contre moi & contre vous,
Et de tous vos égaux exciter le courroux?

MARIUS.

Je ne m'allarme point de la haine de Rome,
Elle n'a plus de loix, que la voix d'un seul homme;
Mes fieres Légions, sous mon nom respecté,
En ont enfin soumis l'indocile fierté,
Tout m'y craint, sous mes pas la fortune constante,
Couronne mes travaux d'une gloire éclatante ;
Et si de vos vertus ils étoient appuyez,
Ah! nous verrions bien-tôt l'Univers sous nos pieds.

MARSIDIE.

Je sçais que la fortune à vos vœux favorable,
Vous a rendu, Seigneur, à Rome redoutable.
Je sçais à quel excès de gloire & de grandeurs,
Vous avez du destin ressenti les faveurs ;
Mais de quelque respect que Rome vous honore,
Elle couve des feux qui vont bien-tôt éclore.
J'estime vos vertus, & mon sort sera doux,
Vous ayant pour ami, mais non pour époux:
Et quand même à mes loix on soumettroit la terre
A vos conditions je prefere la guerre.

MARIUS.

Ah! craignez d'irriter les hommes & les Dieux,
En refufant, Madame, un deftin glorieux,
Avant que de ce Camp, je paffe à mon armée,
Songez de quelle ardeur mon ame eft enflammée;
Ce que je puis pour vous, ce que j'offre à vos yeux,
Et du fort de vos fils quel eft l'état douteux.

MARSIDIE.

Non, je n'ignore pas que dans cette journée,
Dans les fers des Romains, je puis être enchainée;
Et que malgré mes foins, le hafard des combats
Peut me faire plier, Seigneur, fous votre bras.
Mais les mains dans les fers, & l'ame toujours libre,
Je verrai fans frayeur & vous & votre Tibre.
A mon fatal deftin, s'il me faut obéir,
La honte eft pour les Dieux qui m'auront fçu
    trahir.
Oui, Seigneur, fi fur moi vous avez la victoire,
Je ne puis aux Romains montrer que de la gloire;
Et dans le fort cruel qui pourra m'accabler,
Ils ne verront qu'un bras qui vous a fait trembler.
Mon nom rendra pour vous cette pompe honteufe,
A l'abri des vertus qui me rendent fameufe.
En Reine, je fuivrai le Char de mon Vainqueur,
Et verrai les Romains rougir de mon malheur.

MARIUS,

Madame, penfez-y, ce cœur qui vous adore,
Pour fe livrer à vous, n'a qu'un moment encore;
C'eft à vous à choifir, de me voir en ces lieux
Animé de vengeance, & Vainqueur furieux,
Ravager votre état, moi-même le détruire;
Ou tout rempli d'amour, vous rendre votre Empire,
Vous faire triompher, en vous donnant ma foi,
Aux yeux de l'Univers, & de Rome & de moi.
J'apperçois Clodoald, avec lui je vous laiffe,
Sur tout demeflés bien fa haine & fa fageffe,
Et je viendrai dans peu, Madame, pour fçavoir
Si je dois écouter l'amour ou mon devoir.

SCENE II.

MARSIDIE, CLODOALD, CEPHISE.

MARSIDIE.

Approche Clodoald, viens foulager ma peine ;
Et donner les confeils que tu dois à ta Reine.
Marius fur la paix vient enfin de parler,
Tout autre que mon cœur auroit pû chanceler,
Et ne pas fe borner à fon refte d'Empire,
En voyant à fes pieds un Conful qui foupire,

CLODOALD.

Qu'entens-je l Marius. . . .

MARSIDIE.

Qne me confeilles tu ?

CLODOALD.

Qu'il faut qué votre efpoir foit dans votre vertu.
Madame, des Saxons, vos troupes foutenuës,
Font retentir des cris qui vont percer les nuës ;
Tout brûle, tout afpire à combattre pour vous,
Et l'on voit dans leurs yeux un genereux couroux,
Jamais un fi beau feu n'enflamma votre armée,
Profitez de l'ardeur dont elle eft animée,
Madame, & rejettez des offres dont je voi
Et l'artifice adroit, & la mauvaife foi.
Par cet hymen flateur, le Conful ne refpire
Que d'unir par fes nœuds votre Sceptre à l'Empire.
Comptez pour vos enfans tous vos Eftats perdus.
Auffi-tôt qu'avec Rome ils feront confondus ;
Par un combat perdu, Marius perd fa gloire,
Et votre hymen fans peine acheve fa victoire.

MARSIDIE.

Mé croyois-tu jamais capable d'écouter
Cet hymen odieux qu'on m'ose presenter ?
Son faux éclat n'a point ébranlé mon courage ;
Mais je voulois encore y joindre ton suffrage.
C'est assez & des Dieux implorant la faveur,
Je vais tout disposer pour vaincre mon Vainqueur.

SCENE III.

CLODOALD, seul.

Dieux ! quel trouble m'agite, & que viens-je
d'entendre ?
Previens ce coup fatal qui pourroit te surprendre,
Clodoald, le temps presse, il faut executer.
D'un espoir indiscret, n'allons point nous flatter ;
Dans cette occasion, il faut, par ma prudence,
Servir, venger la Reine, & mieux qu'elle ne pense.
Si son devoir severe est exact à sa foi,
Je sçais ce que je dois aux enfans de mon Roi.
Radaguaise a peri par une main perfide ;
Je le vis expirer sous un fer parricide,
Et pour braver son sang un vainqueur orgueilleux,
Qu'éleva dans son rang un Peuple factieux,
Et qui de tant d'Etats ne nous laisse d'azile,
Que les foibles remparts d'une tremblante ville,
Cet éclos du néant, l'ouvrage du destin,
Ose offrir à la Reine une insolente main.
Le coup est resolu pour expier son crime,
Rome ne me doit pas une moindre victime.

Ce revers imprévû rompra tous ses projets.
Sçachons pour mon dessein, si nos Saxons sont prêts,
Et si Clearque.... Il vient.

SCENE IV.

CLEARQUE, CLODOALD.

CLEARQUE.

SEigneur, tout se dispose
Pour l'effort qu'à mon bras votre prudence impose;
Et les mille Saxons que vous m'avez marquez.
Sous les portes du Camp viennent d'être embarquez.
Mais plus je réfléchis sur ce grand sacrifice.....

CLODOALD.

Empêchons, s'il se peut, que l'Etat ne perisse,
Clearque, consommons cette grande action.
Sur un coup resolu plus de reflexion;
Et si pour disculper la Reine, il faut ma tête;
Je l'immole à l'Etat & la tiens toute prête :
Si ma haine imprudente osoit la pressentir,
Tu sçais que sa vertu n'y pourroit consentir;
Mais il faut qu'un Ministre intrepide, fidele,
Sous des scrupules vains, n'étouffe point son zele;
Et que pour mesurer, & son zele & sa foi,
L'interêt de l'Etat soit sa regle & sa loi.
Il est certains momens où tout est legitime,
Ce n'est que le succès qui décide du crime.
Une lâche vertu donne un foible secours,
Et les crimes heureux s'applaudissent toûjours.

CLEARQUE.

Vous n'avez pas befoin d'irriter mon courage,
Mon zele dès long-temps à vous fervir m'engage.
Allons, Seigneur, montrons que l'on ne peut jamais,
Sans de grandes vertus, tenter de grands forfaits.
Mais je vois Gotharfis.

SCENE VI.

GOTHARSIS, CLODOALD, CLEARQUE.

GOTHARSIS.

La paix eft-elle faite?
Marius obtient-t-il ce que fon cœur fouhaite?
A-t-il vû Marfidie, & faut-il aujourd'hui
Combatre le Conful, ou le voir notre apui?

CLODOALD.

Prince, de fes fecrets le feul dépofitaire
Vous en auroit-il fait un criminel miftere?
Il a vû Marfidie, & la Reine, Seigneur,
Se prepare à combatre un orgueilleux vainqueur.

GOTHARSIS.

Ah! mon cher Clodoald, mon cœur enfin refpire;
Hélas! que je craignois que fe laiffant féduire
Aux charmes trop flateurs d'un vainqueur gene-
     reux,
La Reine n'accordât cette paix à fes vœux.

CLODOALD.

Ce changement, Seigneur, a de quoi me furprendre;

Tantôt à cet accord vous paroissiez vous rendre ;
Trop ami du Consul pour mépriser ses loix,
A ses desseins secrets vous donniez votre voix.

GOTHARSIS.

Ah ! je ne sçavois pas, Clodoald que son ame,
Ressentoit pour la Reine, une secrete flamme ;
A sa seule vertu j'attribuois la paix,
Et je ne comptois pas l'amour dans ces projets.
Mais puisque contre lui, la Reine se déclare,
Qu'à combatre aujourd'hui, son grand cœur se pré-
      pare,
Clodoald, je sens ranimer mon espoir ;
Pour vaincre ou pour mourir, je ferai mon devoir.
Je dois à Marius la liberté, la vie ;
Mais je dois en ce jour mon sort à Marsidie.

SCENE V.

CLODOALD, CLEARQUE.

CEt éclatant transport désille enfin mes yeux ;
J'entrevois son amour. Pourrois-je, justes Dieux !
Mais, non, défions-nous du Prince & de la Reine,
Et n'employons que nous pour servir notre haine.
Cher Clearque, mon cœur qui se fie à ta foi
Du succès qu'il attend, se repose sur toi.

Fin du troisiéme Acte.

ACTE IV.

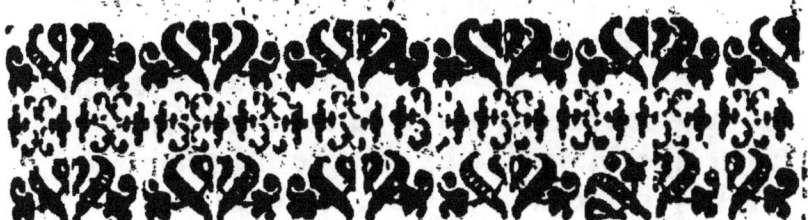

ACTE IV.

SCENE PREMIERE.

MARIUS, FULVIUS.

FULVIUS.

Oui, Seigneur, tout le Camp frémit de votre
    absence,
Il se laisse emporter à son impatience ;
Et son zele pour vous éclate avec fureur :
Mille cris redoublez vous demandent, Seigneur,
Et sous leurs Etendarts, vos Troupes toutes prêtes
Veulent, malgré leurs Chefs, s'avancer où vous êtes,
Que seroit-ce grands Dieux, si d'un œil attentif,
De ce pas surprenant, ils perçoient le motif.
Et si Rome qui tient tant de Rois à la chaine,
Comme moi vous voyoit dans les fers d'une Reine ;
Songez-vous à l'horreur qu'en auroient les Romains,

MARIUS.

Contre ces feux, ami, tous tes efforts sont vains,
Fulvius, à mes vœux le Ciel plus favorable,
Ne défend point d'aimer ce qu'il a fait d'aimable.

L

FULVIUS.

l'épouser !

Vous voulez MARIUS.

Je le veux, je le puis.

Hé ! que ne veut-on pas en l'état ou je luis.
Depuis que Marsidie est l'objet de ma peine,
Me suis-je démenti de la vertu Romaine ?
Pour me faire un destin plus grand, plus glorieux,
Au dessus de mon sort, je ne vois que les Dieux.
Tout répond à mes vœux, mais je renonce à Rome,
Si pour être Romain il faut cesser d'être homme.
Contre ses ennem s ai-je moins combatu,
Et mes feux ont-il fait obstacle à ma vertu !
N'en parlons plus,

FULVIUS.

Seigneur, n'imputez qu'à mon zele
Ce que j'ose permettre à mon respect fidele,
Ce seroit vous trahir que de dissimuler ;
Et votre interêt seul me force de parler.
Par d'immenses vertus que l'Univers admire,
Vous vous êtes rendu le soutien de l'Empire.
Voulez vous, immolant votre gloire à l'amour,
Voir tant d'heureux travaux, détruits en un seul
        jour.
Cet amour violent, dont je vous vois séduire,
A détruit des Heros qui pouvoient nous détruire.
Marius, ne peut-il former des nœuds plus doux ?
Rome n'a-t-elle rien qui soit digne de vous?
Tant de rares beautés d'une illustre naissance,
Tant de puissans Romains briguent votre alliance,
Lorsque la seule guerre armera votre bras
D'un refus general ils ne se plaindront pas ;
Mais que dira Silla, quelle suite funeste
Peut avoir un amour que Rome deteste.
Pardonnez-moi, Seigneur, je sçai vous obéïr:
Mais en lâche flateur, je ne puis vous trahir :
De ce fatal amour éteignez les amorces.

MARIUS,

De ce fatal amour que tu sçais peu les forces !
J'applaudis à ton zele, & j'en suis convaincu ;
Mais plus tu me combats, & moins je suis vaincu;
Cependant je te suis. Pour soulager ma peine,
Laisse-moi voir encore cette divine Reine.
Je l'attens, & je viens de la faire avertir ;
Que je viens en ce lieu lui parler, & partir.
Va calmer de mon camp l'indiscrette furie,
Je marche sur tes pas. On vient, c'est Marsidie.

SCENE II.

MARIUS, MARSIDIE, GOTHARSIS, CEPHISE, Suite.

MARIUS.

A L'aspect des malheurs qui vont vous accabler,
Madame, votre cœur ne peut-il s'ébranler ?
Vos Etats révoltez, le bonheur de mes armes,
D'un peuple qui périt, les soupirs & les larmes,
Ces restes de remparts, étonnez, chancelans,
Le déplorable état de vos tendres enfans,
Et l'éclair que va suivre un dernier coup de foudre,
Tant de puissans motifs n'ont-ils pû vous resoudre ?
Voulez-vous preferer le hasard de vos fers
A la gloire de voir à vos pieds l'Univers ?
Ce n'est point par les traits des tendresses vulguaires
Que je viens à vos yeux peindre mes feux sinceres.
Madame, mes lauriers & mon cœur sont à vous;

L iij

C'est un aveu plus simple, & qui vous seroit doux
Si vous n'oposiez pas à l'ardeur de ma flamme
Un penchant plus puissant dans le fond de votre ame.

MARSIDIE.

Cet offençant soupçon, ce trait injurieux,
Peut-il sans m'outrager éclater à mes yeux ?
Si de quelque penchant, je ressentois l'a teinte
Qui pourroit m'obliger à cette lâche feinte ?

MARIUS.

Ah! ces soupçons, ici me sont trop éclaircis ;
Puisque pour mon rival, je connois Gotharsis.

GOTHARSIS.

Que dites-vous, Seigneur!

MARSIDIE.

Quel aveu temeraire !

MARIUS.

Vainement il affecte à mes yeux de se taire :
Il vous aime, Madame, & mon ardent amour
N'a que ce seul obstacle à combatre en ce jour.
Si ce Prince, un moment, oublioit qu'il vous aime,
Aux nœuds que je propose il soucriroit lui même,
Et son zéle aprouvant notre hymen & la paix,
Sceleroit de son sang l'offre que je vous fais.

GOTHARSIS.

Tout mon sang est voué, Seigneur, à Marsidie ;
Et si pour son repos, il ne faut que ma vie,
Du coup dont vous pourriez me donner le trépas
Je mourois à ses pieds, & ne m'en plaindrois pas.
Madame, dans vos yeux, je vois votre colere ;
Malgré moi, Marius me force à vous déplaire.
Sous un profond respect, étouffant mes désirs,
Mon cœur vous a caché jusqu'aux moindres soupirs.
Oui, dès l'instant fatal que je connus vos charmes,
Epris de vos vertus, je vous rendis les armes ;
Et sans me prévaloir de l'aveu d'un époux,
Je vous donnai mes soins, & je n'aimai que vous.
Mais malgré le pouvoir de ces traits que j'adore,
Malgré tout mon amour, je me tairois encore ;

Si Marius ceſſant d'être ami genereux,
En rival trop cruel, n'eut declaré mes feux,
Vous avez fait connoître, & ma flamme, & la vôtre
A la Reine, Seigneur, immolôns l'une & l'autre;
Et que chacun de nous, privé d'un doux eſpoir,
Etouffe ſon amour pour ſuivre ſon devoir.

MARSIDIE.

Quel funeſte demon, quelle aveugle furie,
Vous contraignent tous deux d'offenſer Marſidie?
Maitreſſe de mon ſort, maitreſſe de mon choix,
Je ſçaurai me vanger de vous deux à la fois,
Seigneur, un même ſang coule au fond de nos veines,
C'eſt ſon bras qui trois fois me ſauva de vos chaînes,
Il eſt ſeul aujourd'hui l'apui de mes Etats,
La terreur des Romains, l'amour de mes ſoldats;
Et s'il faut à vos yeux en dire d'avantage,
Radaguaiſe en mourant lui donna ſon ſuffrage:
Et cependant, Seigneur, n'en ſoyez point jaloux,
Tout ſon mérite cede à l'ombre d'un époux;
Et c'eſt pour le vanger que mon bras prend les armes.

MARIUS.

Mais cet époux, Madame, eſſuiera-t-il vos larmes,
Quand un foudre porté de mes tremblantes mains
Vous mettra, malgré moi, dans les fers des Romains?
D'un époux au tombeau laiſſez l'ombre tranquile;
Et quand pour ſes enfans je vous offre un azile,
Les riſquer à ſe voir chargez de fers honteux,
Croyez-vous bien remplir votre zéle & ſes vœux?
S'il en fait aux enfers pour de ſi cheres têtes,
Ses ſouhaits ſont de voir diſſiper vos tempêtes;
Et qu'au ſort, où ſon cœur avoit tant aſpiré,
A ſon ſang glorieux ma main ouvre un degré.

MARSIDIE.

La victoire pour vous, n'eſt pas encore certaine,
Elle vous coûtera du ſang & de la peine:
Et puiſque pour la paix il faut vaincre ou mourir,
Peut-être qu'à mon tour je pourrai vous l'offrir,
Je ſuis prête, Seigneur, & bien-tôt ſur nos plaines

Je previendrai le vol de vos aigles Romaines,
Et j'irai recevoir, dans vos rangs enfoncez,
Ou vous porter les fers dont vous me menacez.
Etouffez donc, Seigneur, une lâche tendresse,
Aux vulgaires mortels laissons cette foiblesse.
Des héros tels que vous, des Reines comme moi,
Dans une autre carriere ont un plus noble emploi ;
N'occupons nos grands cœurs que de la seule gloire.

                MARIUS.

Eh bien, il faut, Madame, achever ma victoire,
Ma gloire la demande, il faut vous conquerir,
Mais ce que vous perdez, puis-je vous l'offrir ?
Je tremble, je fremis de ce coup qui s'approche ;
A ma vertu, Madame, épargnez le reproche.
General des Romains, je ferai mon devoir,
Et mon funeste amour sera mon desespoir.
J'ignore à quel excés ira votre disgrace ;
En puissent tous les Dieux adoucir la menace,
Et vous faire plutôt, dans ce dernier malheur,
Aprouver mon amour, qu'éprouver ma valeur.
Adieu, vous me verrez dans le sort déplorable,
Aussi sensible amant, qu'ennemi redoutable.
Et vous, Prince, unissez vos efforts à ses coups,
pour défendre son cœur contre un rival jaloux.

                MARSIDIE.

Nous nous verrons, Seigneur, au plus tard dans une
      heure.

                GOTHARSIS.

Madame.

                MARSIDIE.

            Dans ces lieux tandis que je demeure ;
Soutenu de ma garde, allez à Marius
Rendre tous les respects qu'on doit à ses vertus.

SCENE III.

MARSIDIE, CEPHISE.

MARSIDIE.

C'Est à présent qu'il faut de la seule victoire
Attendre le succès dont se flatoit ma gloire.
On se range en bataille, & par des cris pressans
Tout répond à l'ardeur du beau feu que je sens.
Peut-être enfin, les Dieux sensibles à mes larmes,
D'un succès favorable, appuieront-ils mes armes.
Et cependant hélas ! tel est mon triste sort,
Que je devrois plutôt leur demander la mort.

CEPHISE.

Vous, Madame !

MARSIDIE.

Ah, pourquoi rompois-tu le silence !
Je fondois mon repos sur ton indiférence.
Sans troubler cette paix, que ne me laissois-tu
Jouïr de la douceur de toute ma vertu ?
Ah Cephise ! pardonne au trouble qui m'agite,
Et plains l'état funeste où tu me vois réduite.

CEPHISE.

Le Prince Gotharsis. . .

MARSIDIE.

Est plus à redouter,
Que tous les ennemis que je cherche à dompter.
Tu sçais par un secours genereux & sincere,
Tout ce qu'en ma faveur Gotharsis a sçû faire.
Par quels fameux exploits sa fidele valeur

L iiij

Apuya mes projets, & soutint mon malheur.
Sans lui, déja peut-être aux Romains asservie,
Je serois dans les fers, & peut-être sans vie.
Mais hélas, où m'emporte un fatal souvenir !
A quel point, ô vertu, allois-je vous ternir !
Ombre à qui d'un serment le fort lien m'attache,
Non, tu ne verras point Marsidie assés lâche,
Non tu ne verras point sur sa foi triompher
Un feu que pour toi seul elle veut étoufer.
Cephise, de ta Reine aime assez la memoire,
Pour cacher un secret qui terniroit sa gloire.
Appellez Clodoald, qu'il me fasse sçavoir,
Si par tout, sur mon ordre, on est dans le devoir,
Mais il vient.

SCENE IV.

MARSIDIE, CLODOALD, CEPHISE, Suite.

CLODOALD.

Tout est prêt, Madame, & votre armée
Jamais d'un si beau feu ne se vit animée.
Nous allons vous venger, & par de justes coups
Rome va satisfaire au sang de votre époux.
Oui, Madame, voici l'importante journée,
Qu'au plus grand des revers le Ciel a destinée.
Ce moment que j'avois tant de fois demandé,
Ce moment par les Dieux à mes vœux accordé,

Ce moment qui va faire éclater leur justice.

MARSIDIE,

Ah Clodoald ! le Ciel est-il toujours propice ?
Et sur de justes vœux voit-on toujours d'accord
Les équitables Dieux avec l'injuste sort ?

CLODOALD.

D'un succès surprenant, sur la foi de mon zele,
Prenez en ce moment un augure fidelle:
Peignez-vous Marius, & ses destins écrits
Dans Cyrus qui succombe aux pieds de Thomi-
ris.

MARSIDIE.

Je ne demande point ni son sang ni sa vie ;
La gloire de le vaincre, est toute mon envie.
Je ne dois point ses jours, aux mânes d'un é-
poux,
Rome, la seule Rome, excite mon couroux.
Allons, cher Clodoald, courons à la vengeance :
A mes braves soldats, faisons par ma presence....
Mais que veut Gothasis ?

SCENE V.

GOTHARSIS, MARSIDIE, CLODOALD, CEPHISE, Suite.

GOTHARSIS.

PRepatez votre esprit
Au plus noir des forfaits, Madame, je fremis.
De cet horrible trait pour vous peindre l'image,
Ma surprise à ma voix, laisse à peine un passage.
Le Consul sous un fer, par mon bras détourné,
Sans moi, sans mon secours, tomboit assassiné.

MARSIDIE.

Marius ! & quel traître auroit pû par ce crime....

GOTHARSIS.

J'en ai rendu le chef, la premiere victime.
Clearque, sous mes coups, a d'abord expiré,
Mais de l'affreux complot le reste est ignoré.

MARSIDIE.

Quel monstre détestable à pû dans sa furie,
Contre une foi sacrée attenter à sa vie;
Et ternir mon courage aux yeux de l'univers,
D'un soupçon plus honteux que mes fameux revers?

GOTHARSIS.

Mille de nos Saxons, conduits par ce perfide,
Devoient executer ce complot parricide.
Cent Gardes m'appuyoient, dont les coups furieux
Ont bien-tôt dissipé ces traîtres à mes yeux.

Clearque le premier, plein d'une aveugle rage,
Cherchant vers le Consul à se faire un passage,
S'est trouvé sous mon bras ; & de mon fer percé,
En a reçû le coup dont je l'ai renversé.
Tout s'écarte, je prends une troupe plus forte :
Le Consul aussi-tôt retrouve son escorte,
M'embrasse ; & s'expliquant sur cette trahison,
En fait sur le Saxon tomber tout le soupçon,

MARSIDIE.

Est-ce assez pour ma foi, que son ame équitable
D'un si lâche attentat me connoisse incapable ?
Trahi, dans le moment qu'il se livre en mes mains,
Assassiné chez moi, que diront les Romains ?
Faut-il qu'un faux dehors impute à Marsidie
D'un si lâche forfait la noire perfidie ?

CLODOALD.

Calmez sur vos soupçons un légitime éfroi.
Je connois le coupable.

MARSIDIE.

O Ciel ! & qui ?

CLODOALD.

C'est moi.

MARSIDIE.

Vous traître !

CLODOALD.

Si ce coup vous paroît temeraire,
Je le trouve trop beau & trop juste pour le taire.
Je dois à vos vertus cet aveu que j'en fais ;
Mais mon crime est d'avoir manqué dans le succés.
Et lorsque je pretends cet effort legitime,
Ce n'est point pour sauver une juste victime.
La Reine est offencée, & tout mon sang est dû
Aux soupçons qui pourroient faire ombre à sa vertu :
J'ai dévoué ma tête, & d'une ame intrepide,
J'attens que de mon sort sa colere décide.
Et dans ce coup fatal, si j'ai du repentir,
C'est que votre valeur l'en ait pû garentir.
Pour délivrer l'Etat, pour venger Marsidie,

L vj

Du cruel Marius je leur devois la vie.

MARSIDIE.

Favori temeraire , & Ministre sans foi,
Indigne des bienfaits que j'ai versez sur toi,
Va cacher ton forfait dans le fond de Pavie ;
Tandis que ma valeur hazardera ma vie.
Et des Dieux indignez , ne viens point contre nous ;
Par ta lâche presence , irriter le couroux.
Je dois à ma vertu ta tête pour victime,
Ton sang peut seul laver ton détestable crime ;
Je marche à Marius , quand nous l'aurons défait ,
Perfide ton supplice en sera plus parfait,
Et je t'immolerai dans ma juste vengeance ,
Plus à mon ennemi , qu'à ma propre innocence.
Qu'on le conduise au fort. Allons Prince il est tems,
Mes soldats percent l'air de leurs cris éclatans ,
Menageons des momens dont le Ciel est avare ,
Et voyons à la fin , quel sort il nous prepare.
C'est un grand jour pour moi : rendez-le, justes Dieux,
Le dernier de ma vie , ou le plus glorieux.

Fin du quatrième Acte.

ACTE V.

SCENE PREMIERE.

MARIUS, FULVIUS.

FULVIUS.

TOut est vaincu, Seigneur, & le Cimbre en dé-
route ;
Des remparts de Pavie a pris enfin la route,
La Reine n'a sauvé que de foibles débris ;
On va vous amener le Prince qu'on a pris ;
Tout fuit, ou tout se rend, & l'on voit dans leur
tente,
Briller de toutes parts vos aigles triomphantes.

MARIUS.

La victoire est à nous, nous n'en pouvons douter ;
Mais quel sang, justes Dieux, vient-elle de coû-
ter !
Sous les puissans efforts de l'invincible Reine,
Trois fois j'ai vû plier la fermeté Romaine,
Trois fois la foudre en main, les éclairs dans les
yeux ;

Sa valeur entre nous a balancé les Dieux.
Et son bras eut enfin forcé la destinée,
Si ce lâche Saxon ne l'eut abandonnée.
Quels prodiges d'ailleurs n'a point fait Gotharsis ?
Je l'ai vû jusqu'au fond de mes rangs éclair.is,
Et tout prêt d'enchaîner mes legions captives,
Poursuivre & renverser nos aigles fugitives.
Nous nous cherchions tous deux ; mais malgré nos
     efforts
Des torrens de fuyars, des montagnes de morts,
Où le sort s'opposant à notre ardeur trompée,
Avec lui je n'ai pû mesurer mon épée.
Mais il vient : qu'on me laisse, après tant de va-
     leur,
D'un illustre ennemi, partager la douleur.

SCENE II.

MARIUS, GOTHARSIS.

MARIUS.

Vous voilà retombé, Prince, sous ma puissan-
    ce,
L'heureux destin de Rome emporte la balance :
Car enfin aujourd'hui, je ne me flate pas
De devoir mon triomphe à l'effort de mon bras.
Si la seule valeur enchaînoit la victoire,
La vôtre des Romains eut effacé la gloire.
Quelle que soit Seigneur, notre rivalité,
Je ne puis vous ceder en generosité.

Votre main m'a sauvé d'un attentat perfide,
Et quoiqu'en ce moment vous n'ayez pris pour gui-
　de,
Que la seule vertu, qui conduit les grands cœurs,
Je mériterois peu ma gloire & mes honneurs,
Si lors que votre bras a garanti ma vie,
La vôtre à ses vainqueurs demeuroit asservie.
Ainsi bien loin, Seigneur, de vous donner des loix
Vous êtes libre ici pour la seconde fois.

GOTHARSIS.

Ne croyez pas, Seigneur, qu'une fatale flamme,
De ce que je vous dois, puisse affranchir mon ame :
Et quoique nous brûlions tous deux des mêmes feux
Je ne puis voir en vous, qu'un ami genereux.

MARIUS.

Marsidie à ses feux preferant votre chaîne. …

GOTHARSIS.

N'insultons point, Seigneur, au malheur de la Reine.
Pavie est libre encore, & peut-être les Dieux
Par elle arrêteront vos exploits glorieux.

MARIUS.

Si contre ses remparts tout marche en diligence,
Que peut-elle oposer qu'une foible défense ?
Le temps est precieux, les Cimbres enfermez
Ne pourront arrêter mes soldats animez.
J'ai craint que ma presence achevât de reduire
Ce reste infortuné d'un malheureux Empire.
Pour éviter de voir ce triste évenement,
Maxime de l'armée a le commandement
Et je vais. … Mais que vois-je, & que vient-on m'a-
　prendre ?

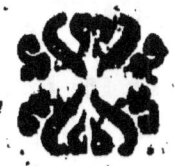

SCENE III.

MARIUS, GOTHARSIS, MAXIME.

MAXIME.

PAvie est en vos mains, elle vient de se rendre.
GOTHARSIS.
Quoi, Maxime, Pavie au pouvoir des Romains!
O Reine malheureuse! ô destins inhumains!
Quels malheurs en un jour, accablent Marsidie!
MAXIME.
Tous ses débris étoient retirez dans Pavie,
Mais vos drapeaux à peine étoient vûs des remparts,
Qu'en tumulte effrayé, courant de toutes parts,
Le peuple au seul aspect des premieres cohortes,
M'a, sans aucun combat, livré toutes les portes.
Dans ce trouble soudain, la Reine en son Palais,
Après de vains efforts, a plié sous le faix.
D'un torrent de Romains se voyant investie,
A la tête des siens, sur nous elle est sortie.
Mais tout ce qui l'appuie est bien-tôt renversé,
Et le nombre accablant son escadron forcé,
D'un cercle d'ennemis partout enveloppée,
Elle est enfin reduite à rendre son épée.
Je la prens sous ma garde, & dans le même
     tems
Me saisis du Palais & de ses deux enfans;
Dans un moment, ici vous la verrez condui-
     re.

Mais cependant, Seigneur, a-t-on sçû vous instrui-
re,
Qu'en sortant du combat, en secret dans le fort,
La Reine à Clodoald a fait donner la mort ?

MARIUS.

Clodoald !

MAXIME.

Oui, Seigneur, vous ignoriez son crime
La Reine vous immole une juste victime.
C'est lui de qui la rage a tenté contre vous
Le complot, dont ce Prince a sçu parer les coups.

GOTHARSIS.

La Reine vous devoit son sang abominable.

MARIUS.

O Reine genereuse, ô Reine trop aimable
Contre votre vertu, j'en atteste les Dieux ;
Je ne formai jamais un doute injurieux.
Mais, Prince, je voudrois que sa juste vangean-
ce
Eut encore reservé ce traître à ma clemence.
Mais hélas on l'ameine ! Ah barbare ! peux-
tu
Voir l'état où le fort a reduit sa vertu.

SCENE V.

MARSIDIE, MARIUS, GOTHARSIS,
MAXIME, FULVIUS, CEPHISE,
GARDES.

MARIUS.

Gardes, retirez-vous. Pourrois-je affez vous plain-
dre,
Madame, dans le fort que pour vous j'ai dû crain-
dre;
Mais vous m'avez contraint au trifte défefpoir
De remplir, malgré moi, mon fevere devoir.
Ah Madame! des Dieux apaifez la colere:
Ce que j'ai pû tantôt je puis encore le faire.
Avant que votre fort dépende du Senat,
Mes lauriers font à vous, partagez-en l'éclat:
Uniffons nos deftins, & que Rome contente,
Vous voie à mes côtez, arriver triomphante.

MARSIDIE.

Conquerant glorieux, aux yeux de l'Univers
Triomphez & ceffez de regreter mes fers.
Seigneur, de mes malheurs la mefure eft comblée;
Mais la feule douleur dont je fuis accablée,
C'eft de voir que ce Prince à ma gloire occupé
Dans mon funefte fort, fe trouve envelopé.

GOTHARSIS.

Me traitant comme vous, je ne fçaurois m'en plaindre;

Pour moi je ne crains rien, pour vous j'ai tout à
   craindre,
Mais enfin ma vertu doit combattre en ce jour
Les secrets mouvemens d'un temeraire amour.
Tant que sur Marius, j'esperois la victoire,
J'ai fait servir ma flamme à votre seule gloire.
Aux manes d'un époux sacrifiant mes feux,
J'ai voulu soutenir vos sermens & vos vœux.
Mais, Madame, aujourd'hui vous perdez un empi-
   re,
Et quoique sans fremir je ne puisse le dire,
Vôtre peril pressant, votre destin fatal,
Me forcent à parler en faveur d'un rival.
Rompez rompez des fers honteux à Marsidie,
Rendez à vos enfans la liberté & la vie,
Des mains de Marius, de lauriers couronné,
Recevez......

MARSIDIE.

       Ce conseil peut-il m'être donné,
Si quelque main pouvoit m'en presenter un autre,
Je ne m'attendois pas que ce seroit la vôtre.
Rien ne sçauroit flé hir mon invincible cœur :
Voulez vous qu'enchaînée au char de mon vain-
    queur,
J'aille traîner à Rome un destin deplorable ?
Ou que par un hymen encore moins honorable,
Je ternisse à jamais, aux yeux de l'avenir,
De mon nom glorieux l'auguste souvenir ?
Mais cependant, Seigneur, cette fierté severe
Ne sçauroit me contraindre à n'être pas sincere.
Vous ignorez tous deux mon secret, & je puis
Vous découvrir mon cœur en l'état ou je suis.
Pour le seul Gotharsis, il n'est plus tems de feindre,
A l'oubli d'un époux, je pouvois me contraindre.
Ma constance, Seigneur, a long-tems combatu
Mais tout cede au penchant qu'inspire la vertu

MARIUS.

Ah ! puisqu'à son amour votre cœur est sensible,

Pour vous sauver encore, tout me sera possible.
L'un & l'autre, fuyez un spectacle honteux ;
C'est le dernier effort d'un amant genereux.

MARSIDIE.

Moi fuir ! & je pourrois par une fausse crainte
Donner à votre gloire une si lâche atteinte ?
Vous exposer aux cris, aux fureurs des Romains,
Aux couroux de l'armée & des soldats mutins.
Ah ! pouvez-vous penser, estimant Marsidie,
Qu'elle voulut ternir tout l'éclat de sa vie.
En se livrant entiere aux séducteurs attraits
D'un amour si contraire aux sermens qu'elle a faits;
Dans les prospéritez une heureuse fortune
Ne prête à la vertu qu'une route commune,
Elle en suit aisément les chemins aplanis ;
Mais quand pour l'opprimer tous les chemins sont u-
   nis,
Que du comble d'honneurs dont elle s'est flattée,
Dans le fond de l'abîme, elle est précipitée,
Et que tous les destins s'arment pour l'étouffer,
C'est où cette vertu se plaît à triompher.

MARIUS.

Dieux ! quels fonds de grandeur, & quelle ame Ro-
   maine !
Et je pourrois vous voir sous une indigne chaîne !
Ah ! plutôt, s'il se peut, de vos vertus jaloux,
Soyons plus vertueux & plus Romain que vous.
Voilà le seul bonheur à présent où j'aspire.
C'en est fait, je vous rends vos enfans, votre Empire:
Je fais plus, Gotharsis vous adore, & je veux
Que ma main avec lui, serre aujourd'hui vos
   nœuds.
J'ai triomphé de vous, & vainqueur de moi-même,
Madame connoissez à quel point je vous aime.
Ne balancez donc plus ; venez qu'aux yeux de tous
Je vous rende l'Empire, & vous donne un époux.
Vous ne repondez point ?

MARSIDIE.

Je respecte, j'admire,
Cette haute vertu, si digne d'un Empire ;
Mais je ne puis, Seigneur, tel est l'Arrêt des Dieux,
Profiter d'un destin si grand, si glorieux.

GOTHARSIS.

Que dites-vous, Madame, & quel destin funeste....

MARSIDIE.

Laissez-moi profiter du moment qui me reste:
Si j'avois crû survivre à ce dernier malheur,
Vous n'auriez jamais sçû le secret de mon cœur.
Contre Rome, Seigneur, j'ai manqué ma vengean-
    ce,
Je ressens une ardeur dont mon époux s'offense:
Un poison preparé par de fideles mains,
M'arrache à mon amour, & des fers des Romains.

GOTHARSIS.

Qu'entens-je, juste Ciel ! mais il est temps encore....

MARSIDIE.

Arrêtez, Gotharsis, au feu qui me devore
Vous chercheriez en vain à donner du secours.
De mes derniers momens, j'ai mesuré le cours;
C'en est fait, & bien-tôt.....

GOTHARSIS.

Ah ! pourrois-je survivre.....

MARSIDIE.

Marsidie en mourant vous ordonne de vivre.
Marius vous cherit, quand je ne serai plus,
De vos cœurs genereux unissez les vertus....
Servez à mes enfans de protecteur, de pere.
Et s'il se peut, Seigneur, en faveur de la mere,
Daignez changer ici leur destin malheureux.
Usez de la victoire en vainqueur genereux....

MARIUS.

Eh quoi! lorsque pour vous, la gloire dans mon
    ame
Triomphe de l'amour, & couronne sa flamme....

MARSIDIE,

Jugez de ma vertu, jugez de mes malheurs :
Vous aprouvez ses feux, je l'aimois, & je meurs,

CEPHISE.

Elle expire, Seigneur !

GOTHARSIS.

O puissance immortelle,
Que ne me faites-vous expirer avec elle !

MARIUS.

Malheureux Marius ! Rome, devoir, amour,
Que vous me coûtez cher en ce funeste jour !

Fin du cinquième & dernier Acte.

Nous en sommes restés, Madame, au Bouquet de Mademoiselle Desmares. Il faut continuer sur le même ton, & vous faire voir ceux que la tendresse paternelle, maternelle & fraternelle, m'a fait faire. Vous ne serez pas surprise que ma muse se soit occupée de ma famille ; puisque vous savés que l'union y qui regne, merite bien d'être celebrée. Vous en connoissés trop le chef, & la réputation qu'il s'est acquise, pour que je vous en parle, Mais en verité la modeſtie à laquelle la proximité m'engage, me fait furieuſement ſouffrir, & l'eſtime parfaite que j'ai pour mon pere, indépendamment de la force du ſang, me contraint quelquefois à ſouhaiter de ne lui pas être ſi proche, pour en pouvoir parler avec bien-ſéance. Mais puiſque cela ne ſe peut, je vous aſſurerai ſeulement que tous ſes enfans ont pour lui, & pour ſa chere compagne, les mêmes ſentimens; & que nous les regardons l'un & l'autre comme de tendres & veritables amis, dont la ſocieté eſt abſolument neceſſaire à notre bonheur: leur amour & leur bonté pour nous leur faiſant preferer des noms ſi rares aujourd'hui à ceux de pere & de mere, qui ne nous ſont connus, que par le reſpect que donne le préjugé d'une ſage éducation. Cela poſé, on ne doit point être étonné que je déploie mon cœur à des perſonnes ſi cheres. Voici ce que je fis pour mon pere le jour de ſa fête.

A Monsieur Poisson.

BOUQUET.

LE Ciel, en me rendant la fortune contraire,
Voulut pour réparer un sort plein de rigueur ;
Que la Philosophie étonnât ma misere,
Et de la patience il fit armer mon cœur.
Ainsi sans murmurer contre la providence,
J'attens ce qu'elle veut ordonner de mon sort
Et verrai d'un même œil, la fin de l'indigence,
Ou celle qu'il faudra que lui donne ma mort.
Quel que soit cependant cet excés de sagesse,
Il est de certains jours bien mêlez de poison ;
Et je sens qu'il en est, où l'humaine foiblesse
Triomphe, malgré moi, de toute ma raison.
Votre fête aujourd'hui, m'enleve ma constance,
Et je ne puis penser, sans trouble & sans douleur
    Que les effets de ma reconnoissance
Sont toujours obscurcis des ombres du malheur.
Mais, puisque, comme aux Dieux, je vous dois la
        naissance,
Daignez me consoler, en agissant comme eux ;
Ils n'exigent de nous qu'amour qu'obéïssance ;
Acceptez, pour Bouquet, ma tendresse & mes
    vœux.

BOUQUET.

A ma mere, à laquelle on avoit don-
né le jour de sa fête, un diver-
tissement des plus galands &
des mieux executés.

AU milieu des sons éclatans
Des Amphions, & des Orphées,
Qui sur la lire & dans leurs chants,
Dressent à vos vertus de si charmants trophées,
Voudrez-vous démêler les accens de ma voix ?
Et dans cette journée, à mon ame si chere,
De mon amour pour vous, quand mon cœur suit les
    loix,
Daignerez-vous songer que vous êtes ma mere ?
Sans emprunter de l'art l'étalage pompeux,
    Ce tendre cœur ardent, sincere,
Avec simplicité, va repeter les vœux
Que pour vous chaque jour il a le soin de faire.
Que le Ciel attentif à vos moindres souhaits,
Fasse couler vos jours dans une paix profonde :
Que la divine main, qui vous a mise au monde,
    Ne vous en retire jamais ;
  Ou, puisqu'il faut, qu'à l'exemple des autres,
D'un Arrêt rigoureux vous subissiez le cours,
Que ce Dieu tout-puissant retranche de mes jours,
  Et veuille bien les ajouter aux vôtres.

M

A mon frere aîné, le jour de sa fête,
en lui cachant de quel part
c'étoit.

RONDEAU.

A Deviner, d'où te vient ce message,
Divertis toi, Lors qu'on est à ton âge,
Bienfait & beau, l'on peut en pareil jour,
Sans se flater, penser que de l'Amour
Sous un Bouquet on cache le langage.
Quoiqu'à t'aimer un tendre nœud m'engage,
Entre nous deux l'Amour n'est point d'usage;
Mais toutefois, il est un certain tour
       A deviner.
Nous ne pouvons nous aimer davantage,
Et cependant chacun de nous partage
Le doux plaisir de donner du retour;
Dessous mon nom il n'est aucun détour;
Il t'est aisé, quoique tu sois volage,
       A deviner.

A mon Oncle, le premier jour de
l'An.

VOus ne voulez donc pas, que, suivant mon devoir,

Je monte à votre chambre, & que j'aille vous voir,
Et vous faites ceder, par excès de tendresse,
L'autorité du sang à votre politesse.
Cher Oncle j'obeïs, mais c'est avec chagrin.
Lors qu'on cherche un parent dont on connoît le
    zele,
Et qu'il joint à ce nom celui d'ami fidele,
On ne sçauroit jamais faire trop de chemin.
Mais je vois bien quel motif vous engage
A m'exempter de ce petit hommage,
Et connoissant pour vous, quels sont mes senti-
    mens,
Vous sçavez qu'il n'est point de jours ni de mo-
    mens,
Que je ne fasse au Ciel une priere ardente,
Pour changer votre sort en un destin heureux;
Et qu'il n'est pas besoin que mon âge s'augmen-
    te,
Pour augmenter pour vous, le nombre de mes
    vœux.

Revenons presentement à l'Epitre,
Madame: comme le stile en est beaucoup plus élevé que les autres façons
d'écrire, il convient aussi bien mieux
à l'elevation de votre esprit. Celle-ci
est à la loüange de Monsieur le Baron
d'Hogger, son nom seul fait son éloge, & vous sçavez qu'après l'avoir fait
voler dans les climats les plus reculez,
il s'y est acquis une estime si generale,
qu'elle justifie glorieusement celle que
la France a pour lui.

A Monsieur le Baron d'Hogger.

EPITRE.

MUses, si quelquefois vos divines leçons
Ont donné des attraits à mes foibles chansons,
Si par votre secours acquerant quelque gloire,
Mon nom doit être un jour au temple de Memoire,
Pour m'y faire avancer d'un pas plus glorieux,
Conduisez de ma voix les sons audacieux.
Je veux feliciter Hogger & ma patrie,
L'un de l'integrité dont il confond l'envie,
L'autre de posseder ce mortel que les Dieux
Ont à l'envi comblé de leurs dons precieux.
Ce qu'il eût d'ennemis, sa vertu les fit naistre,
Et la même vertu les a fait disparoistre.
Pour les combattre, armé d'honneur, de probité,
Il vient d'en triompher à force d'équité.
L'Olimpe a retenti du bruit de sa victoire,
Et les Dieux assemblez ont celebré sa gloire.
La Justice elle-même, accourant à leur voix,
Moi seule, a-t'elle dit, dois maintenir vos loix;
Dans tous les temps Hogger m'a sçû prouver son
　　　zele,
A mon culte toujours je l'ai trouvé fidele,
On ne le vit jamais un moment s'écarter
De ce que la Justice a voulu lui dicter.
Il merite de vous la digne recompense,
Qui, pour de tels humains suit la reconnoissance.
Que les graces par nous offertes à son choix,
Ainsi qu'auprés des Dieux, le placent prés des Rois
Cet Arrêt prononcé de la bouche d'Astrée

(M

Semble la rendre au Ciel encore plus reverée.
Nul des Dieux n'en appelle, & d'un commun ac-
    cord,
Ils veulent que d'Hogger nous admirions le fort.
Voilà, Muses, voilà le sujet qui m'anime ;
Faites-moi donc chanter cette ame magnanime,
Ce cœur si genereux, cet esprit penétrant,
Qui ne produisent rien que de juste & de grand.
Mais, que dis-je ? où m'emporte & mon zele & le vô-
    tre ?
A tant de qualitez il en a joint une autre,
Qui me force à quitter un si noble dessein.
Sa modestie arrête & ma voix & ma main :
Et quoiqu'ici dans tout, la verité m'avoüe,
Plus il a de vertus, plus il craint qu'on la loüe.

Puisque nous voici tombez sur les personnes qui rendent leur nom cele-bre ; il faut, Madame, que je vous instruise d'une petite avanture qui m'arriva il y a quelques années. Je fus priée d'un superbe repas, duquel é-toit Mademoiselle de la Force, aussi il-lustre par son esprit & son sçavoir, que par sa naissance. L'attention que j'a-vois à l'écouter m'ayant donné un air de reverie, qui ne convenoit point à la joie que la table inspire ordinaire-ment ; on m'en fit la guerre. Une Da-me de la compagnie qui vouloit m'em-barrasser, me dit qu'il n'y avoit qu'un

Poëte qui pût être aussi serieux que
je l'étois, & que je ne pouvois justifier la situation où paroissoit mon esprit, qu'en donnant à l'instant des
Vers de ma façon, ne fût ce qu'une
Chanson à boire. A ce discours tout le
monde me pressa de faire un Impromptu, en me disant qu'il ne suffisoit pas de
sçavoir faire des Vers, mais qu'il faloit
prouver dans l'occasion, qu'on en faisoit. Je vous avouë, Madame, que la
proposition m'embarrassa, n'ayant jamais pû composer sur le champ. Cependant on me piquoit d'honneur, &
même avec beaucoup de vivacité. Je
cherchois à me tirer d'intrigue, lors
que je m'apperçûs que Mademoiselle
de la Force ne buvoit point de vin, &
qu'avec les plus belles mains que je vis
jamais, elle tenoit un verre d'eau avec
autant de graces & de feu que les autres un verre de vin. C'en fut assez
pour m'animer; & les agaceries qu'on
me faisoit m'ayant donné le tems de
reflechir, je leur imposai silence chantant cet Acrostiche sur le nom de la,

Force qui me vint tout à coup. Vous
pardonnerez son irrégularité à la
promtitude de la chose.

ACROSTICHE,

Sur l'Air de Joconde.

LE Dieu qui brille à ce repas
Anime peu ma Verve;
Faut-il chanter quelques combats,
Ou l'Amour, ou Minerve.
Rapeller les faits de Bacchus,
C'est trop peu pour ma gloire;
Et je ne puis venter un jus
Dont Iris craint de boire.

Vous voyez, Madame, que la derniere lettre de l'Acrostiche ne forme
pas le dernier Vers. Ce seroit un défaut
dans une chose pensée murement; mais
l'Impromptu excuse tout, & celui-ci
m'attira des discours trop gracieux,
pour que je le voulusse corriger,
quand même je le pourrois. Mademoi-

M iiij

felle de la Force me parut très - fenfible à cette petite galanterie; & le plaifir qu'elle fit au refte de la compagnie,
m'ayant rendu mon humeur ordinaire, le repas finit avec plus d'enjoue-
ment qu'il n'avoit commencé.

Le Bouquet qui fuit eft encore pour
une illuftre. Vous la connoiffez, Madame, puifque c'eft l'incomparable
Mademoifelle Rochois, cette admirable Actrice, qui la premiere a fçû re-
muer le cœur, & tirer des larmes des
fpectateurs, en chantant; & qui joignoit à la plus belle voix qu'il y eût jamais, l'action la plus touchante, la plus
patetique & la plus fpirituelle. Voici
les Vers que je lui donnai en lui pre-
fentant un Bouquet de ces fleurs
qu'on nomme communément, Im-
mortelles.

A Mademoiselle Rochois.

BOUQUET.

JE voulois en ce jour, ô charmante Rochois,
Vous préfenter des fleurs qui naiffent au Per-
     meffe ;
Mais ma Mufe recule, & fa timide voix,
Pour un fi beau deffein, manque de hardieffe.
Les neufs Sœurs en tous lieux, ont chanté votre
     nom,
Elles ont dans leurs vers celebré votre gloire,
Tout en a retenti dans le facré valon,
Il vous êtes placée au temple de Memoire
Ce n'eft donc pas à moi d'ofer former des fons.
Votre merite feul aujourd'hui fait mes peines,
Mes vers feroient pour vous de trop indignes dons,
Il faut pour vous louer de plus illuftres veines.
J'ai trouvé cependant, ce que vous meritez :
Cette fleur en ce jour peut contenter mon zele,
Elle eft digne de vous, vos rares qualitez
Vous donnent à jamais le titre d'Immortelle.

Revenons à prefent, Madame, aux
Vers tendres & badins. Voici une traduction d'Anacreon, qui a été trouvée affez jolie pour vous en faire part.
N'allez pas pour cela vous imaginer
             M y

que j'entens le Grec ; je ne me donne
que pour ce que je suis. Mais j'ai un
avantage sur bien des ignorans comme
moi ; c'est que je puis me vanter qu'il
y en a peu à qui tant d'Auteurs soient
connus dans quelques Langues qu'ils
ayent écrit, soit traduits ou non traduits. Et comme la Nature m'a donné
un esprit extrêmement curieux sur
toutes sortes de sciences, lors que cet
esprit imagine quelque chose, ma raison me faisant juger que je ne suis pas
la premiere ni la seule qui la pense,
j'ai recours aux Sçavans, Anciens &
Modernes : & pour les non-traduits,
un genie qui a pris goût pour le mien,
m'en découvre tous les secrets, & par
là je fortifie ou détruis mes opinions,
par des raisonnemens, qui, en m'instruisant, me mettent en état d'en instruire d'autres. Voilà, Madame, le
mistere de ma science ; je la trouve assez forte pour une femme, & je croirois faire tort à mon sexe, si ma plume
ne la mettoit pas au jour par quelques
ouvrages qui prouvassent qu'on peut

tout sçavoir sans le secours de plusieurs
Langues, lors qu'on sçait profiter d'u-
ne longue & profonde lecture, telle
que je l'ai fait voir dans mes Journées
Amusantes & Instructives, & telle que
j'espere la montrer dans leur Suite, à
laquelle je travaille actuellement. Cette digression vous paroît peut-être peu
nécessaire, mais je vous assure qu'il y
a des personnes pour qui elle ne sera
pas inutile. Revenons à nos moutons:
cette traduction est mise sur un air de
feu Mr de Lulli.

***

Traduction d'Anacréon.

AIR.

L'Amour cueillant des fleurs,
Fut piqué d'une Guêpe, & revint tout en pleurs.
Ah, dit-il, à Venus, soulagez mes douleurs.
Sa mere en l'embrassant,
Lui dit:Cruel amour ne vous plaignez pas tant;
Les cœurs que vous blessez souffrent bien autrement

Si le papier sçavoit chanter, ce petit morceau vous paroîtroit plein d'a-

M vj

grément, supléez à ce défaut, chan-
tez-le, Madame, & vous y trouverez de nouveaux charmes, vous connoissez l'air de celui-ci, ou du moins
vous n'aurez pas de peine à le trouver.

CHANSON.

Sur l'air: *Les Dieux comptent nos jours.*

POurquoi Dieux tout-puissans rendre l'ame im-
mortelle,
Et ne pas faire aussi, même avantage au cœur.
Ah! vous deviez du moins, pour notre honneur;
Songer à le rendre fidelle.

Les couplets qui suivent, ont été
si souvent chantez, que je suis persuadée que vous ne les ignorez pas.

CHANSON.

Sur l'air : *N'oubliez pas votre houllete*
Lisete, &c.

VEnez amis où je demeure,
Je meure
De nous y voir unis,
Si cet espoir ne m'est permis,
Je n'y vivrai pas plus d'une heure.
Venez amis où je demeure,
Je meure
De nous y voir unis.

Dans le Fauxbourg est mon azile
Tranquile,
Auprès du Luxembourg.
Si vous y venez chaque jour,
Je me mocquerai de la Ville.
Dans le Fauxbourg est mon azile
Tranquile,
Auprès du Luxembourg.

Le verre en main, je suis contente,
Je chante,
Et brave le destin.
Mais quand je vois finir mon vin,
L'ennui me prend, je me tourmente.
Le verre en main, je suis contente,
Je chante,
Et brave le destin.

Pardonne Amour, si ma tendresse
Me laisse
Faire à Bacchus la cour.
Pour ne te pas donner ton tour,
J'aime trop le trait qui me blesse.
Pardonne Amour si ma tendresse
Me laisse
Faire à Bacchus la cour.

✵

Le Dieu du vin n'est pas contraire
A faire
Un amoureux dessein.
Ariane mit dans son sein
L'ardeur d'une flamme sincere.
Le Dieu du vin n'est pas contraire
A faire
Un amoureux dessein.

✵

Cette liqueur ne peut rien faire,
Que plaire,
Et rejouïr le cœur.
Elle n'en éteint point l'ardeur,
Quand notre tendresse est sincere.
Cette liqueur ne peut rien faire,
Que plaire,
Et rejouïr le cœur.

✵

Je briserois verre & bouteille
Et treille,
Si jamais tu changeois.
Le Vin pour moi n'a des attraits,
Qu'autant que je vois qu'il t'éveille.
Je briserois verre & bouteille
Et treille,
Si jamais tu changeois.

✵

Je suis presque certaine, Madame,
que lorsqu'on vous a chanté cette sail-
lie, vous n'avez pas crû qu'elle fût de
moi, vous ayant toujours paru trop
reservée pour tomber dans ce que vous
appellerez déreglement ; mais il ne
faut pas vous tromper, j'ai l'esprit ba-
din & le cœur serieux.

Et comme mon cœur l'emporte toujours sur mon esprit, il n'est pas surprenant que je vous aie paru plus serieuse qu'enjouée. Je me suis imaginé cependant avoir assés bien accordé l'un
& l'autre dans les couplets que vous
venez de lire : mon cœur parle à l'A-
mour, & mon esprit à Bacchus ; car
enfin, il est juste que vous connoissiez
à fond mon caractere, puisque vous
ne voulez rien ignorer de mes écrits.

Je m'aperçois que contre ma coutu-
me & même ma volonté, je vous ai parlé de moi précisément ; je suis de l'opi-
nion que lorsqu'on a fait un pas qui
ne choque ni l'honneur ni la religion
il faut le soutenir. C'est ce qui m'oblige à vous instruire que le jour de Saint

François, étant affez près d'une Terre
de Monfieur de Seré , Confeiller au
Parlement, & qui comme vous fçavez,
a tout l'efprit & le mérite qu'on peut
fouhaiter dans un galant homme , je
fçûs que c'étoit la fête pour laquelle
un nombre choifi de perfonnes illuftres en efprit,en mufique & en poëfie,
s'étoient raffemblés pour la célébrer.
Tout ce monde tant hommes que femmes, étoient chez lui , & comme il eft
lui même Muficien, Poëte & Philo-
phe , j'étois fort embarraffée de quoi
compofer mon Bouquet, Enfin je m'a-
vifai de lui envoyer un gâteau que je
fis moi-même , avec ce couplet de
chanfon , qui lui fut prefenté lors
qu'il étoit à table.

A Monfieur de Seré le jour de fa fête,
　　Sur l'air de Joconde.

S Eré j'apprens que dans ce jour
　　On celebré ta fête,
Et que les Nymphes de ta cour

Aux Muſes tiennent tête.
Que pourrois-je faire de beau,
Tu taris l'Hippocrêne ;
Pour Bouquet reçois ce gâteau,
Des mains de Melpomêne.

Monſieur de Seré m'envoya cette re-
ponſe ſur le champ, & ſur le même
air.

I Amais un ſi glorieux jour
N'a celebré ma fête :
Aux Nymphes qui me font la cour
Tu mets Martel en tête.
Ton preſent ſuculent & beau
Sent la pure Hippocrêne.
Habis vêcut de ce gâteau
Pétri par Melpomêne.

Avouez, Madame, que c'eſt ré-
pondre à un rien par quelque choſe de
bien galant. La fête de Mademoiſelle
de Seré ſa fille, à preſent Madame de
Brillac, vint quelque temps après, &
je fis pour elle le Bouquet ſuivant.

A Mademoiselle de Seré, le jour de sa fête.

BOUQUET.

FLore ayant du Destin, appris votre puissance,
   Apprit aussi que vous seriez un jour
Plus belle mille fois, qu'on ne dépeint l'Amour,
Et que de vos attraits la divine puissance,
De Venus & Junon détruiroit les autels,
En mettant dans vos fers, les Dieux & les Mortels;
Par tant d'appas, contre vous prevenuë,
On dit qu'elle rougit, son cœur fut agité,
Et n'écoutant plus rien, d'un vol précipité,
Sans l'avis de Zéphire elle fendit la nuë :
Et montant sur l'Olimpe, au Souverain des Dieux
Elle adresse ces mots, les yeux baignez de larmes.
Souffrirez-vous toujours, Maître absolu des cieux,
Qu'il naisse des objets qui surpassent nos charmes,
Psiché fut pour Venus le comble des malheurs,
Danaé de Junon fit repandre les pleurs,
Et Seré dont les traits l'emporteront sur elles,
Fera bien plus encore que toutes ces mortelles.
Pour moi qui ne veux point partager leur affront,
Je viens te demander d'avoir cet avantage,
Que Seré de mes fleurs n'ait jamais un hommage,
Et n'en puille parer ni son sein ni son front.
La Déesse se tût, & pour la satisfaire,
Jupiter lui promit que vous auriez un nom,
Qu'on ne celebreroit qu'à l'arriere saison ;
Mais qu'il ne pouvoit pas, pour calmer sa colere,
Empêcher que le lys & la rose en tout tems,

Par le touchant effet d'un mélange agréable,
N'ornaffent votre tein, des graces du printems,
Et n'en fiffent pour vous une faifon durable.
L'Arrêt de Jupiter en tarriffant les pleurs,
Que vous faifiez repandre à la jaloufe Flore,
Me difpenfe aujourd'hui de vous offrir des fleurs;
Que du foir au matin vous pouvez faire éclore.

A la même.

MADRIGAL.

ON voit dans vos beaux yeux un enfant folâ-
trer,
Qui malgré fon air doux, rend les cœurs mifera-
bles;
Les traits dont il fe fert, ne fe peuvent parer,
L'excès de vos regards, ils font inévitables:
Et s'ils ont quelquefois une aimable langueur;
C'eft ce cruel enfant qui lui même foupire,
De ne pouvoir porter fon tiranique Empire,
De vos yeux, belle Iris, jufques dans votre cœur.

Voici, Madame, la premiere épigramme que j'aie faite de ma vie, &
ce fera la derniere; n'ayant nullement
l'efprit tourné à cette façon d'écrire,
que je trouve indigne de ceux qui
font profeffion d'honneur & de probité.

EPIGRAMME.

Pour une Dame dont les yeux sont noirs.

QUe Philis a d'appas, de graces & d'attraits,
Un seul de ses regards nous lancent mille
traits.
A son aspect tous les cœurs font de flamme;
Sans doute elle eut été le chef-d'œuvre des Dieux,
S'il n'avoient pas repandu dans son ame
Un peu de la couleur dont ils firent ses yeux.

Avouez, Madame, que je ne suis méchante qu'à demi, & que la louange
passe de beaucoup ce qu'il y a de piquant dans ces Vers. Ce font les feuls
que vous verrez fur ce ton là, ma Muse est débonnaire ; & comme la tendresse naturelle de mon cœur la guide
elle ne fait rien qui n'y ait quelque raport. Pour reparer l'épigramme, je vais
vous faire part des étrennes que j'envoyai il y a quelques années à une Dame
de mes amies. Je fis peindre l'Amour
en Afriquain avec tous ses attributs,
& tenant d'une main une corbeille

pleine de cœurs enflammez. Ce petit
Tableau étoit parfait & fut accompa-
gné de ces Vers qui étoient écrits au
bas.

✿✿✿✿✿✿✿✿✿✿✿✿✿✿✿✿✿✿✿✿✿✿✿

ETRENNES.

VOus aurez de la peine, adorable Comtesse ,
A reconnoître en moi le Dieu de la tendresse.
Ma couleur vous surprend , mais c'est dans vos
   beaux yeux
Que s'est ainsi brûlé le plus puissant des Dieux.
Tous les Mortels instruits que j'en ai fait mon tem-
   ple,
Du pouvoir de leurs feux , voient en moi l'éxem-
   ple.
C'est de ce beau séjour que je lance mes traits :
Aussi tout mon Empire est plein de vos sujets ,
Et je viens aujourd'hui vous offrir pour étren-
   nes
Les cœurs que vos appas font languir dans vos
   chaînes.
Puissiez-vous dans trente ans me voir à vos genoux,
Vous en donner autant, qui soupirent pour vous.

A la même.

ACROSTICHE.

Beauté digne des soins des hommes & des Dieux;
Aimable Barbazan, adorable Comtesse,
Rien ne peut égaler le pouvoir de vos yeux.
Bacchus en les voyant, eut quité sa Princesse;
Apollon de Daphné n'eut point suivi les pas,
Zephire eut dédaigné les doux charmes de Flore.
Amour dont vous avez les traits & les apas
N'eut jamais soupiré pour celle qu'il adore.

Sortons de l'Acrostiche, Madame, & reprenons le Madrigal, les Chansons & les Vers tendres.

Un Officier, homme de condition, distingué par sa valeur & son mérite, & intime ami de toute ma famille, vint un jour nous voir au sortir d'une revûë, où un soldat mal-adroit lui fit voler de la poudre dans les yeux, en déchargeant son fusil. Cette petite avanture qui ne lui causa qu'une legere incommodité me donna occasion de lui envoyer ce Madrigal.

MADRIGAL.

UN soldat, sans dessein, a pensé vous blesser,
Vos amis sont ravis qu'il n'ait fait que penser.
Les Belles cependant doivent être en colere,
Que ce soldat ait fait ce qu'elles n'ont pu faire:
Car malgré leurs attraits & leurs airs gracieux,
Elles ne vous ont pû jetter de poudre aux yeux.

Les Vers suivans furent faits pour une Dame très-aimable, dont le mari est Etranger, & se nomme Planta; elle étoit grosse de son premier enfant.

Ces deux époux s'aimoient passionnément, & habitoient en ce temps là, une Maison de campagne où j'étois.

FICTION.

UN arbre jeune & vert d'un pays étranger,
Se trouva transplanté sur les bords de la Seine,
La beauté d'une rose ayant sçû l'engager
On les unit bien-tôt, d'une éternelle chaîne.

L'incóstance de l'air respecte leurs amours ;
Le Ciel qui les a mis à l'abri de l'orage,
Dans le plus triste hiver leur donne de beaux jours,
Et de cette union nous allons voir un gage.
Les oiseaux d'alentour disent à tous momens,
Que cet amour est doux, que son ardeur enchante.
Juste Ciel ! donne-nous, sans qu'elle ait de tourmens,
L'aimable rejetton de cette belle plante.

Entre toutes les habitudes que l'on contracte, je ne crois pas qu'il y en ait une plus forte que celle du Tabac : vous le sçavez, Madame, puisque graces au Ciel, vous ne me cedez en rien dans le plaisir d'en prendre, par cette raison vous ne devez pas ignorer l'inquietude que l'on sent lors qu'on n'en a point. Nous nous trouvâmes dans cette situation ma mere & moi étant à la campagne dans le dessein de ne nous occuper que des plaisirs innocens qu'elle offre à ceux qui vivent en Philosophes. Mais philosopher, lire, écrire, & n'avoir point de Tabac, sont des choses très-difficiles ; ainsi pour sortir de l'ennui qui commençoit à nous prendre, je pris la résolution d'écrire cette lettre en Vers à un homme de vo-

tre

tre connoiſſance qui en avoit toûjours
d'excellent.

Lettre à Monſieur le Marquis de ✱✱✱

Dans des lieux enchantez, dans un bois ſoli-
     taire,
Loin du monde & du bruit, au bout d'une onde
     claire,
Deux Bergeres, jadis compagnes d'Apollon,
Et qui de eur deſert font un ſacré valon,
Vous écrivent, Marquis, non pour vous faire entendre,
Les plaiſirs qu'en ces lieux, la ſageſſe ſçait pren-
     dre.
Votre cœur eſt encore trop ſenſible à l'amour,
Pour goûter les douceurs d'un ſi charmant ſéjour.
Ainſi ne craignez point que ma plume indiſcrete,
Vous prêche les appas d'une auſtere retraite.
Notre deſſein ne va qu'à vous faire ſçavoir
Tout le plaiſir, Marquis, qu'on auroit à vous voir;
Et le cruel chagrin où nous ſommes reduites,
Par un mal qui bien-tôt peut avoir quelques ſui-
     tes.
Sans doute votre cœur fait déja tique-tac;
Apprenez ce que c'eſt : nous ſommes ſans Tabac.

Ne vous ennuyez pas, Madame;
vous voulez tout ſçavoir, & je ſuis exacte à vous ſatisfaire. Je n'ai jamais écrit
dans le genre que vous allez voir;

N

mais dequoi ne vient-on pas à bout,
quand l'imagination est animée ?

A Monsieur Bernard.

CErtain preux Chevalier, ami de mien époux,
    D'esprit gentil, d'entretien doux,
Sans cesse de Bernard, va chantant le merite.
Onque, ne fut, dit-il, de cœur mieux fait,
D'ame plus belle, & d'esprit plus parfait.
Or un pareil mortel, des mortels est l'élite;
Et moi qui suis de l'agent féminin,
        Sans en avoir le tour malin :
De connoître un tel gars, je me sens curieuse.
Temples ferois dresser à sa gloire, à son nom,
        Par une muse officie   ,
Qui maintes fois m'induit à monter au valon.
        O vous qu'on va contraindre à lire
        Ce que Phebus m'a fait écrire;
Vous qui tant ressemblez à ce fameux Bernard,
Vous qu'on prendroit pour lui, sans détour, sans
    retard.
Par ce preux Chevalier, daignez me faire dire,
Si ne pourrai jamais connoître ce beau Sire.

Jusqu'à present, Madame, je vous ai
déclaré les objets de mes vers: en voici
dont je ne puis vous le dire, & quelque
confiance que je prene en vous,
vous trouverez bon s'il vous plaît, que

je vous taiſe un nom qui pourroit n'ê-
tre pas agréable à tout le monde. L'injuſtice des Peuples n'ayant jamais de
bornes, ſoit dans leur affection , ſoit
dans leur haine.

A *Monſieur* ***

Fatigué de placets , ſoit en vers , ſoit en proſe ,
Enfans de l'interêt , & que conduit l'eſpoir :
  Sans doute tu craindras de voir
Ce que pour toi mon zele aujourd'hui ſe propoſe.
Diſſipe cependant un inutile effroi ,
Te louer , t'admirer & pouvoir te le dire ,
  Eſt l'unique but où j'aſpire ,
  Et le ſeul bien que j'exige de toi.
  Quoique femme , & dans l'indigence ,
Je ne viens point t'offrir un mercenaire encens :
  Vanter en toi le bonheur de la France ,
   C'eſt le motif de mes accens.
   Accoûtumée à l'infortune ,
Je brave en Philoſophe , un deſtin rigoureux :
   N'ignorant pas qu'on importune
  Quand on eſt né pour être malheureux.
Je ne veux donc ici que celebrer ta gloire ,
Et chanter dans mes vers , que mes yeux ſont té-
  moins.
Que d'un ſiecle de fer , ton eſprit & tes ſoins
Ont fait un ſiecle d'or d'éternelle memoire.

Au même.

ETRENNES.

DE tout tems en ce jour, on reçoit & l'on don-
ne
    Plus ou moins, selon son pouvoir.
   De cet usage on s'est fait un devoir,
    Et l'on ne peut en exemter personne;
    Le zele ardent qui m'anime pour toi,
Me fait suivre avec joie, une si douce loi.
Mais que puis-je t'offrir? moi de qui l'indigen-
ce,
Surpasse le bonheur, dont tu combles la France:
Il faut te contenter de mes sinceres vœux.
Puisse à jamais le Ciel, rendre tes jours heureux,
Qu'à chaque instant la fortune & la gloire
Gravent ton buste au temple de memoire.
Par ces souhaits formez avec ardeur,
La coûtume se joint au penchant de mon cœur,
C'est tout ce que je puis te donner pour étren-
nes:
Suis l'usage à ton tour, & me donne les miennes.

Après vous avoir fait un petit mistere sur ce que vous venez de lire, il est
juste, Madame, de vous remettre
dans mes secrets, & pour commencer:
lisez cet acrostiche, elle s'adresse
à une aimable fille, dont vous m'avez

souvent entendu parler, & avec laquelle j'ai un commerce de lettres asfez regulier pour des personnes qui ne se sont jamais vûës. Mais ce qu'il y a de singulier est que l'espace qui nous sépare n'a pas empêché que nous n'ayons lié une forte amitié; & que sur les portraits qu'on nous a fait l'une de l'autre, nous n'ayons éprouvé la force de la simpatie qui sçait unir les cœurs les plus éloignez.

Vous n'ignorez pas, Madame, qu'Alaix est en Languedoc, & que le Languedoc est un des plus beaux pays du monde : que l'esprit, la politesse & la vivacité y tiennent leur Empire. Les femmes y sont galantes & vertueuses: les hommes y sont tendres & sages, Vous concevez aisément qu'une semblable Provinçe renferme une amie extrêmement aimable : le cœur n'a pas de peine à conduire la plume. C'est pour cette charmante fille la lettre en vers, du premier jour de l'an que vous ayez vûë dans les Journées amusantes. Venons à l'acrostiche,

�✖✖✖✖✖✖✖ ✖✖✖✖✖✖✖

ACROSTICHE.

Je voudrois être Fée, & sans difficulté,
En un instant, d'un seul coup de baguette,
Plaix ce beau séjour, dans Paris transporté,
Vous rendant possesseurs d'un Pays enchanté ;
Vous le rendroit aussi d'une fille parfaite,
En graces, en esprit, en mérite, en beauté.
Bien qu'il soit dangereux de la vouloir connoître ;
On ne sçauroit blâmer mon désir curieux.
Votre sexe est semblable, & la voyant paroître,
Hardie à l'admirer, sans redouter ses yeux,
On me verroit l'aimer & la suivre sans cesse ;
M'attacher à lui plaire, à lui faire ma cour,
Meriter de son cœur l'estime & la tendresse,
Et faire triompher l'amitié de l'amour.

Vous avez déja vû l'Acrostiche &
le Rondeau qui suivent, Madame, &
vous connoissez les personnes pour qui
ils sont faits, ce qui me dispense de
vous en dire davantage.

ACROSTICHE.

Montaine dans ce séjour accepte mon hommage ,
On ne peut trop en rendre à tes divins attraits,
Ni trop louër en toi , leur divin assemblage.
Tes yeux à qui l'amour a confié ses traits ;
Du péril des humains , augmentent son Empire.
Il ne m'est pas permis d'être de ces mortels ,
Ne pouvant t'adorer ; permets que je t'admire ,
Et que mon amitié t'éleve des Autels.

RONDEAU.

ETRENNES.

A Madame de.......

LE jour de l'an est un jour malheureux ,
A qui ne peut recourir , qu'à des vœux.
Si les souhaits étoient choses certaines ;
Ils deviendroient de fort bonnes étrennes :
Et les donneurs paroîtroient genereux.
 Bon gré , malgré , mon destin rigoureux ,
Veut qu'aujourd'hui j'aie encore besoin d'eux.
Mon cœur pour vous en forme des centaines
 Le jour de l'an.

N iiij

Mais mon Rondeau seroit défectueux,
Si j'en mettois un essain si nombreux;
Et pour tout dire, il faudroit trois semaines.
J'en choisis un parmi tant de douzaines;
Puissiez-vous voir pendant un siecle ou deux
Le jour de l'an.

Je vais encore vous parler du Languedoc, Madame, pour vous faire lire une lettre que j'écrivis il y a très-peu de tems à Monsieur l'Abbé Bruïs. Ce nom-là vous est trop connu pour que je sois obligée à vous faire son éloge; ses ouvrages le mettant fort au dessus de ce que j'en pourrois dire. Il ne me reste qu'à vous apprendre que Monsieur l'Abbé Bruïs ayant envoyé une Tragedie intitulée, *Asba*, à un de ses amis, de qui le merite & l'esprit le rendent digne de cette confiance, & qui me faisant l'honneur d'être des miens m'apporta cet ouvrage, en me priant de voir s'il y avoit quelque changement à faire, je m'aquittai de cette commission; & Monsieur l'Abbé Bruïs instruit par cet ami de l'attention que j'avois à sa piece, ayant eû la bonté de m'en remercier; je lui écrivis les vers que vous allez voir. Le Vertel eſt une belle Terre en Languedoc , où cet illuſtre Abbé fait ſon ſéjour le plus ordinaire , & dont il eſt poſſeſſeur.

A Monſieur l'Abbé Bruïs.

Toi qui dans tes écrits, ſçais mêler à la fois
Le feu brillant de la jeuneſſe ,
Avec l'eſprit cenſé de la docte vieilleſſe ,
Bruïs , prête l'oreille aux accens de ma voix.
Si juſqu'au Vertel , elle ſe fait entendre ,
Ne crois pas que ce ſoit orgueil ou vanité ,
C'eſt ſimplement pour me défendre ,
De l'excès de ma témerité.
J'ai jetté ſur Alba , des regards curieux ,
Mais reſpectant en toi la main dont il tient l'ê-
tre ,
Ma muſe n'a point pris le vol audacieux ,
De cenſurer celui qui peut être ſon maître.
De ta ſçavante plume admirant le produit ,
Dans ce que j'ai changé , j'ai ſuivi mon eſprit ,
Il m'a guidé en tout , & j'en tire avantage.
Je ſçai ce que les Cieux nous donnent en partage,
Et plus loin que leurs loix, je n'oſe m'ingerer ;
C'eſt le tien de changer , d'embellir un ouvrage;
C'eſt à toi d'y donner tes ſoins , ou ton ſuffrage ,
Le mien eſt d'écouter , d'apprendre & d'admirer.

Je crois , Madame , que voilà aſſez de morceaux détachés , & qu'un ſujet

N v

conduit vous donnera prefentement un plaifir nouveau. J'ai tiré cette idée des Nouvelles de Montalban, connuës fous le titre du Palais enchanté. Je trouvois cette Nouvelle digne du Théatre, & ne me fentant pas capable d'en faire une Comedie, je ne négligeai rien pour engager quelques perfonnes d'efprit de mes amis à traiter ce fujet. Soit parefle, négligence, ou qu'ils ne fuffent pas frapez comme moi, ils n'y travaillerent point. Piquée de leur indolence, je ne pus refifter à l'envie de donner une forme théatrale à cette Nouvelle. Elle eft faite pour être en trois Actes ; mais des occupations plus importantes m'arrêterent au 3e. dont vous n'aurez que l'éclairciffement. Les machines & les décorations la rendent plus propre pour l'Opéra, que pour la Comedie. Je la fis dans l'intention qu'elle fût chantée, & pour cet effet, je l'intitulai :

LES EPREUVES,

BALET HEROIQUE.

EN TROIS ACTES.

ACTEURS.

ALCIDIANE, Reine de l'Ifle Fortunée.

FELICIE, Magiciene, parente d'Alcidiane.

ALCANDRE, Souverain d'une partie de l'Afie.

ORCAME,
DORIMONT, } Princes de l'Ifle
Fortunée.

CHOEUR & Troupe d'Affiriens &
d'Affiriennes.

ASMODE'E.

UN Demon deguifé en Nimphe.

DEMONS Suivans d'Afmodée.

TROUPE & Chœur de Demons,
changez en Nimphes & en Plaifirs.

TROUPE de Guerriers, Suivans
d'Alcandre.

TROUPE & Chœur des habitans de
l'Ifle Fortunée.

ACTE PREMIER.

Le Théatre represente le Palais d'Alcidiane.

SCENE PREMIERE.

ORCAME, DORIMONT.

DORIMONT.

Ous me cachez en vain le sort de votre flamme,
Je lis dans vos regards un desespoir
affreux :
Je suis votre rival, mais je suis malheu-
reux ;
C'est assez pour unir les secrets de notre ame.

ORCAME.

La Reine doit bien-tôt se choisir un époux,
Les plus grands de l'Etat sont nommez comme nous.
Mais nous briguons en vain l'autorité suprême :
Aucun de nous n'aura le Diadême.

DORIMONT.

Alcidiane ose-t-elle oublier en ce jour
Que les loix, notre rang, notre amour :

Nous rendent digne de l'Empire.

ORCAME.

Pour un autre, en secret la cruelle soupire,

DORIMONT.

Le puis-je croire, ô Ciel ! que dites-vous ?

ORCAME.

Mon amour éclairé par mes soupçons jaloux
A découvert celui qui nous fait cet outrage.
C'est le Prince d'Asie, Alcandre qui l'engage,
Je sçais que dans ces lieux cet étranger s'aprête
A donner à l'ingrate, une superbe fête ;
Je viens pour la troubler, ou mourir à leurs yeux ;

DORIMONT.

Gardez-vous d'écouter ce transport furieux,
De la Reine & d'Alcandre évitons la presence ;
De nos rivaux c'est la commune offence :
Faisons-les partager le peril avec nous.
Que ce Prince accablé, perisse sous nos coups.

ORCAME.

Ce dessein dans mon cœur rapelle l'esperance ;

Ensemble,

Pour posseder la suprême puissance,
On ne doit menager ni gloire ni repos.
Oublions pour un tems que nous sommes rivaux ;
Ne songeons qu'à notre vangeance.

DORIMONT.

Quelqu'un vient, évitons des regards curieux ;
Menageons des momens qui nous sont precieux

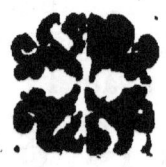

SCENE II.

ALCIDIANE, FELICIE.

FELICIE.

QUi peut caufer la mortelle triftefle
        Qui vous accable dans ce jour ;
Vous êtes de ces lieux , fouveraine maitreſſe.
Les plaifirs & les jeux forment votre Cour.
        A vous fervir chacun s'empreſſe.
    Qui peut caufer la mortelle triftefle
        Qui vous accable dans ce jour.
            ALCIDIANE.
    A quoi fert la grandeur fuprême,
        Si ce qu'elle a d'autorité
        Ne donne pas la liberté
De pouvoir à fon gré difpofer de foi-même.
    Chaque jour mes heureux fujets
        Se reffentent de mes bienfaits.
        Et les ingrats pour recompenfe
        De mes foins & de ma clemence ,
    M'impofent la cruelle loi,
De partager mon Sceptre en leur donnant un Roi.
            FELICIE.
Choififfez un époux , de qui l'amour extrême
        Puiffe faire votre bonheur.
Quand on regne avec ce qu'on aime ,
On partage aifément la fuprême grandeur.

ALCIDIANE.

Tu sçais qu'ils ont nommé les plus grands de l'Em-
pire,
Mais dans tous ceux qu'ils m'ont voulu prescrire,
Il n'en est point qui merite ma foi.
J'ai sçû faire éprouver leur amour & leur zéle,
Pas un d'entr'eux ne m'est fidelle :
La seule ambition les attachent à moi.

FELICIE.

Ils brûleroient pour vous, de la plus vive flam-
me.
Qu'ils ne pourroient toucher votre ame,
C'est dans l'insensibilité
Que vous mettez votre felicité.

ALCIDIANE.

Hélas !

FELICIE:

Vous soupirez ?

ALCIDIANE.

Ma chere Felicie !
Toi, qui connois si bien les secrets de mon cœur ;
Ne peux-tu deviner, en voyant ma langueur,
Le plus important de ma vie.

FELICIE.

Aimeriez-vous ! L'amour si long-tems outragé,
De vos mépris pour lui, se ser it-il vangé ?

ALCIDIANE.

De son cruel pouvoir je n'ai pû me défendre.

FELICIE.

Et quel est ce mortel heureux ?

ALCIDIANE.

Si le nom de l'amant peut excuser les feux,
Je ne dois point rougir, en te nommant, Alcandre.

FELICIE.

On ne peut trop approuver votre choix,
D'un sang Auguste, Alcandre a reçu l'être;
L'Asie un jour doit recevoir ses loix.

Il vous faut un époux, il est digne l'être,

Ensemble,

Quand l'amour nous contraint d'aimer
Ce que les Dieux rendent aimable ;
Nous pouvons sans rougir, nous en laisser char-
mer !
Notre foiblesse est pardonnable,
Quand l'amour nous contraint d'aimer
Ce que les Dieux rendent aimable.

FELICIE.

Ce Prince a-t-il apris l'excès de son bonheur ?

ALCIDIANE.

J'ai toujours caché mon ardeur
Quoique je sache qu'il m'adore,
Pour en être plus sûre encore
J'ai dessein d'éprouver son cœur,
Je ne puis trouver mon bonheur.
Dans l'éclat seul d'une illustre aliance :
Pour faire ma felicité
Il faut qu'il joigne encore à sa haute naissance
La valeur, la magnisicence,
Et l'éxacte fidelité,
A servir mes projets, prepare ta science :
L'Enfer est par ton art, soumis à ta puissance ;
Et je veux tout tenter pour connoître en ce jour
Si ce Prince en effet merite mon amour.

FELICIE.

Je borne mes désirs au seul bien de vous plaire ;
Je dois tout à vos soins genereux,
Et le plus ardent de mes vœux,
Est de vous être necessaire.

ALCIDIANE.

Alcandre va bien-tôt se montrer à nos yeux,
Je scais que son amour m'aprête
Par les Assiriens une galante fête ;
Sans le secours de ta puissance,
Je vais juger de sa magnificence.
Mais il faut tes enchantemens,

Pour m'apprendre s'il est de fidelles amans.

FELICIE.

Il vient ; contraignez-vous !

ALCIDIANE.

                           Ah ! qu'elle peine extrême
De cacher son amour aux yeux de ce qu'on aime.

SCENE III.

ALCIDIANE, ALCANDRE, FELICIE.

ALCANDRE.

LE peuple que le Ciel a soumis à mes loix
N'attend que le moment de vous marquer son
    zele ;
Interpréte & témoin de mon ardeur fidelle.
Il vient vous en parler pour la derniere fois :
Je vais finir ailleurs ma triste destinée.

ALCIDIANE.

Quoi, vous partez ! qui peut vous éloigner de nous !

ALCANDRE.

Vous devez en ce jour vous choisir un époux,
Et ma mort troubleroit votre heureux himenée.
Je devrois vous cacher mon désespoir affreux :
    Mais vous m'avez rendu trop amoureux,
    Pour vous perdre & pouvoir me taire.

ALCIDIANE.

Ne quittez point ces lieux, vous m'êtes nécessaire ;
    Si vous craignez de me voir un époux,

Je crains aussi de me donner un maître.
Pas un de vos rivaux ne merite de l'être.
Et vous n'en voirez point de plus heureux que
    vous.
De vos Assiriens que la fête commence,
Et ne me parlez plus ni de mort ni d'absence.

ALCANDRE.

Venez, peuple, venez, repondez à mes vœux,
  A mes tourmens, si vous êtes sensible,
    Exprimez-bien, s'il est possible
    L'amour dont je ressens les feux;
Celebrez les appas de l'auguste Princesse
    Qui regne dans ces lieux.
    Qu'à l'admirer, chacun s'empresse,
    Que son nom vole jusqu'aux Cieux.

SCENE IV.

ALCIDIANE, ALCANDRE, FELICIE,

CHœur & Troupe d'Assiriens & d'Assiriennes, chargez de tout ce que l'Asie produit de plus précieux pour le presenter à la Reine.

LE CHOEUR.

Celebrons les apas de l'auguste Princesse
    Qui regne dans ces lieux.
    Qu'à l'admirer chacun s'empresse :
    Que son nom vole jusqu'aux Cieux.

Les Affiriens & les Affirjennes forment des dances galantes, & qui toutes expriment avec vivacité l'amour d'Alcandre pour Alcidiane. Chacun porte à ses pieds, les presens qu'il y a destinez, & cette fête ayant duré assés de tems pour prouver à la Reine le zele & l'ardeur de son amant. Elle lui en marque sa reconnoissance, elle rentre dans son Palais avec Felicie, & le Prince se retire avec ses Affiriens.

Fin du premier Acte.

Alcidiane toujours occupée du dessein qu'elle a d'éprouver l'amour d'Alcandre, & de connoître s'il est veritablement digne d'elle, ne pense qu'aux moyens d'executer son projet. Mais plus elle est prête à le voir commencer, & plus elle craint qu'il ne réüssisse trop bien pour son repo. Cependant, comme elle ne peut douter de la magnificence d'Alcandre, par les presens qu'elle en vient de recevoir, elle veut être aussi certaine de sa fidelité. C'est dans cette agitation qu'elle commence le second Acte.

ACTE II.

SCENE PREMIERE.

Le Théatre represente une Forêt.

ALCIDIANE seule.

Sombre Forêt, aimable solitude,
Donnez-moi, s'il se peut, votre tranquilité,
 Ou partagez l'inquietude
  Dont mon cœur se trouve agité.
Je vais bien-tôt éprouver ce que j'aime,
 Je vais sçavoir s'il est constant :
 Mais helas ! ma peine est extrême ;
 Je crains de voir son changement.
Et mon ame éprouve elle-même
  Le plus cruel tourment.
 Sombre Forêt, aimable solitude,
Donnez-moi, s'il se peut, votre tranquilité,
  Ou partagez l'inquietude
  Dont mon cœur se trouve agité.

SCENE II.

ALCIDIANE, FELICIE.

FELICIE.

VOus venez seule ici , vous plaignez-vous d'Al-
candre ,
Votre cœur n'est-il pas satisfait de ses feux ;
Vous sçavez que le sien est aussi genereux
Qu'il est pour vous sincere & tendre.

ALCIDIANE.

On possede souvent la generosité ,
Et quelque fois la seule vanité
Porte les cœurs à la magnificence.

FELICIE.

Vous cherchez à vous tourmenter ;
Croyez-moi, vous devez dompter
Les soupçons qui troublent votre ame.

ALCIDIANE.

Non, je veux éprouver sa flamme ,
Chercherois-tu de vains détours
Pour me refuser ton secours.

FELICIE.

Ah ! sans me faire une mortelle offence,
Vous ne pouvez douter de mon obéissance.

Duo.

FELICIE.

Mais craignez d'éprouver l'amour,
De votre amant menagéz la constance ;
Et de ce Dieu redoutez en ce jour

Une trop fatale vengeance.

ALCIDIANE.

Ne crains point d'éprouver l'amour,
De mon amant fais moi voir la conftance ;
Si je ne veux éprouver en ce jour
Une trop fatale vengeance.

FELICIE.

Hé bien ! vous le voulez, il faut vous obéïr !
Heureufe, fi l'amour ne veut pas vous trahir ?
Tandis que des enfers, j'évoque la puiffance,
Eloignez de ces lieux, votre augufte préfence.
Vous me voirez bien-tôt fuivre vos pas,
Et par mon art devenuë invifible,
Je vous rendrai témoin, fi pour d'autres apas
Le cœur de votre amant peut devenir fenfible.

SCENE III.

FELICIE feule,

Toi, qui veux ufurper le pouvoir de l'amour,
Pour n'embrafer les foibles ames ;
Que de l'ardeur des plus funeftes flammes,
Afmodée à ma voix, quite le noir féjour,
Il faut feduire l'innocence,
Porter un cœur à l'inconftance ;
Lui lancer tes barbares traits.
Brifer ceux d'un amour tendre,
Et l'engager, le forcer à fe rendre
A de nouveaux attraits.
Mais qu'elle obfcurité vient ici fe repandre,
Je n'en fçaurois douter, ma voix s'eft fait entendre.

SCENE IV.

Asmodée & les Demons de sa suite, sortent des enfers envelopez d'une vapeur épaisse qui obscurcit entierement la clarté du jour.

ASMODE'E.

Tes accens m'ont frapé, par mon empressement
Tu peux juger en ce moment,
Du desir que j'ai de te plaire.
Explique toi ! que faut-il faire ?
Parle promtement.

FELICIE.

Notre Reine aime Alcandre, & ce Prince l'adore ;
Mais malgré sa sincere ardeur,
L'incredule aujourd'hui veut éprouver encore
La fidelité de son cœur.
C'est à toi seul à remplir son attente,
Alcandre à chaque instant vient rever en ces lieux :
Par ton pouvoir fais paroître à ses yeux
Les dangereux attraits d'une beauté touchante.

ASMODE'E.

Demons, vous qui suivez mes pas,
Hâtez-vous de me satisfaire,
Construisez en ces lieux, un jardin plein d'apas,
Qu'il soit formé de tout ce qui peut plaire.
Démons ! vous qui suivez mes pas !

Hâtez

Hâtez-vous de me satisfaire.

Les Démons construisent en dan-
sant, un jardin superbe & magnifique,
orné de plusieurs lits de gazons, sous
des portiques de fleurs.

ASMODE'E

Sur ce gazon présentement
Faisons paroître une Nymphe charmante,
Et que de mille attraits sa jeunesse brillante,
Contraigne Alcandre au changement.

Asmodée donne un coup de son Javelot sur un de ses lits de verdure, sur
lequel paroît aussi-tôt une Nimphe
jeune & belle, ensevelie dans un profond sommeil.

Asmodée à sa suite.

Et vous devenez invisibles :
Et lorsque cette Nimphe aura besoin de vous
Sous les traits séducteurs des charmes les plus doux,
Transformez vos formes terribles.

Asmodée , Felicie & les Démons
disparoissent.

SCENE V,

Une Musique douce & tendre, entretient la Scéne.

Alcandre vient en rêvant.

Où suis-je ! & quel enchantement
M'a pû faire écarter de ma route ordinaire,
J'ai crû porter mes pas dans un bois solitaire.
Et je trouve un Jardin charman.

De mille oiseaux sous ces feuillages
On entend les voix tour à tour :
Ils semblent disputer dans leurs touchans ramages
La gloire d'habiter cet aimable séjour.

Chantez oiseaux, chantez, je viens pour vous
entendre,
Celebrez à l'envi les douceurs de l'amour ;
Vous ne sçauriez rien exprimer de tendre,
Que mon cœur enflammé ne ressente en ce jour.

Mais quel objet se présente à ma vûë.
Venus du haut des Cieux
Seroit-elle exprès descenduë
Pour reposer en ces lieux ?

Si ce n'est elle, il faut que ce soit Flore ;
Mais quel que soit l'éclat de sa beauté,
Celle dont je suis enchanté :
Par ses apas l'emporte encore.

Pour ne point troubler son repos
Je vais porter ailleurs ma tendre inquietude,
Rien ne peut adoucir mes maux,
Que l'objet de ma flamme, ou bien la solitude.

Comme Alcandre est prêt à sortir,
la Nimphe se reveille & l'arrête.

SCENE VI.

ALCANDRE, LA NIMPHE.

LA NIMPHE.

ALeandre demeurez, ces lieux sont faits pour vous,
Dans votre sort un Dieu qui s'interesse,
Les a remplis des charmes les plus doux,
Pour dissiper votre tristesse.

ALCANDRE.

J'ignore de quel Dieu j'attire le secours :
Mais, si le Ciel à me servir s'empresse,
Il faut que vous soyez vous-même la Déesse
Dont la pitié s'interesse à mes jours.

LA NIMPHE.

Non, non, je ne suis point Déesse,
Et ma seule immortalité
N'est que dans la fidelité
Dont vous assure ma tendresse.

ALCANDRE.

O Ciel !

LA NIMPHE.

Vous vous troublez, Alcandre, je le vois ;
Mais enfin il faut vous instruire,
Que l'Amour aujourd'hui, de concert avec moi,
Dans ces lieux a sçû vous conduire,
Touché du destin rigoureux
Que vous prepare une Reine inhumaine,
Ces Dieux favorables à mes vœux,
Par mes mains vous presentent une plus douce chaîne,

ALCANDRE.

Quand l'Amour contre moi lanceroit tous ses traits,
Ils ne pourroient blesser mon ame.
Il a sçû l'embraser d'une trop vive flamme
Pour esperer de l'éteindre jamais,

LA NIMPHE.

Soyez sensible à ma tendresse,
Si mes foibles attraits ne parlent pas pour moi ;
Ah ! de l'ambition suivez la fiere loi,
D'un état florissant, souveraine maitresse,
Je puis par mon hymen, vous en faire le Roi,

ALCANDRE.

Pour vous donner mon cœur, est-il encore à moi,
A vos divins appas, mon respect rend hommage ;
Je connois tout le prix de vos dons précieux,
Mais helas, une autre m'engage ;
Je ne puis meriter un sort si glorieux.

LA NIMPHE.

C'est pour vous seul, qu'Alcidiane est cruelle,
D'un rival en secret, elle aprouve l'ardeur.

ALCANDRE.

Ah ! s'il est vrai, j'en mourrai de douleur ;
Mais du moins je mourrai fidelle,

Ensemble.

Eteignez d'inutiles feux,
Prenez une chaîne nouvelle ;
Ne rendez pas votre sort malheureux,
En brûlant pour un cœur rebelle,
Eteignez d'inutiles feux,

Prenez une chaîne nouvelle.

ALCANDRE.

Ah ! laissez-moi quitter ces lieux ;
On ne peut sans danger vous voir & vous entendre ;

LA NIMPHE.

Tu n'en sçaurois sortir ! ô trop ingrat Alcandre,
Je suis maitresse de ton sort.

ALCANDRE.

Qu'entens-je ! ô Dieux, donnez-moi donc la mort !

LA NIMPHE.

Mon amour contre moi sçait trop bien te défendre,
Pour attirer le tien, je vais tout entreprendre.
Venez tendres Plaisirs, venez aimables Jeux,
Contraignez cet ingrat à repondre à mes vœux.

Les Démons déguisez en Nimphes
& en Plaisirs, forment des danses &
des chants, pour contraindre Alcandre au changement. Mais ce Prince
impatient de quitter cette enchante-
resse, se leve avec précipitation de l'endroit où il étoit assis, & fait un effort
pour s'en aller.

ALCANDRE.

Vous m'arrêtez en vain, ma flame & ma constance
Bravent ici votre puissance.

Il sort ;

LA NIMPHE.

Alcandre.....

Felicie paroit, & la touche de sa baguette.

Arrête, c'est assez :
Rentre dans le néant, tu n'ès plus nécessaire.

Oiij

Que tout rentre en ces lieux, dans sa forme ordi-
    naire ;
Et vous, fuyez Démons ! allez, obéïssez.

La Nimphe s'évanouït, & les Démons disparoissent.

Fin du second Acte.

ACTE III.

SCENE PREMIERE.

LE Théatre devoit repréſenter le Temple de la Gloire, Alcidiane contente de la fidelité d'Alcandre, ne cherche plus à l'éprouver que ſur ſa valeur ; & malgré les conſeils de Felicie, qui la preſſe de ſuivre ſon penchant en épouſant ce Prince, elle la prie encore de ſe ſervir de ſon art magique, pour lui faire connoître le courage d'Alcandre. Le grand Prêtre du Temple de la Gloire, étant frere de Felicie, eſt engagé par elle à rendre un oracle tel qu'elle le ſouhaite, lorſque la Reine viendra le conſulter ſur

O iiij

le choix d'un époux. Toutes leurs mesures étant prêtes, la Reine fait assembler tous les Grands de sa Cour, & leur
déclare qu'elle ne prendra point d'é-
poux que la Gloire ne lui ait nommé
celui qui est destiné à cet honneur.
Orcame & Dorimont ayant formé une
conspiration contre Alcandre qu'ils
croyoient infaillible, consentent que
la Gloire décide de leur sort; ainsi tout
étant d'accord, Alcidiane présente
l'encens sur l'Autel de la Gloire, & le
grand Prêtre ayant reçû sa demande,
paroît agité d'un transport divin qui
lui fait prononcer pour oracle, que la
Gloire ordonne à la Reine de mettre
la Couronne sur la tête de celui qui aura le courage de l'ôter de dessus celle
d'un lion terrible qui paroît à l'instant
aux pieds du grand Prêtre. Cette vûë
fait frémir l'assemblée, quoique cet
animal soit attaché à l'Autel avec un
anneau d'or qui ne peut être détaché
sans péril, que du grand Prêtre. La
Reine regarde ses Amans, & leur dit,
que leur sort est entre leurs mains, &

que foumife à la Gloire, elle époufera
fans balancer le vainqueur du Lion.
Orcame & Dorimont s'excufent de ce
combat, en difant qu'ils n'ont que faire d'expofer leur vie pour une Couronne que leur naiffance leur donne fans
difficulté: qu'ils confulteront des Dieux
plus équitables que la Gloire, & qu'ils
ne veulent point de la main de la Reine à ce prix. Alcidiane qui connoiffoit
leur peu de courage, les voit fortir
du Temple fans leur faire le moindre
reproche; & comme elle eft prête à
croire que perfonne ne voudra combattre le Lion, & qu'elle doit garder fa
liberté, Alcandre fe jette à fes pieds
pour obtenir d'elle la grace d'entrer en
lice avec cet adverfaire. La Reine fait
femblant d'héfiter: mais le grand Prêtre ayant dit que la Gloire ne peut être
fatisfaite fi le fang du Lion ou celui de
fon ennemi ne teignent la terre, elle
confent que le Prince le combatte,
& jure de lui donner fa foi s'il fort
vainqueur. La Reine fe retira, le Temple difparoît & le Lion détaché, refte

avec Alcandre. Cet animal paroît attendre que son ennemi l'attaque, Alcandre ne balance point à le faire, le combat est long & sanglant. Mais enfin la valeur d'Alcandre triomphe de la fureur du Lion. Son épée lui perce le cœur, & l'ayant fait mordre la poussiere, il l'aproche & lui détache de dessus la tête une Couronne de diamants. Il n'a pas plutôt achevé sa victoire, qu'on entend le bruit de mille instrumens differents qui semblent célebrer la gloire d'Alcandre ; tous les peuples de l'Isle Fortunée viennent le feliciter, & le reconnoître pour leur Roi. Mais Alcandre impatient de porter la Couronne aux pieds d'Alcidiane sort dans l'intention de se rendre près d'elle, lors qu'on entend un bruit d'armes qui annonce qu'Alcandre est attaqué. La Reine effrayée arrive, & demande ce qui peut causer les cris qu'elle entend, lors que Felicie vient lui annoncer qu'Orcame & Dorimont soutenus de plusieurs de leur parti avoient attaqué Alcandre, qui quoique seul & sortant

d'un combat penible, les avoit vaincus
percez de coups, & fait fuir le reste;
qu'il alloit bien-tôt paroître à ses
yeux: mais qu'elle exigeoit d'elle pour
recompense de l'avoir servie avec éxa-
ctitude de ne plus faire languir Alcandre; qu'elle connoissoit sa generosité,
sa fidelité & son courage, puis qu'i-
gnorant que le Lion fût enchanté, Il
l'avoit combatu comme veritable: &
que quand elle auroit quelque suspi-
cion sur une action où la seule magie
avoit eu part, elle devoit se rendre à
celle qu'il venoit de faire en triomphant
avec tant d'éclat de ses rivaux: que
sans doute le Ciel lui avoit suscité ce
nombre d'ennemis pour faire briller sa
valeur autentiquement dans un péril
réel, & qu'il n'avoit évité que par la
grandeur de son courage la Reine ne
pouvant plus balancer à le choisir pour
époux, accorde à Felicie ce qu'elle
lui demande. Alcandre paroît suivi
de ses Officiers & d'un grand nombre
des sujets d'Alcidiane. Comme ce Prince se justifie à la Reine d'avoir été

obligé de combattre Orcame & Dorimont pour défendre sa vie, Alcidiane l'interromt pour l'assurer qu'elle lui pardonne aisément de l'avoir défaite de deux sujets ambitieux & rebelles; & que puisqu'il s'est montré le seul digne d'elle, elle ne veut plus differer son bonheur. Et l'acte finit par leur hymen celebré des deux peuples qui témoignent leur joie par leurs chants & leurs danses.

Voilà, Madame, le plan du Divertissement que je m'étois proposé de faire, si le tems & les ocasions me l'eussent permis.

Puisque je commence à vous entretenir de ma Prose, je vais continuer en vous faisant part d'une Nouvelle que je m'étois proposée de mettre au jour dans un autre endroit que celui ci. Mais l'extrême envie que j'ai de vous plaire me l'y fait placer avec plaisir; je souhaite qu'elle puisse vous en donner.

NOUVELLE AMERIQUAINE.

LA nouvelle France ou le Canada, eſt un vaſte Pays dans l'Amerique Septentrionale, Jean Vairezan qui la découvrit en prit poſſeſſion en l'année 1525. au nom de François I. Roi de France. En 1534. Jacques Cartier y établit des Colonies, qu'on augmenta juſques en 1562. autant que les troubles de la France le pûrent permettre. Les guerres étrangeres & civiles qu'elle eut à ſoutenir ſous les Regnes d'Henri II. de François II. de Charles IX. & d'Henri III. furent autant d'obſtacles pour l'avancement de cet établiſſement. Mais lorſque Henri le Grand eut vaincu ſes ennemis, & calmé le dedans de l'Etat, on ſongea ſérieuſement à donner du ſecours aux François qui étoient dans le Canada ; ainſi on y envoya du monde en 1604. pour réſiſter aux Na-

tions Sauvages, qui les harceloient
continuellement. On avança même
vers la partie Occidentale, qui peu
à peu en differens tems nous a fait
découvrir la Louisiane ou Mississipi.
Les guerres & la minorité de Louis
XIII. & celle de Louis XIV. firent
encore négliger ce Pays : mais après
la paix des Pirenées, le Conseil de
France resolut de fortifier la Ville de
Québec. Pour cet effet on y envoya
des Troupes reglées, entre lesquelles
étoit le Regiment de Carignan.
Quantité d'Ouvriers de tous Métiers,
des femmes en grand nombre & beaucoup de Marchands qui s'y établi-
rent, donnèrent la forme au Commerce régulier que les François ont
avec toutes les Nations de ce vaste
Continent, par le moyen de la Navigation que l'on fait de la Riviere de
S. Laurent, & par les grands Lacs que
traverse cette fameuse riviere, la plus
grande de l'Univers.

La Ville de Quebec fut bâtie sur
les bords Septentrionnaux de cette ri-

viere, bien fortifiée, avec titre d'Evê-
ché, qui ne releve que du Saint Siege;
elle eſt ſituée au 308. dégré 17. minutes de longitude, & au 46. degré
55. minutes de latitude Septentrion-
nale. Les plus grands Vaiſſeaux viennent mouiller ſous ſes murailles.

Elle eſt le lieu de la réſidence du
Gouverneur General; elle a un Col-
lege de Jeſuites, un Couvent de Reli-
gieuſes & un de Recolets.

La Riviere de Saint Laurent qui
n'eſt encore connuë des François que
depuis ſon embouchure juſques aux
Lacs de Tracy & des Illinois, a ſon
cours du Sud Oüeſt au Nord Eſt. Tous
les Pays qu'elle traverſe ſont connus
ſous le nom de Canada ou nouvelle
France, ſubdiviſée ſur ſes bords en
pluſieurs Nations.

Les François y ont fait de grands
établiſſemens, comme Tadouſac &
Silléry; les rivieres Richelieu, Montréal & pluſieurs autres, deviennent
chaque jour plus conſiderables, le
terroir y eſt bon, les forêts pleines de

bœufs sauvages, des Oriqueaux, des
Cerfs & d'autres sortes de fauves & de
gibier; les Rivieres & les Lacs abon-
dent en bons poissons; les habitans du
Pays, surtout les Hiroquois sont braves & adroits, mais cruels à leurs
ennemis jusques à la barbarie.

Deux Officiers du Regiment de
Carignan, l'un apellé Létuin, &
l'autre Beneville, s'étant trouvez en
Canada lors que ce Regiment fut caf-
fé, prirent la resolution d'y rester,
& d'entrer dans le Négoce. Comme
ils étoient liez d'une étroite amitié,
ils joignirent leur fortune, se marie-
rent, & s'étant établi des correspon-
dances à Bordeaux, à la Rochelle &
à Saint Malo, ils furent assez heureux
pour se voir très-riches l'un & l'autre dans l'espace de dix ans, Létuin
s'étoit établi à Montréal, & Beneville à Quebec.

Leur amitié & leur societé dura
même jusqu'après la mort de Létuin,
qui par son Testament laissa à Beneville la tutelle d'un fils qu'il avoit eu

de son mariage. Ce tendre ami ne trompa point l'espoir de Létuin : il accepta le Testament, & continua son commerce de moitié avec son pupille qu'il fit venir à Quebec, & confia le soin de son éducation aux Peres Jesuites de cette Ville, qui n'eurent pas de peine à lui aprendre toutes les sciences nécessaires à un homme de condition.

Le jeune Létuin étoit bien fait, aimable, il avoit le cœur bon, des sentimens nobles & relevez, & joignoit à cela un esprit doux, solide & penetrant. Avec de si heureuses dispositions, les Jesuites en firent bientôt un Cavalier parfait. Lorsque Beneville le trouva tel, il le retira des mains des Jesuites, & l'introduisit chez le Gouverneur, qui fut charmé de son esprit & de sa bonne mine.

Beneville avoit une fille âgée de douze ans, très belle, & dont il cultivoit l'esprit avec un soin extrême, il l'avoit destinée dans son cœur au jeune Létuin, & il vit avec un plaisir inexprimable que leurs cœurs parurent être d'accord avec ses intentions. En effet, cette aimable fille que l'on nommoit Leonore & le jeune Létuin, ne se virent pas long-tems sans avoir l'un pour l'autre cette sorte d'estime & de confiance, qui prédit toujours un amour tendre & délicat ; & quoi qu'ils ne fussent pas d'un âge assés mûr pour connoître eux-mêmes la force de leurs sentimens, Beneville que l'expérience rendoit habile, entrevit avec joie une forte tendresse au milieu de leur innocence, & la fortifiant de tout son pouvoir, il devint leur confident, & fut toujours leur arbitre dans les petits démêlés qui leur survenoient.

Ils étoient inséparables, & l'amour s'étant dévoilé à leurs yeux, ils sentirent & connurent qu'ils s'aimoient autant qu'ils étoient aimables.

Lorsque Beneville fut assuré de la solidité de leur inclination, & que sa fille eut atteint quinze ans & Létuin dix-huit, il songea sérieusement à les unir par des liens indissolubles.

La proposition qu'il leur en fit les combla de joie : ainsi le mariage fut arrêté & sçû de tout ce qu'il y avoit de gens de condition à Quebec qui voulurent assister à leurs accordailles.

La fête fut celebrée avec pompe ; les grands biens que Beneville avoit amassez n'y furent pas épargnez : & l'on vit pour sa premiere fois dans ce nouveau Monde, l'homme de condition devenu Négociant, donner des fêtes qui en faisant paroître sa magnificence ; faisoient encore mieux voir la noblesse, la grandeur & le goût qu'on retient presque toujours d'une naissance élevée.

Cette premiere ceremonie étant achevée, Beneville trouva nécessaire pour les interêts des deux Amans, d'aller regler les affaires qu'ils a voient à Montreal avant la conclusion du mariage. Quoique ce retardement fût sensible à Létuin aussi bien qu'à Leonore ; la raison qui les guidoit en tout les y fit consentir, Beneville les ayant

aſſurez que leur union y ſeroit con-
ſommée : il fut donc reſolu de partir,
on s'embarqua ſur la riviere de Saint
Laurent dans des Canots, voiture
très-fragile, n'étant formés que d'é-
corce de bouleau, mais en uſage dans
le pays.

Cet embarquement étoit compoſé
de Beneville, des deux Amants, de
deux amies de Léonore, de huit amis
communs, & de ſix domeſtiques, ils
partirent de Quebec en remontant la
riviere de Saint Laurent pour Montréal ; leur Navigation fut heureuſe les
quatre premiers jours ; mais le cinquiéme jour il s'éleva un vent de
Nord-Oueſt ſi terrible, qu'il fallut gagner les bords & débarquer.

Beneville & Létuin firent conſtrui-
re des baraques le mieux qu'il leur fût
poſſible, le bois ne manquant pas dans
ce pays-là, on tira les canots à terre
& l'on ſe réjouït autant que le lieu
le pouvoit permettre en attendant le
retour du beau-tems. Il arriva ; mais
lors qu'on travailloit à ſe rembarquer

ils furent découverts par un parti de
guerriers Iroquois, avec qui les François étoient en guerre; nos gens étoient
bien armez, ils se retrancherent der-
riere leurs Baraques, & se défendi-
rent vigoureusement, & surtout le jeune Létuin qui tua de sa main plusieurs
de ces Sauvages. Mais malgré toute sa
valeur, la partie n'étant pas égale il
fut blessé en trois endroits differens,
& mis hors de combat. Alors les Iroquois envelopperent le reste de toutes parts & en firent un carnage horrible. Un ami de Létuin nommé Boncourt, qui avoit toujours combattu à
ses côtez, l'ayant vû tomber, & jugeant
qu'il n'y avoit pas d'espoir de pouvoir vaincre dans l'état où ils étoient
profita du désordre où les Sauvages
mettoient cette malheureuse Troupe,
pour charger Létuin sur ses épaules:
& quoiqu'il fût blessé lui-même, son
amitié lui donna assez de force pour
s'enfoncer dans le plus épais des bois,
& de s'y cacher. Tandis qu'il s'occu-
poit à faire revenir Létuin de la foi-

bleffe que lui caufoit la perte de fon
fang , & qu'il fe fervoit de toute fon
induftrie pour accommoder fes bleffures, les Barbares mettoient à mort
tout ce qui s'oppofoit à eux , nul n'é-
chapa à leur fureur , & lorfqu'ils fe
virent fans ennemis, ils chercherent
dans les baraques fi le butin repondoit
à leurs efperances. Cette recherche
les conduifit bien-tôt dans celle qui
renfermoit Leonore & fes deux amies:
ces trois belles perfonnes étoient éva-
nouïes, & quoique la pitié ne foit pas
ordinaire aux Iroquois, la vûe de ces
jeunes beautés leur donna bien plus
de joye que ce qu'ils avoient trouvé.
Ils ne s'embarrafferent point de leurs
foibleffes, & les enleverent avec empreffement ; chargés de cette proye,
ainfi que de tout ce qu'ils pûrent emporter, ils regagnerent promtement la
route de leurs habitations.

Cependant Boncourt étant parvenu à faire revenir la connoiffance à
Létuin , & s'étant mutuellement aidés
à panfer leurs bleffures, ils fe trouve-

rent à quelques heures de là en état
de se transporter au lieu du combat.
La douleur de Létuin fut excessive en
voyant tous ses amis morts & mourans, & sur tout lors qu'il aperçût Beneville dans le nombre de ces infor-
tunez. Mais quel fut son désespoir,
quand il courut aux Baraques de n'y
plus trouver Leonore & ses amies. Tout
ce que l'amour & la douleur peuvent
inspirer dans une semblable occasion,
se firent voir en ce moment dans les
paroles & les actions de ce malheureux
amant. Boncourt ne fut pas moins touché que lui de ce nouvel accident ;
une des compagnes de Leonore a-
voit touché son cœur, & il s'étoit flaté que l'amitié de Létuin lui auroit été
favorable, dans le dessein qu'il avoit
de s'en faire aimer & de l'épouser.
Mais comme sa passion ne faisoit que
de naître, elle lui laissoit encore assez
de sang froid pour suivre les mouvemens de la raison.

Il l'employa toute entiere à consoler son ami, en lui représentant avec

force qu'il étoit inutile de perdre du
tems en regrets superflus, qu'il falloit
courir aux remedes , & que puisque
ces blessures ne lui permetroient pas
d'agir par lui-même, il ne devoit songer qu'à retourner à Quebec pour envoyer promptement des Troupes sur
les pas des Sauvages qui avoient enlevé Leonore & ses amies. Un discours
si sensé remit un peu le calme dans
l'ame de Letuin : il aprouva le conseil
de son ami , & après avoir donné aux
morts une sépulture telle que le lieu
le pouvoit permettre , ils se servirent
d'un Canot que les Sauvages avoient
laissé sans le briser, pour retourner à
Quebec. La triste nouvelle qu'ils y ap-
porterent mit toute la Ville en larmes;
on envoya des Troupes pour trouver
le Parti qui avoit enlevé Leonore &
ses amies , qui étoient des plus consi-
derables de Quebec , ou pour faire
des prisonniers qui pussent faciliter
un change. Mais tous ses soins furent
inutiles, les Troupes revinrent sans
avoir rien , & Letuin se trouva plus
malheureux.

malheureux que jamais ; cependant
l'espoir ne l'abandonna point, & se
voyant entierement gueri de ses blessures il ne songea plus qu'à chercher
des moyens pour tirer Leonore des
mains des Sauvages.

Il communiqua son dessein à Boncourt, qui l'aprouva, & l'y encoura-
gea, s'offrant à le suivre par tout, autant par son amitié pour lui que par l'a-
mour que l'amie de Leonore lui avoit
inspiré; & que le malheur de cette belle personne sembloit augmenter par
les difficultez qu'il y avoit à l'en tirer.

Ils mirent ordre à leurs affaires, &
s'étant chargez d'un grand nombre de
Marchandises à l'usage des Sauvages;
ils partirent de Quebec, remonterent
la riviere de Saint Laurent jusques au
Lac de Frontenat, & furent delà chez
les Nations alliées à la France, où ils
aprirent que le Chef du Parti des Iroquois qui avoit causé leur malheur,
avoit eû pour son partage du butin,
les trois jeunes personnes dont ils é-
toient en peine, & qu'il en avoit un
soin extrême. P

Cette nouvelle fit trembler les deux
amants, & il s'en falut peu que la jalousie ne fit sur eux ce que la douleur
n'avoit pu faire. Mais lorsqu'ils eurent
fait reflexion sur une Loi severe & re-
ligieusement observée parmi les Nations Iroquoises, ils se rassurerent. En
effet il est défendu aux hommes sous
des peines rigoureuses, de faire la
moindre violence à une femme soit
libre ou esclave : il est seulement permis aux jeunes Sauvages d'aller la nuit
dans la Cabane de celle dont il sont a-
moureux se presenter à elle, tenant
une bougie alumée à la main, & si la
Dame soufle la lumiere, c'est le signal
de son bonheur : mais si après l'avoir
regardé elle détourne la vûë avec dé-
dain, l'amant est obligé de sortir sans
chercher d'autres voies, pour se la rendre favorable. Cette Loi qui mettoit
Leonore & ses Compagnes à l'abri des
insultes des Barbares, remit aussi le
calme dans l'esprit de Létuin & de
Boncourt, bien persuadez que pas une
des trois n'étoit capable d'éteindre

la bougie, Létuin fit tant par ſes per-
quiſitions, & il remua tant de reſſorts
qu'il engagea un jeune Guerrier de
la Nation des Miamis qui connoiſſoit
le Maître de Leonore à lui porter de
ſes nouvelles, & l'aſſurer qu'il employoit tous ſes ſoins à la tirer du triſte
état ou leur malheureux ſort l'avoit reduire.

Ce jeune homme s'aquita de ſa com-
miſſion avec adreſſe & raporta à Létuin
des marques certaines qu'il avoit ſatisfait à ſon engagement avec fidelité.
Leonore l'inſtruiſant par ſa bouche
de l'état où elle étoit avec ſes compagnes, Létuin & Boncourt ſe conſulte-
rent, & après bien des projets inven-
tez de part & d'autres, ils prirent la
reſolution de feindre de vouloir s'établir dans la nouvelle Yorc,

Et comme les Anglois étoient en
paix avec ces Sauvages, ils eſpererent
par le moïen du Negoce, pouvoir aller juſques au canton ou étoient leurs
Maîtreſſes. Ce projet étoit hardi &
perilleux, mais l'amour veritable n'en-

vifage point de plus grand malheur
que la perte de l'objet aimé , & tout
paroît facile pour parvenir à fon bonheur.

Nos amants prouverent la force de
cette verité , par la promtitude avec
laquelle ils executerent leur deffein ;
ils revinrent à Québec , & arriverent
dans cette Ville avec quantité de belles Pelleteries qu'ils avoient négociez
avec les Nations qui venoient de quitter.

Leur premier foin fut d'amaffer
beaucoup de Marchandifes , & d'en
faire charger un Vaiffeau fans rien
communiquer de leur intention à qui
que ce fût ; lorfque tout fut prêt , ils
defcendirent la riviere de S. Laurent
jufques à fon embouchure , & ayant
mis en Mer ils arriverent en peu de
jours à la nouvelle Yorc , ou ils fûrent reçûs avec joie du Gouverneur,
qui leur donna une Maifon. Ils firent
débarquer leurs Marchandifes & per-
fuaderent aifément aux Anglois qu'ils

venoient s'établir parmi eux pour toujours.

Létuin avoit connu à Quebec un nommé Bulton, qui y avoit été envoïé par son pere chez un Marchand, pour aprendre le François & la Langue Algonkine, qui est en usage chez les peuples de ce continent; le Marchand de Quebec avoit aussi envoïé son fils chez le pere de Bulton, pour y aprendre l'Anglois; troc qui se fait ordinairement entre les Marchands de differentes Nations. Bulton étant de retour chez son pere, Létuin fut le voir; ils renouvellerent leur amitié, & l'Anglois ayant instruit Létuin de cent choses nécessaires à son établissement pretendu à Yorc, il lui communiqua le dessein qu'il avoit d'aller négocier chez les Iroquois, puisqu'il avoit toutes les Marchandises propres à l'usage de ces Sauvages.

Bulton voulut être de la partie & le pressa d'exécuter son projet; Létuin qui avoit ses raisons pour être encore plus impatient que lui, ne tarda

pas à le satisfaire ; ils partirent ensemble avec le fidele Boncourt. Lors
qu'ils furent arrivez chez les Sauvages, ils y commencerent leur traite,
& la firent si avantageusement pour
les Iroquois, qu'ils furent charmez d'a-
voir affaire à ces jeunes Marchands,
& surtout avec Létuin, qui ayant
dessein de s'attirer leur confiance,
& leur amitié, leur faisoit des presens
à chaque instant.

Le bruit de cette generosité se re-
pandit bien-tôt dans les cinq cantons
des Iroquois, & chacun d'eux souhai-
toit avoir affaire à ces genereux Né-
gocians. Ils arriverent enfin au canton où demeuroit le guerrier qui avoit
en sa puissance Leonore & ses Compagnes. A peine l'amoureux Létuin avoit-
il assez de force pour cacher ce qui
se passoit dans son ame, ses yeux mar-
quoient de tems en tems à Boncourt
sa joie, sa crainte & son esperance,
c'étoit la seule façon dont il l'entrete-
noit en presence de Bulton, auquel
ils avoient caché avec soin le secret

de leurs cœurs.

Le Maître des belles Esclaves ne
sçût pas plutôt que les jeunes Marchands arrivoient, que comme Chef
du canton il vint au-devant d'eux.
Le Sauvage leur presenta le Calumet
en signe de paix, & après qu'ils y eurent fumé ensemble, il les mena dans
sa Cabane qui étoit belle & spacieu-
se. Létuin y vit sa chere Leonore &
ses deux Compagnes, Themire & Isa-
belle. Leonore qui s'étoit bien dou-
tée par tout ce qu'on lui avoit raporté
de ces Marchands, qu'il y avoit
quelque stratagême de son amant caché la-dessous, fut assez prudente
pour ne pas faire éclater sa joie : &
s'étant même un peu éloignée avec
ses deux amies, afin que les Sauvages
ne s'aperçûssent point de leur trouble,
elle fit connoître à Létuin par des regards perçants, son amour & sa crainte, ses yeux y repondirent avec ardeur; & comme ce langage est trop
délicat pour des Sauvages, ils ne s'a-
perçûrent point de cette tendre intel-

ligence. Le Guerrier les regala à sa
maniere, de tout ce qu'il avoit de
meilleur. Létuin fit plusieurs marchez
avec lui, qui furent si fort à l'avantage de l'Iroquois qu'il s'offrit à les
accompagner dans les autres cantons,
pour y faire leur traite.

Mais Létuin qui n'avoit pas dessein
d'abandonner ce lieu si promtement,
le remercia, & pretexta son refus sur
ce qu'il attendoit d'autres Marchandises de la nouvelle Yorc, en ajoutant que lorsqu'elles seroient venuës il
accepteroit son offre avec joie.

Cependant il ne négligea rien pour
trouver les moïens d'entretenir Leonore, il ne perdoit pas la moindre des
occasions qui pouvoit lui attirer l'amitié des jeunes Guerriers Sauvages, qui
venoient visiter le Maître des belles
Esclaves; il leur faisoit present des plus
beaux fusils, de poudre & de plomb,
choses prétieuses parmi ces peuples &
dont ils se servent avec autant d'adresse & de justesse que les Européens.

Il ajoutoit à cela quelque brasse de

Tabac de Saint Domingue , & plusieurs bouteilles d'Eau-de-vie, dont ils
font si fort avides qu'ils donnent tout
pour en avoir : foiblesse que les Marchands de Canada savent parfaitement
mettre à profit dans les differens trocs
qu'ils font journellement avec les Nations de ce vaste Pays.

Ces guerriers alloient tous les jours
à la chasse, & Létulu qui observoit le
moment de parler en secret à Leonore, crut que ce tems étoit le seul favorable ; mais elle étoit si fort observée par les femmes Sauvages, que le
Chef du canton avoit mis auprès d'elle & de ses compagnes, qu'il trouva
plus de difficultez qu'il ne pensoit.

Cependant la fortune qui se plaît
quelquefois à favoriser les amants ,
ayant mené les guerriers assez loin
de leurs Cabanes pour ne pouvoir revenir que le soir , Létulu en voulut en
profiter ; & de concert avec Boncourt
il offrit aux femmes Sauvages quelques
bouteilles d'Eau-de-vie, qu'elles bu-
rent avec si peu de discretion , qu'a-

P. v

près avoir fait plusieurs extravagances, elles s'endormirent si profondément, qu'elles donnerent à nos amants le tems pour se dire tout ce qu'un amour tendre & passionné peut inspirer à des cœurs parfaitement unis.

Leonore & Létuin ne pouvoient trouver d'expressions assez fortes, pour faire entendre leur joie reciproque ; ils formerent cent projets differens pour se tirer des mains des barbares, & les plus justes mesures qu'ils prirent ne se terminerent qu'aux moyens de se revoir avec la même facilité.

Boncourt eut sa part du plaisir de cette entrevûë, par la satisfaction de voir l'aimable Themire approuver sa flamme, & par l'assurance qu'elle lui donna d'obéir avec zole, si ceux de qui elle dépendoit lui ordonnoient de l'épouser ; ensorte que nos deux amans se retirerent dans leur Cabane, enchantez de leur bonheur.

Bulton qui n'avoit point eu connoissance de tout ceci, & qui les vit arri-

ver un peu tard, leur demanda en riant
s'ils venoient de courir le Calumet : ils
repondirent à cette raillerie avec esprit sans le désabuser, les Sauvages ne
furent pas plutôt de retour de la chasse qu'ils manderent nos Marchands
pretendus, pour être de leur régal,
qui fut long & agréable à leur façon,
surtout étant égayé par les bouteilles
d'Eau-de vie, & de cet excellent Tabac de Saint Domingue, donné si gra-
cieusement par Létuin, qui sût si
bien captiver leurs cœurs qu'ils le con-
sultoient sur leurs affaires les plus importantes.

Comme ces sortes de fêtes se repe-
toient souvent, Létuin ne manquoit pas
l'occasion de voir Leonore, & Boncoup
Themire. Cependant Bulton qui étoit
toujours de ces festins, ne put voir si
souvent Leonore sans prendre pour
elle une violente passion : & son amour
le rendant attentif à ses actions, il
s'aperçût de son intelligence avec Létuin, il ne lui en témoigna rien pendant quelque tems.

Mais un jour étant tête à tête avec lui, il ne put s'empêcher de lui avouer qu'il étoit extrêmement amoureux de l'Esclave du Guerrier, & qu'il avoit pris la resolution de l'achepter à quelque prix que son maître voulût la mettre. Létuin fremit à ce discours, mais comme il étoit honnête-homme, il ne balança pas à lui declarer à son tour qu'il n'étoit venu à Yore que pour celle dont il lui parloit, qu'il la regardoit comme sa femme, puisqu'elle lui avoit été donnée par son pere ; ajoutant à cela le recit du malheur qui les avoit separés, & l'espoir qu'ils avoient de se réünir. Ainsi continua-t-il, j'espere mon cher Bulton, que l'amitié que vous m'avez jurée ne se démentira point en cette occasion, & qu'étoufant une passion qui ne peut jamais vous être heureuse, vous cesserez d'être mon rival pour rester mon ami.

Bulton quoique très-surpris de cette avanture, n'en fit rien apercevoir à Létuin, il feignit d'entrer dans ses peines, le remercia de sa confiance, &

lui promit qu'il convertiroit en parfaite amitié, l'amour que Leonore lui a-
voit infpiré. Létuin qui jugeoit du
cœur de Bulton par le fien, l'embraffa
& lui rendit mille graces d'avoir des
fentimens fi genereux.

Mais il ne l'eut pas plutôt quité qu'il
forma le projet le plus terrible qui foit
jamais entré dans le cœur d'un fcele-
rat : la faifon lui étant favorable pour
l'executer, il n'y perdit pas un inftant.

Lors que le printems arrive, les Sauvages Iroquois font une affemblée generale où ils déliberent de leurs affaires, qui roulent toujours fur la guerre
& la chaffe ; c'eft là qu'ils difpo-
fent du nombre des guerriers qu'ils
doivent envoyer à l'une & à l'autre,
qu'ils divifent en plufieurs corps qui
font depuis 200. hommes jufques à
500. Ils n'ont pour tout équipage qu'un
fufil chacun, du plomb & de la poudre, & une maffuë en forme de pieu ;
leurs chaffes journalieres leur tienne nt
ieu de magafin. Mais ce qu'il y a de

surprenant c'eſt qu'ils vont ſouvent
faire la guerre à quatre ou cinq cens
lieuës de leurs Habitations, & qu'ils
reviennent preſque toujours heureux
& chargez de butin. Pour leurs chaſ-
ſes ils vont du côté d'Occident, les
bœufs ſauvages venant paître dans la
belle ſaiſon, dans ces immenſes prairies
qui ſont le long de la riviere du Miſſi-
ſipi, là ils font baccaner leurs viandes,
c'eſt-à-dire, ſécher au ſoleil, s'en char-
gent & reviennent chez eux, où tout
eſt mis dans des Magaſins qui ſervent
à l'entretien commun de toute la Nation.

Le perfide Bulton prit le tems de
cette aſſemblée pour executer ſon barbare projet, il quitta Létuin & Boncourt ſous des pretextes aparens, & ſe
rendit au lieu ou ſe tenoit le conſeil des
Sauvages, qui n'eſt compoſé que de
ceux qui ont paſſé cinquante ans, cet
âge les diſpenſant d'aller à la guerre &
à la chaſſe.

Bulton trouva en arrivant le eu-
nes Sauvages dont il étoit connu par

pelotons autour de l'assemblée ; leur
jeuneſſe ne leur permettant pas d'en
approcher qu'à une certaine diſtance:
& lorſqu'ils ont quelque choſe à dire
ou à propoſer, ils font un ſignal, & attendent avec patience que les vieillards leur mandent de s'aprocher.

Bulton dit à ces jeunes Sauvages
qu'il avoit un ſecret important à reveler à l'assemblée, qui intereſſoit le ſalut & la ſûreté de toute la Nation Iro-
quoiſe.

On fit d'abord le ſignal le plus preſſant, & ſur le champ on envoya dire
qu'on aprochât. Alors Bulton fut conduit par deux Sauvages, & introduit
dans l'assemblée; à laquelle il dit que
Létuln & Roncourt n'étoient point Anglois, qu'ils étoient François, & en-
voyez par le Gouverneur de Canada,
pour découvrir le fort & le foible de
leur Nation, & pour épier le tems que
leurs Troupes s'éloignent, afin de venir à propos, & ſans péril détruire tous
les Iroquois; que l'un & l'autre étoient
les ſeuls qui euſſent échapé du com-

bat donné sur les bords du fleuve Saint Laurent, & qu'il ne demandoit pour recompense de cet avis que l'Esclave appellée Leonore, qui étoit entre leurs mains.

L'affaire fut trouvée trop sérieuse pour la négliger, on dit à Bulton qu'on délibereroit sur ce qu'il venoit de déclarer, & l'on dépêcha 50. Sauvages pour arrêter Létuin & Boncourt; mais comme ils n'arriverent qu'à nuit fermée, on remit leur interrogatoire au lendemain. Cependant Bulton se retira vers sa Cabane; comme il étoit prêt d'y entrer, il rencontra tous les jeunes Sauvages amis de Létuin, qui le menacerent de le faire mourir si Létuin perissoit, & commencerent par lui reprocher la noirceur & la lâcheté de l'action qu'il venoit de faire.

Bulton connoissoit trop bien cette Nation pour ne pas trembler de leurs promesses, elles lui parurent autant d'Arrêts irrevocables, la crainte ou le remords le saisirent; & resolu d'éviter le sort dont il étoit si vivement me-

nacé, il se sauva la nuit du même jour,
ne prenant que deux domestiques seulement, abandonnant toutes les Marchandises , & gagna pays le plus
promtement qu'il lui fut possible.

Les gens de Létuin ayant divul-
gué le lendemain matin que Bulton
étoit parti, cela fut porté à l'assemblée
qui envoya plusieurs Partis pour le
suivre. Les jeunes Sauvages amis de
Létuin qui lui avoient fait le soir pre-
cedent de si sanglans reproches, furent du nombre de ceux qu'on depê-
cha après lui.

Ils se diviserent en plusieurs ban-
des, & prirent differentes routes pour
ne le pas manquer. Quatre de ces Sauvages amis de Létuin , trouverent sa
trace & le suivirent de si près, que quoi
qu'il eut douze heures d'avance , ils
le joignirent le troisiéme jour. Bulton
fut le premier qui les aperçût, & ne
les voyant que quatre, il prit le parti
de se défendre , il les laissa aprocher à
la portée du fusil , & fit tirer dessus par
ses deux valets, qui coucherent par

terré un de ces Sauvages. Les autres voyant leur camarade mort, s'avancerent droit à Bulton, & le tirerent si juste, qu'il tomba mort sur la place; ses deux valets eurent le même sort; Lebruit des coups tirez ayant averti les autres Sauvages qui étoient à la quête de Bulton, ils ne tarderent pas à joindre ceux-ci qu'ils trouverent pleurant la mort de celui que les domestiques de l'Anglois avoient tué. Il n'y eut point de cruautez qu'ils n'exerçassent sur les cadavres de ces trois malheureux; après avoir assouvi leur rage il les emporterent tous quatre, & les vinrent mettre au milieu de l'assemblée qui interrogeoit en ce moment Letuin & Boncourt, qui soutenoient avec fermeté que Bulton étoit un imposteur, qui par un motif de jalousie de Commerce avoit inventé ce moyen pour les faire périr, & s'emparer des Marchandises qu'ils avoient en société. Les Sauvages du Conseil furent ébranlez par ces raisons, sans être parfaitement dissuadez.

Comme ils cherchoient à s'éclaircir,
on aporta le cadavre du Sauvage, tous
se leverent & pleurerent autour de lui
en chantant la Chanson des morts. Ils
firent allumer plusièurs feux, & per-
mirent aux jeunes Sauvages d'entrer
dans l'assemblée, où s'étant mis à chanter les louanges du mort, ils se jette-
rent sur les corps des trois Anglois, les
mirent en pieces, s'en firent part les
uns aux autres, les firent cuire sur des
charbons, & ces miserables Antro-
pophages les mangerent aux yeux
de Létuin & Boncourt, qui craignoient
encore quelque chose de plus funeste
pour eux, s'attendant à être mangez
tous vivans à la maniere de ces Nations
barbares.

Quels termes peuvent être assés
forts pour exprimer la cruelle situation de Leonore & de ses amies ?
elles étoient instruites de tout ce
qui se passoit, & jamais perplexi-
té ne fut plus terrible que la leur.
Leonore prit vingt fois la resolution
d'aller se jetter au milieu des Sau-

vages , expofer fa vie pour celle de
fon époux , & fans les confeils & la
prudence de Themire & d'Ifabelle,
cette journée auroit vû couler plus
d'un ruiffeau de fang. Le feul efpoir
qui lui reftoit, étoit la tendre amitié
qu'elle favoit que le Guerrier fon Maître avoit pour Létuin. Et comme elle
n'ignoroit pas qu'il avoit un grand
pouvoir dans le Canton , non-feule-
ment parce qu'il en étoit le Chef,
mais encore par fa valeur , qui étoit
en grande eftime parmi les Sauvages , elle fe flatoit qu'il ne laifferoit
pas perir un homme qui avoit trouvé le chemin de fon cœur.

LETTRE,

JE suis charmée, Madame, des plaisirs champêtres que la campagne vous procure. Je n'ai jamais douté que vous ne fussiez d'humeur à les goûter, vous connoissant une solidité d'esprit capable de recevoir toutes les impressions qui portent à la véritable sagesse, mais en même-tems permettez-moi de vous dire que je suis très-affligée de voir que votre cœur ne suit pas les mouvemens de cet esprit.

Vous vous êtes retirée du grand monde, pour accommoder vos affaires, & vous avez pris le tems de l'absence de Monsieur de . . . . . . auquel vous devez être unie par une chaîne éternelle, afin de lui faire voir qu'il vous tient lieu de toutes choses, & que le monde ne vous est rien sans lui. Vous savez le sujet de son éloigne-

ment ; vous l'aimez avec une éxacte fidelité, & ses Lettres vous assurent chaque jour de son amour & de sa foi.

Cependant on vous écrit, dites vous,
que tandis que vous menez une vie
presque languissante, il en méne une
pleine d'agrément ; & que ce sont bien
moins ses affaires qui le retiennent en
Province, que les charmes d'une jeune personne à laquelle il paroît s'être
attaché ; & sur cet avertissement vous
bâtissez un plan de malheurs, qui trouble votre repos & la tranquilité dont
vous me faites une si belle description.

Non-contente de la douleur que
vous ressentez, vous cherchez encore
à l'augmenter, en vous refusant la satisfaction de vous éclaircir avec Monsieur de .... en lui mandant ce qu'on
vous écrit, vous suffisant à ce qui paroît dans votre Lettre, d'être persuadée de la verité par les préssentimens
que vous avez de votre infortune, &
par la froideur qu'il vous semble entrevoir dans les plus fortes assurances de
votre amant,

Et enfin sans consulter davantage, piquée d'un procédé si outrageant, vous formez la résolution de revenir à Paris, d'y briller avec tous vos attraits, d'y voir grand monde & d'y feindre, même quelque attachement particulier, pour donner à votre tour de la jalousie à Monsieur de .... pour l'obliger à revenir à vous, ou pour chercher des amusemens qui puissent dissiper votre mélancolie, & vous faire oublier un perfide, un ingrat, qui ne mérite plus que vous lui sacrifiiez vos beaux jours, en vous renfermant dans une solitude qui vous fait penser incessamment à lui.

En verité, Madame, je ne vous reconnois plus à de pareils sentimens ; la jalousie m'avoit toujours paru la plus dangereuse compagne de l'amour ; mais je vous avoue qu'elle me la paroît encore davantage par les tenebres dont elle obscurcit l'esprit de la personne du monde la plus raisonnable.

Vous me demandez mon avis avec empressement, ne doutant point que

je ne fois du vôtre, après une fi noire
trahifon, voulant pourtant vous con-
former au confeil que vous attendez
de mon amitié; vous faites tort en ceci
à trois perfonnes à la fois.

Premierement, à Monfieur de.....
en le croyant fi legerement un infidel-
le. A vous, en vous perfuadant pouvoir mener une vie pareille à celle d'u-
ne coquette. Et à moi, Madame, en
imaginant que j'aprouverai le défor-
dre ou votre aveuglement eft prêt de
vous conduire.

Je ne vous confeillerai rien: mais je
vais vous peindre, le mieux que je pourrai, quels fortes de maux vous vous
preparez; & lorfque vous en ferez per-
fuadée, vous prendrez tel parti qu'il
vous plaira.

Pouvez-vous croire, Madame, que
l'union qui eft entre vous & Monfieur
de.....foit à l'abri de l'envie, qu'il
n'y ait pas des perfonnes interreffées
à la rompre, & que deux amants d'un
mérite parfait puiffent être fans rivaux
& fans rivales. Pefez bien ceci, Madame;

dame, il y a long-tems que vous aimez & que vous êtes aimée ; des intérêts de famille ont suspendu votre mariage, & des héritiers avides de part & d'autre, voient avec regret que votre sage conduite & la constance de Monsieur de . . . . . vont terminer cette grande affaire.

Mais comme on sçait que les traits qui portent au cœur, font des blessures mortelles, on cherche le plus aigu pour vous fraper, espérant par là vous forcer à rompre des nœuds que votre gloire & votre bonheur, ne peuvent vous dispenser de rendre indissolubles.

Si vous écoutez votre ressentiment, & que sans vous éclaircir vous suiviez la route qu'ils enseignent, vous leur donnerez des armes contre vous. De quel œil Monsieur de . . . . pourra-t-il voir une femme si retenuë jusqu'à present, se livrer au grand monde.

Quelles couleurs pourra-t-il donner à l'attachement que vous voulez feindre ? le croira-t-il une feinte ? Nou

Madame, il lui paroîtra la plus cruelle des veritez S'il est fidele, vous l'outragerez, & s'il ne l'est pas, bien loin de le ramener à vous, il profitera de votre pretendu changement, pour autoriser le sien.

Vous aurez donné prise à la médisance, vous aurez fait triompher vos ennemis, vous perdrez votre Amant, & votre passion restera d'autant plus vive, que l'objet vous en échapera. Voyez, Madame, dans quel gouffre de maux votre prévention va vous plonger : songez qu'une femme veritablement sage, doit éviter l'ombre du vice ; que plus elle a mené une vie reguliere, plus le moindre dérangement y fait du tort.

Tout le monde sçait ou pense que vous aimez Monsieur de....., & que vous en êtes aimée.

Chacun attend votre mariage pour justifier ce qu'il sçait ou ce qu'il s'est imaginé ; rien ne sçauroit distraire l'attention qu'on a sur vous : les uns souhaite votre bonheur, les autres l'envient, & la plûpart le craignent.

Lorsqu'on a tant fait que de donner son cœur, qu'on croit l'avoir placé dignement, & qu'une longue suite d'années, a paru être les fondemens de notre passion, il faut les soutenir jusques à la mort, heureuse ou malheureuse.

C'en trop à la fois, que de livrer son cœur à un, & sa reputation à tous; mais comme on n'est pas maître du penchant qui entraîne vers un objet, je suis du sentiment que lorsque nous avons combattu, & que nous ne pouvons vaincre, de soumettre notre liberté pour jamais, & d'obliger notre vainqueur par une constance à toute épreuve, à devenir lui-même notre captif.

Si l'infidelité trahit notre esperance, je veux qu'une vie mille fois plus retirée que la premiere, cache aux yeux malins ma douleur & mon affront; la solide vertu ramenne quelquefois plus un ingrat vertueux qu'une indifference affectée: & s'il ne revient pas à nous, le tems, les reflexions & l'âge nous rendent un

repos, que nous avons la satisfaction
de n'avoir point acheté par des apa-
rences criminelles. Pouvez-vous repondre de vous-même? Qui vous assu-
rera que vous serez sage dans la multitude, ou que vous conserverez votre cœur en feignant de le donner. Le
désir de plaire est né avec nous, la
coquetterie a des attraits, & nous venons à déplaire pour avoir trop plû.

Je n'ignore pas qu'on ne peut bien
aimer sans la crainte de perdre ce
qu'on aime, & que cette crainte est
toujours accompagnée de la jalousie.
Mais je veux qu'elle soit délicate, &
qu'elle respecte ce que nous aimons,
parce qu'il est notre choix; on ne nous
force point d'aimer; on ne nous contraint point à plaire.

Ainsi lorsque nous aimons, qu'on
nous a plu, & que nous plaisons, ne
faisons rien qui puisse être contraire à
celui qui nous plaît, & contre nous-
même. Mettons toujours dans son tort
celui qui nous offense.

Que la sagesse de nos actions rende

la sienne criminelle ? abandonnons le !
quittons-le cet ingrat, ce perfide ;
mais ne l'abandonnons & ne le quit-
tons pas pour un autre. Fuyons un danger presque toujours inévitable,
quand nous nous mettons dans l'occasion.

Ainsi, Madame, n'outragez point
un innocent, ou n'accusez point un
coupable; qu'il soit l'un ou l'autre, respectez en lui vos propres sentimens.
Vous l'avez aimé; cela suffit pour suspendre votre colere.

Vous l'aimez encore ; c'en est assez
pour vous obliger à chercher les moyens de l'aimer toujours. Instruisez-
vous, éclaircissez-vous avec lui, mêlez dans vos reproches toute la tendresse que vous sentez, & qu'il y ait plus
d'amour que d'aigreur dans les marques de votre ressentiment.

Si l'avis qu'on vous donne est vrai,
vous serez assez à plaindre, sans chercher à vous la rendre davantage ; &
s'il ne l'est pas, comme je n'en doute
point, vous aurez la satisfaction d'a-

Q iij

voir ménagé le repos d'un homme qui doit contribuer au vôtre.

Je suis, comme vous voyez, Madame, avec une amitié sincere,

Votre, &c.

LETTRE II.

A Mademoiselle de ....

QUoi ! sans vous informer du mal qui me possede,
Sans me voir un moment, vous me laissez mourir ;
Et vous m'ôtez par-là, cruelle, le remede
Qui sans les Medecins auroit pû me guerir.

Oserez-vous dire après cela, Mademoiselle, que si vous pouviez aimer une femme, j'aurois eu seule, cet avantage dans votre cœur : ne m'en auriez-vous pas donné quelques preuves dans ma maladie, puisque vous n'ignorez pas le pouvoir que votre presence a sur moi.

Non , vous n'eûtes jamais de penchant à m'aimer ,
Contente du plaisir de m'avoir sçû charmer ,
Vous ne m'avez donné cette douce esperance
Que pour mieux me prouver , qu'un regard de vos
       yeux,
Ce port noble , & cet air severe & gracieux,
Me feroient regreter quatre grands jours d'absen-
    ce.

Concevez-vous de quelle longueur
est le tems quand on aime bien : mais
non, Mademoiselle, vous ne le sçavez
pas , vous vous êtes fait une idée de
tendresse , qui ne dérange ni vos affaires ni vos plaisirs.

Que nos cœurs , belle Iris , aiment differemment,
Tout dissipé chez vous la plus forte tendresse :
Du tems & de vos pas , vous êtes la maitresse;
Et vous n'aimez enfin , que très-commodément.
Pour moi, qui me suis fait une douce habitude
D'aimer avec ardeur , & d'aimer constamment;
Plaire à l'objet aimé , fait toute mon étude.
Iris , aimer ainsi , c'est aimer tendrement.

Cependant malgré votre indifference , je ne puis m'empêcher de vous assurer que je suis avec l'estime du monde la plus tendre ,

          Mademoiselle, &c.

LETTRE III.

A Madame la Comtesse de.…

Qui le croiroit, Madame, qu'une personne entierement retirée du monde, s'y interessât encore assez pour vouloir aprendre mes avantures, depuis que la retraite l'a separée de moi.

Madame de * * * dont le mérite vous est connu, vient de percer le voile & la grille, dans le dessein de renouer une amitié d'enfance entre nous deux, & je dois cet effort aux Journées Amusantes. Il faut vous l'avouër, ce Livre m'a fait honneur : mais je n'ai été sensible aux loüanges qu'il m'a attiré, que par les effets qu'il a produits dans le cœur de mes amis ; il m'a paru qu'il avoit ranimé leur tendresse, & que leur amour propre se

trouvoit confondu avec le mien. La
curiosité de Madame de *** en est une
preuve, elle a été charmée de voir a-
plaudir une femme, qu'elle avoit aimée autrefois, & je l'ai vivement été
de ce que cette lecture l'a contrainte
à me faire connoître qu'elle m'aimoit
encore.

Comme il y a long-tems que sa retraite l'a dérobée à vos yeux, & que
vous m'avez toujours parue inquiette
du motif qui l'avoit portée à quitter
le monde dans un âge fait pour lui, &
possedant une beauté bien digne de l'y
faire briller; je vais vous en instruire:
ne soyez pas surprise si vous ne l'aprenez
que de ce jour, il n'y en a que trois que
je ne l'ignore plus. Ainsi ne faites point
de procès à ma confiance.

Mademoiselle de * * * fut mise en
Couvent extrêmement jeune, & comme elle avoit des freres au service du
Roi, & que l'ambition des familles est
d'avancer les fils, en sacrifiant les filles, son pere & sa mere la laisserent
dans le Cloître, esperant que le goût

Q v

d'une vie feule & tranquile la porte-
roit à ne fe pas foucier de celle qu'elle
ne connoiffoit point. On lui donna cependant une éducation proportionnée
à fa naiffance, la Mufique, la Dánfe
& la Peinture, pour laquelle elle avoit
une difpofition furprenante, furent les
amufemens qu'on lui procura ; tout
cela convenant au Couvent, auffi-
bien que pour le monde.

Ces talens foûtenus d'une beauté
brillante, d'un efprit doux & fenfé,
la rendirent extrémement chere à toute cette Maifon. Les Religieufes la
trouvèrent trop aimable pour ne pas
chercher les moyens de fe l'aproprier :
chaque grade que fes freres obte-
noient dans le fervice étoient autant
de pas qu'elle faifoit dans la vie Reli-
gieufe ; du moins c'étoit l'efpoir de la
Communauté.

Dans le nombre des Penfionnaires
de cette Maifon, une d'entre elles, belle, de l'âge à peu près de Mademoifelle de *** prit une tendre amitié
pour elle. Mademoifelle de *** y ré-

pondit avec ardeur, & cette union vint
à ce degré de confiance, qui de deux
cœurs n'en fait plus qu'un. Cette personne étoit fille unique, & n'étoit pas
dans ce Couvent par les mêmes raisons
que Mademoiselle de *** Elle étoit
promise à un Officier d'un merite distingué, ils s'aimoient depuis l'enfance ; & les deux familles ne souhaitoient
rien tant que le mariage de ces deux
Amants.

La guerre étoit fort allumée, & des
raisons politiques forçoient les peres à
attendre la paix, pour les unir. Le tems
est long quand on aime veritablement,
& ce fut une grande consolation à la
nouvelle amie de Mademoiselle de ***
que celle de lui pouvoir conter ses
craintes, son espoir & les tendres reflexions que son amour lui donnoit
souvent occasion de faire. Mademoiselle de *** entroit avec délicatesse
dans tous les sentimens de son amie, &
quoiqu'elle ignorât ce que c'étoit qu'a-
mour, la tendresse qu'elle sentoit pour
cette charmante fille, lui faisoit aisé-

ment juger qu'il pouvoit y avoir des
fentimens plus vifs dans le cœur de
ceux que la différence du fexe permet-
toit d'unir. Theodore, c'eft le nom de
cette amie, peignoit fa paffion à Mademoifelle de *** avec des couleurs
fi fortes, qu'elle fut bien-tôt auffi fça-
vante qu'elle fur les differentes façons
d'aimer.

Ces converfations réïterées, les lettres du Cavalier, que Theodore lui
faifoit voir, l'ardeur dont elles étoient
pleines, le caractere de fon ame dont
elle lui faifoit fans ceffe une peinture
avantageufe, imprimerent fi bien le
Cavalier dans fon efprit, qu'il s'en
faloit peu qu'elle n'y penfât autant
qu'elle.

Elle fe furprenoit même quelque
fois dans une douce rêverie, dont le
Cavalier étoit feul l'objet; mais n'a-
yant pas affez d'ufage des foibleffes
humaines, elle n'attribuoit l'interêt
qu'elle prenoit en lui qu'à l'amitié qu'il
l'uniffoit à Theodore.

Et comme elle croyoit n'agir que

par cette amitié, elle prit encore pour
un de ses effets, l'extrême envie qu'elle
eut de peindre d'imagination l'Amant
de Theodore. Elle lui communiqua
son dessein ; elle en fut charmée, &
n'eut point d'autre crainte que de ne le
voir pas representer aussi parfait qu'il
l'étoit à ses yeux. Theodore entendoit
parfaitement le dessin, & Mademoiselle de ** l'assura que pourvû qu'elle
pût repondre facilement aux questions
qu'elle lui feroit, elle esperoit qu'elle
seroit contente ; elle consentit à tout,
Mais pour empêcher que Mademoiselle de *** fît un portrait peu digne de
l'original ; tandis qu'elle tenoit le pein-
ceau, Theodore en l'instruisant despro-
portions, employoit toute son éloquence pour lui bien representer la beauté
de ses yeux, celle de son nez, de sa
bouche, & la noblesse qui étoit répan-
duë sur son visage.

Mademoiselle de *** travailloit en
l'écoutant, & sembloit regler son pein-
ceau sur les discours de son amie ; mais
un mouvement secret dont elle igno-

roit le fatal pouvoir la conduisoit bien
mieux que toutes ses paroles ; & par
un effort d'imagination qu'on aura
peine à croire, elle fit en moins de
quinze jours le Portrait du Cavalier
si ressemblant, que Theodore ne pouvoit se lasser de l'admirer & de remercier son amie dans les termes les p'us
tendres, d'avoir si bien compris la description qu'elle lui en avoit faite.

Mademoiselle de * * * fut surprise
elle-même d'avoir réussi si parfaitement dans son projet, elle en croyoit
son amie qui l'assuroit qu'il n'y avoit
jamais eu de ressemblance plus fra-
pante ; mais elle en croyoit encore
mieux son cœur, qui ayant guidé sa
main lui avoit fait peindre un homme
tel qu'il le lui eut falu pour lui plaire.
Cependant elle ne parut s'abandonner
à cette satisfaction que par le plaisir
d'en avoir fait à son amie, elle la pria
de prendre cette peinture : heureuse,
lui disoit-elle, d'avoir trouvé le moyen
de lui adoucir les chagrins de l'absence.

Mademoiselle de * * * reflechissoit souvent sur cette avanture, & l'estime qu'elle avoit prise pour l'Amant de Theodore se trouvant augmentée par la representation que son pinceau en avoit fait, troubloit quelque fois son repos: & faisant une serieuse attention sur ce qui se passoit dans son ame, elle y découvrit un penchant pour le Cavalier qui la fit trembler ; mais ne sentant point qu'il détruisît la tendresse qu'elle avoit pour son amie, elle se rassura. Prévenuë qu'on ne pouvoit aimer sa rivale, elle conclut qu'elle s'allarmoit à tort, & qu'elle avoit même commis un crime d'avoir si mal jugé de ses propres sentimens.

Elle se flata que l'amitié lui serviroit de bouclier contre l'amour & qu'il étoit impossible que l'un pût s'allumer dans son cœur, sans que l'autre s'éteignit. Elle s'affermit dans cette pensée de tout son pouvoir ; & la mort lui ayant enlevé un de ses freres, les pleurs & le deuil de toute sa famille l'occuperent assez pendant quelque tems

pour lui faire croire que son cœur
avoit encore sa premiere innocence.

Theodore même contribua sans dessein à la faire juger de cette sorte, en
cessant de l'entretenir de son amour,
pour ne songer qu'à la consoler de la
perte qu'elle venoit de faire. Elles
étoient dans cette situation, lorsque
Theodore reçût une lettre de son
Amant qui lui annonçoit un promt
retour ; & que voyant peu d'aparence
à la paix, il avoit sçû gagner son pere
de façon à lui permettre de demander
un congé pour satisfaire à l'impatience
qu'il avoit de s'unir à elle pour jamais.

Ces nouvelles donnerent une joie
si sensible à cette aimable fille, qu'elle
s'en saisit, & tomba malade à l'extrémité : & comme on craignit de l'exposer en la transportant d'un lieu à
l'autre, on lui donna un apartement
en dehors du Couvent, afin qu'elle
eût la facilité de voir sa famille & ses
amis. Mademoiselle de * * * extreme-
ment sensible au sort de Theodore,
obtint la permission de ne la point quit-

ter pendant le jour, pour lui donner les foins que fon amitié exigeoit d'elle en cette occafion.

Il y avoit déja fix jours que Theodore étoit malade & que Mademoifelle de * * * ne l'abandonnoit que la nuit, lorfque le feptiéme, étant affife au chevet de fon lit, on vint annoncer Timante, cet amant fi cheri & fi fort attendu.

De pouvoir vous exprimer ce qui fe paffa dans le cœur de Mademoifelle de *** à cette vuë, c'est ce qu'il m'eft abfolument impoffible ; puifqu'elle même n'a jamais fçû le bien exprimer.

Il doit nous fuffire qu'elle reconnut avec douleur que fon imagination n'avoit que trop réuffi dans le Portrait qu'elle en avoit fait, & qu'elle vit avec regret que la Copie ne flatoit point l'Original. Bien éloignée de penfer comme Pigmalion, elle eut fouhaité avec ardeur que la Statuë ne fe fût jamais animée.

Quoique le trouble de fon ame fût affez remarquable, elle n'eut pas de peine à le cacher dans cette occafion, Timante étoit trop occupé de fa Maitreffe, & Theodore trop fenfible à la vuë de fon Amant, pour que l'un & l'autre s'aperçûffent de rien.

Ils fe dirent mille chofes tendres & touchantes, & Mademoifelle de *** trouva que le Cavalier s'exprimoit avec un efprit fi délicat, fi vif & fi fenfé qu'elle en perdit entierement la tranquilité du fien. Nos Amants croyant avoir donné affez de temps aux difcours qui leur pouvoient témoigner le plaifir qu'ils fentoient de fe revoir, Theodore préfenta Timante à Mademoifelle de *** de laquelle elle lui fit l'éloge, lui racontant de quel fecours elle lui avoit été dans fon abfence, & furtout le furprenant effet de fon genie qui lui avoit fait peindre Timante parfaitement reffemblant fur le raport qu'elle lui en avoit fait.

Le Cavalier étoit trop galant pour ne pas marquer fon admiration & fa reconnoiffance à Mademoifelle de *** il le fit d'une maniere à fatisfaire toute

autre qu'elle ; mais tout ce qui pouvoit faire éclater son merite à ses
yeux lui devenoit insuportable : plus il
lui paroissoit aimable , & moins elle
eut voulu l'aimer. Cette premiere entrevuë se passa de la sorte : le jour suivant Theodore empira considerable-
ment. Mademoiselle de *** qui avoit
reconnu dans les réflexions de la nuit
qu'elle étoit rivale de son amie , après
avoir combatu son amour par toutes
les raisons qui pouvoient servir à le
vaincre , le trouvant trop fort pour le
domter , se resolut du moins à le si
bien cacher qu'il ne pût jamais venir
à la connoissance de personne. Et
comme un espoir frivole ne l'animoit
point , elle se persuada que le tems ,
le mariage de son amie , & la retraite
à laquelle elle paroissoit destinée, arra-
cheroient insensiblement cette passion
de son ame. Elle apuyoit ces sentimens
de toute sa vertu , lorsqu'on vint lui
dire l'extrémité où se trouvoit Theodore. Elle y courut : Timante étoit
auprès d'elle dans une douleur inex-

primable. Les peres des deux Amants y étoient auſſi, & leur deſeſpoir paroiſſoit dans leurs moindres actions. Mademoiſelle de *** oublia ſon amour en ce triſte moment; toute ſa tendreſſe pour ſon amie ſe reveilla d'une force à lui faire ſouhaiter de lui pouvoir ſauver la vie aux dépens de la ſienne. Theodore la remercia, l'embraſſa & la pria de recevoir le Portrait de Timante, eſperant qu'elle ne pourroit jamais le voir ſans ſonger qu'il étoit une production de l'étroite union qui avoit été entre-elles. Vous jugez bien Madame, que de pareils ſpectacles ne ſe voient point ſans répandre des larmes. Mademoiſelle de *** prit le Portrait, & répondit à ſon amie ſans ſçavoir ce qu'elle diſoit, ni ce qu'elle faiſoit. Enfin Theodore mourut, & Mademoiſelle de *** rentra dans ſon Couvent, comme une perſonne qui venoit de perdre la moitié d'elle-même.

Je ne m'étendrai point ſur les regrets de Timante, il aimoit Theodore dès l'enfance, il en étoit aimé, & tout prêt de la posseder il l'a perdoit : c'en est assez pour toucher vivement un honnête homme.

Mais cependant tout honnête homme est homme. Timante trouvoit une consolation infinie à s'entretenir de sa douleur avec Mademoiselle de *** Il venoit tous les jours au Parloir pour joüir de cette satisfaction ; & quoi qu'elle affectât de ne le consoler qu'en le faisant souvenir de la façon dont Theodore l'aimoit, elle étoit si belle, elle s'exprimoit en des termes si touchans, & ses yeux accompagnoient ses paroles de regards si dangereux que Timante sentit qu'il oublioit insensiblement son ancienne Maîtresse pour ne songer qu'aux charmes de Mademoiselle de *** Il ne lui fût pas necessaire d'employer le secours de la déclaration pour faire connoître ses sentimens.

Mademoiselle de *** les sçut au même moment qu'il les ressentit, son cœur y étoit trop interessé pour s'y

méprendre. Son premier mouvement
fût d'en avoir de la joie ; mais sa vertu rapelant sa raison, elle regarda
comme une trahison des plus noires le
plaisir de se livrer à son penchant ; elle
envisagea comme un crime des plus
énormes d'oublier son amie jusqu'au
point de profiter de sa mort, pour s'emparer d'un cœur qu'elle avoit possedé
de son vivant : & s'armant contre elle-
même elle, résolut d'étouffer pour jamais un amour qu'elle ne pouvoit
croire que l'honneur & la probité pussent aprouver. Ainsi pour commencer
ce pénible ouvrage elle renvoya à Timante le Portrait que Theodore lui
avoit laissé, en le priant de vouloir
bien cesser des visites qui ne faisoient
que lui renouveller la perte qu'elle
avoit faite.

Timante connut par la douleur que
lui donna cet ordre, qu'il étoit mille
fois plus amoureux de Mademoiselle
de *** qu'il ne l'avoit été de Theodore.
Il courut au Couvent, & demanda avec
tant d'instance à lui parler, qu'elle fut

contrainte à venir au Parloir pour ne point donner de ſoupçon. Auſſi tôt qu'il la vit entrer il lui demanda avec empreſſement quel motif la portoit à le priver ſi cruellement de ſa preſence,

Mademoiſelle de *** ne voulut point chercher de vains détours pour s'expliquer, les mouvemens de ſon cœur la rendoient trop claire - voyante ſur ceux de Timante pour s'y méprendre. Ainſi prenant ſon parti dans l'inſtant: Ne nous abuſons point, lui dit-elle, ſur le plaiſir que nous trouvons à nous voir, & ne faiſons plus ſervir Theodore de prétexte à nos converſations, Un intereêt plus preſſant nous guide, & je veux l'étouffer. N'eſperez pas m'attendrir & me faire changer, je vous vois & vous parle aujourd'hui pour la derniere fois.

Nous nous aimons, Timante, & c'eſt aſſez pour nous fuir, peut être aurois-je été moins ſévere ſi Theodore eut vêcu, ſa vuë, ſes charmes, & votre amour pour elle m'auroient peut-être portée à la vanité de chercher à lui ravir votre cœur.

L'espoir de la victoire nous eut animé l'un & l'autre au combat ; mais elle ne vit plus, elle ne peut plus oposer ses charmes aux miens, pour vous faire rentrer dans ses chaînes, elle n'est plus en état de me rapeler sa confiance en moi, son amitié, ses soins & ses attentions : enfin elle ne peut plus nous reprocher notre infidelité, il faut donc que ma raison prenne ici sa place contre mon cœur ; c'est à elle à me dire tout ce que cette malheureuse amie eut été en droit de me remettre devant les yeux, & c'est à cette même raison à la rendre victorieuse de ma tendresse après sa mort, comme elle l'eût été sans doute si elle eut vécu.

Ne vous étonnez donc point, Timante si je ne veux plus vous voir ni vous entendre ; toute l'estime que j'ai pour vous ne fait qu'augmenter l'horreur que m'inspire un feu qui paroîtroit sortir des cendres de Theodore.

Je vois, continua-t-elle, l'excés de votre surprise par votre silence, je ne
veux

veux pas vous donner le temps de le
rompre ! Adieu perdez pour jamais
l'espoir de me revoir. A ces mots elle
le quitta avec une promptitu e si
grande, qu'elle lui ôta effective-
ment les moyens de pouvoir lui ré-
pondre.

Il tenta vainement de la faire revenir, & malgré ses larmes & son désef-
poir, il fut contraint de sortir de ce
lieu sans avoir eu la consolation de
s'expliquer. Il prit le parti de luy
écrire, mais ces Lettres lui furent
renvoyées toutes cachetées, & jamais
fermeté ne fut portée si loin que
celle de Mademoiselle de ***. Comme ce n'est que d'elle seule que je
dois vous entretenir, & que j'ignore
encore le destin du Cavalier, vous me
permettrez de ne vous plus parler de
luy. Mademoiselle de **. toujours ferme dans sa résolution demanda à faire
son Noviciat, sa famille qui ne sou-
haitoit pas autre chose, lui accorda
facilement.

Mais admirez comme la Providen-

R

ce se joüe des précautions humaines,
a peine Mademoiselle de *** eut-elle
pris le voile que ces deux derniers
freres moururent à l'armée.

Mademoiselle de *** devenuë fille
unique en devint aussi plus chere à
ses parens, ils s'assemblerent & se
rendirent au Couvent. Là on lui étala
les avantages d'un bien considerable,
la necessité presque indispensable de
relever le nom d'une famille qui n'a-
voit plus qu'elle pour objet, & enfin
les agrémens que sa beauté, sa jeunesse & son opulence, pouvoient lui
procurer dans le monde. Cette aimable fille écouta tranquillement toute
cette belle description, à laquelle elle
ne répondit que très-modestement,
en assurant sa famille que si on lui avoit
fait entrevoir ces choses quelques années auparavant, elle se seroit tenuë
en garde sur le penchant qu'elle se
sentoit à la retraite.

Mais qu'elle en avoit trop fait pour
ne pas achever, qu'elle s'étoit dévouée
à Dieu, qu'une veritable vocation

l'apelloit, & qu'elle renonçoit sans peine aux biens qui l'attendoient, & aux douceurs dont on vouloit la flatter; qu'elle étoit Religieuse de cœur, de volonté, & d'inclination; & qu'elle ne desiroit plus rien que de l'être réellement, & d'effet.

Ce discours surprit extrémement sa famille qui employa près d'elle authorité, puissance & religion, sans pouvoir seulement l'ébranler, & on fut contraint de luy voir faire ses vœux l'année d'ensuite. La crainte d'être obligée de voir des personnes qui pouvoient lui rapeller un souvenir contraire à ses pieux devoirs, la fit resoudre à s'imposer une si austere retraite qu'elle n'étoit visible qu'à son pere & sa mere, encore étoit-ce rarement.

Elle a mené cette vie l'espace de quinze ans, & ne s'est un peu plus manifestée à la Grille que lorsqu'elle a senty qu'il ne restoit dans son cœur aucun vestige de ses premiers sentimens: une pieté vive & solide, en ayant entierement chassé les foiblesses humaines.

Voila Madame l'avanture qui nous
l'avoit enlevée, & le motif qui nous
l'a cachée si long-temps : je ne doute
point que vous ne voulussiez sçavoir
ce que Timante a fait, dit & pensé
depuis quinze ans, mais je ne puis vous
en instruire, & vous n'auriez peut-
être jamais entendu parler de lui, si
une Religieuse amie de Madame de***
ne m'eut apris ce que je viens de vous
dire ; elle m'assura que le soin extrême
qu'elle avoit eu de ne se jamais informer de lui, avoit forcé ses amis à
ignorer son sort.

Le monde vous est assez connu pour
vous donner lieu de croire qu'il s'est
encore consolé. Si je vous avois fait un
Roman, je n'aurois pas manqué de
conduire mon Heros dans les occasions perilleuses, & de lui donner une
mort touchante & glorieuse.

Mais je vous ai dit la verité, & n'ai
pas jugé à propos de l'alterer par des
traits qui ne sont plus à la mode ; ainsi
vous aurez la bonté d'excuser la steri-
lité des évenemens de la vie de Ti-

mante, & de n'en accuſer que le
temps, le ſiecle & les mœurs.

Que l'on ſeroit heureux ſi l'on aimoit toûjours ;
Mais helas ! Il n'eſt point d'éternelles amours.

Je crois ne pouvoir mieux finir ma
Lettre que par cette réflexion de l'illuſtre Mademoiſelle de Scudery, elle
vous fait entendre bien mieux que
moi tout ce que je penſe là deſſus ;
mais perſonne ne peut vous exprimer
la tendreſſe & l'attachement ſincere
avec leſquels je ſuis, Madame, &c.

En effet le guerrier Iroquois avoit
pris une confiance ſi parfaite en Létuin,
& ce jeune homme s'en étoit fait aimer ſi tendrement, qu'on eut dit qu'il
l'alloit transformer. Lorſqu'il le voyoit
il n'avoit plus rien de ſauvage que le
nom. La géneroſité, la complaiſance
& la docilité étoient les ſeuls compagnes de ſes actions depuis qu'il le fré-
quentoit.

Cependant après l'horrible exécution que je viens de raporter, les Sauvages du Conſeil remirent l'affaire de

R iiij

Létuin en déliberation, & il fut conclu qu'il valoit mieux, que lui & Boncourt periffent innocens, que de rifquer par leur grace le falut de toute une Nation. Sur ce cruel principe ils furent déclarez ennemis, & leur fuplice arrêté pour le lendemain.

Le maître des trois Efclaves ne trompa point leur efperance : il fe fentit penetré de cet Arrêt, qui felon lui étoit injufte, & réfolut de fauver fon ami à quelque prix que ce fût. Il courut toute la nuit dans les Cabanes des Sages, pour parler à la maniere de ces Barbares, afin de les engager à differer le fuplice de Létuin & de Boncourt, jufqu'à ce qu'il pût être ouï fur des chofes qu'il avoit à leur communiquer très-importantes, à ce qu'il difoit, pour le bonheur de la Nation. Des follicitations fi preffantes de la part d'un Chef & d'un Guerrier généralement confideré, firent leur effet.

Les Vieillards fe raffemblerent, & le Guerrier qui craignoit toûjours la

promptitude de l'exécution, se rendit
de grand matin au lieu de l'assemblée où il trouva déja Létuin & Boncourt attachez à des poteaux, les feux
préparez & les enfans des Sauvages
qui commençoient à leur brûler les
doigts avec des pipes ardentes. Ce
Spectacle le fit frémir, tout accoûtumé
qu'il dut y être; il écarta ces boureaux
prématurez, fit délier les deux amis
& les confia à la garde des jeunes guerriers ausquels il avoit communiqué son
dessein. Après cela il se rendit au Conseil où ayant été admis il leur parla en
ces termes.

Comme mon âge me dispensera
bien tôt de l'exercice de la guerre, &
que je serai membre de ce venerable
Conseil, je puis en devancer le temps
dans une occasion d'où dépend la
perte ou le bonheur de ma Nation.
C'est ce qui m'oblige à vous faire voir
que les Sages n'ont pas examiné l'affaire en question avec assez de soin,
en déclarant pour nos ennemis Létuin
& Boncourt, sur l'accusation d'un

traitre qui n'avoit osé la soûtenir, &
qui s'étoit sauvé de nuit dans la crainte
d'être confondu par la verité. Ce
même accusateur a tué un de nos
freres, & il y a bien plus d'aparence,
continua-t-il, que Bulton ayant été
élevé à Quebec, où il avoit apris les
Langues Algonkine & Françoise, soit
lui même le traitre envoyé par nos
ennemis pour nous épier & nous détruire.

Les deux accusez se disent Anglois,
il faut examiner s'ils le sont effecti-
vement, la chose est d'autant plus facile à découvrir que je m'offre moi-
même d'aller parmi les Anglois en
sçavoir la verité; mais s'ils le sont ef-
fectivement & que vous les fassiez
mourir, vous allez nous attirer une
guerre qui nous détruira infaillible-
ment.

Le Conseil trouva ses raisons si
justes, qu'il fut ordonné que les Prisonniers seroient remis entre les mains
du Guerrier, qui en répondroit jusqu'à nouvel ordre. C'étoit tout ce que

demandoit ce genereux Sauvage, qui
s'empara promtement des deux amis,
les conduisit dans sa Cabane, en leur
donnant mille marques de tendresses.
Letuin & Boncourt lui témoignerent
une reconnoissance si vive & si parfaite, & l'accompagnerent de tant de
presens, que l'Iroquois ne se répentit
point de les avoir servis. Il leur laissa
une entiere liberté dans son canton,
ce qui leur donna celle de dissiper les
cruelles allarmes des belles Captives
dont toute la joie ne pouvoit encore
dissiper l'horreur que leur avoit inspiré
leur suplice. Toutes ces choses recu-
lerent cependant le dessein qu'ils
avoient de chercher les moyens de
s'échaper : mais le Ciel qui veille toujours à la conservation de ceux dont
les intentions sont pures, leur ouvrit
bien-tôt un chemin à la liberté, &
leur donna occasion de reconnoître le
service important du genereux Sauvage.

La Saison des grandes Chasses étant
arrivée, le Conseil envoya douze cens

hommes, en trois troupes pour la chasse, du côté d'Occident, deux troupes de cinq cens hommes chacune du côté du Canada, pour harceler & observer leurs ennemis, & un autre corps qui resta dans le Pays à la garde des femmes, des vieillards & des enfans. Toutes ces troupes ayant pris differentes routes, le Guerrier amy de Létuin fut ordonné pour commander celle qui restoit à la conservation du Canton.

Le pays ne fut pas plûtôt degarni de toutes ses forces, que le bruit se répandit que les François & leurs Alliez avoient parû sur le Lac Onontio ou de Frontenac, & qu'ils avançoient dans le pays pour détruire les premiers cantons, qui sont de ce côté là. Le Chef des Guerriers à cette nouvelle, sans autre examen, se mit à la tête des siens, & marcha vers l'endroit indiqué.

Mais cet avis qui n'avoit été répandu que par les Emissaires des Hurons, des Illinois & des Miamis, joints avec les François, que le Gouverneur de

Canada avoit envoyé parmy les Iroquois, dans le deſſein de leur faire faire une fauſſe démarche, & en profiter, ne virent pas plûtôt réüſſir leur feinte, que s'étant coulez par les bois ſans être apperçûs, ils vinrent attaquer le Canton où étoit Létuin & Boncourt, qui ſe trouvant degarnis de Troupes, ne pût reſiſter à tant d'ennemis, n'y trouvant que des vieillards des femmes & des enfans.

A la premiere alkarme Létuin & Boncourt coururent aux armes, ſortirent de leur Cabane & virent les pauvres Iroquois fuyant de tous côtez & leurs ennemis faiſant main-baſſe ſur tout ce qui ſe preſentoit à eux : mais ayant heureuſement reconnus pluſieurs Canadiens qu'ils croyoient Mors, ils furent à eux & les prierent de les mener à leur Commandant, qui ſe trouva être un Officier François des amis de Létuin. Il fut charmé de cette rencontre & lui ayant conté ſuccintement ſes avantures, & comment il devoit la vie au Guerrier qui commandoit dans ce Canton, & qui sur un faux avis marchoit d'un autre côté, il le pria au nom de leur ancienne amitié de vouloir donner quartier à des gens ausquels il avoit des obligations si essentielles.

Le Commandant fut sensible à la recommandation de Létuin : mais lui ayant remontré qu'il avoit des ordres qu'il ne pouvoit enfraindre ; que pour le mettre à couvert & en état de lui rendre service, & d'arrêter la fureur des Sauvages qu'il commandoit, il falloit qu'ils fissent courir le bruit parmy eux, que les Guerriers Iroquois les avoient découvert, & ne s'étoient éloignez de leurs habitations que dans le dessein de les venir surprendre dans la chaleur du pillage, & de les détruire sans risque, qu'après il n'avoient qu'à le laisser faire, que tout iroit à leur satisfaction.

Létuin & Boncourt ne perdirent point de temps & s'étant mêlez parmy les Sauvages. Alliez des François y répandirent si bien le bruit dont ils étoient convenus, que cela fit l'effet qu'ils en attendoient.

Les Sauvages vinrent avec empreſſement demander au General qu'on les remenât, qu'ils étoient découverts & que les Guerriers Iroquois alloient les inveſtir de toutes parts. Le Commandant parut ſe rendre à leurs raiſons, Letuin & Boncourt ſatisfaits d'avoir rendu ce ſervice au Guerrier leur amy, ne ſongerent plus qu'à ſuivre les François, avec les trois belles Eſclaves, qui furent d'autant plus charmées de recouvrer leur liberté, qu'elles l'eſperoient le moins. Letuin fit porter dans la Cabane du Guerrier le reſte de ſes Marchandiſes, dont il lui faiſoit preſent ; & profitant de l'occaſion, ils partirent & arriverent à travers les bois chez nos Alliez. Les Sauvages ennemis des Iroquois avoient fait un butin qui les conſola des fatigues du voyage, & les Iroquois s'eſtimerent heureux d'en être quittes à ſi bon marché.

Et les François qui n'avoient pas

d'autres vûes dans cette expedition,
que de faire connoître à cette Nation
qu'on pouvoit penetrer jusqu'à eux à
travers leurs forêts & les détruire facilement ; afin de les porter par cette
crainte à faire une bonne paix , &
rentrer dans l'alliance de la France,
se trouverent satisfaits, puisque la chose réüssit l'année d'après ; en sorte que
les vaincus & les vainqueurs y trouverent également leur compte.

Nos Amans en sûreté regarderent
long-temps leur situation comme un
songe : mais la réalité de leur bonheur
leur persuada bien-tôt d'une agréable
verité, ils resterent quelques temps
chez les Hurons pour se remettre de
leurs fatigues, après-quoy ils s'em-
barquerent dans des Canots sur les
Lacs, & arriverent heureusement à
Montreal, où Letuin ayant reglé ses
affaires ils decendirent à Quebec, où
il épousa la charmante Léonore, au
milieu des acclamations de toute la
Ville qui s'étoit renduë chez lui, pour
prendre part à leur joie & les felici-

ter de leur retour. Le mariage de
Boncourt & de Themire se fit peu de
temps après.

Et de ces deux mariages sont sortis
de braves Guerriers, qui ont rendu
des services signalez à leur Patrie :
& dans le temps que j'écris cette Histoire il y a un de leur descendant qui
commande en Chef dans un des plus
beaux Postes qui soit sous la domina-
tion Françoise en Amerique.

Voila Madame tout ce que vous
m'avez demandé, j'y joins trois Lettres qui m'ont paru meriter de vous
être communiquées, dans l'envie que
vous marquez de voir tout ce qui part
de moy ; je crains bien que vous
n'ayez pas autant de plaisir que vous
vous l'étiez imaginée : mais du moins
sçachez - moi gré de mon obéïssance
puisqu'elle est la marque évidente de
l'estime & de la parfaite consideration
avec lesquelles je suis,

Madame , &c.

FIN.

www.ingramcontent.com/pod-product-compliance
Lightning Source LLC
Chambersburg PA
CBHW072343030726
47505CB00013B/497